허상(虛像)과 장미 1

일러두기

1. 모본의 발간 당시의 내용을 그대로 살리되 편집상의 오류를 바로잡고 기본 맞춤법은 오늘에 맞게 수정했다.

2. 인명·지명·서명·식물명 등은 원문의 것을 그대로 살리되, 독자의 이해를 위해 현대식으로 표기하거나 현대식 표기를 병기한 경우도 있다.

이병주 장편소설

허상(虛像)과 장미 1

이병주 지음

바이북스
ByBooks

왜 지금 여기서 다시 이병주인가

탄생 100주년에 이른 불후의 작가

백년에 한 사람 날까 말까 한 작가가 있다. 이를 일러 불세출의 작가라 한다. 나림 이병주 선생은 감히 그와 같은 수식어를 붙여 불러도 좋을 만한 면모를 갖추었다. 그의 소설은『관부연락선』,『산하』,『지리산』,『그해 5월』 등을 통하여, 한국 현대사를 매우 사실적이고 설득력 있게 문학이라는 그릇에 담아낸다. 동시에「소설·알렉산드리아」,『행복어사전』 등을 통하여, 동시대 삶의 행간에 묻힌 인간사의 진실을 '신화문학론'의 상상력을 활용하여 문학의 그물로 걸어 올린다.

그의 소설이 보여 주는 주제 의식은 그야말로 백화난만한 화원처럼 다양하게 펼쳐져 있다.『예낭 풍물지』나『철학적 살인』 같은 창작집에 수록되어있는 초기 작품의 지적 실험성이 짙은 분위기와 관념적 탐색의 정신으로부터, 시대와 역사 소재의 작품에서 볼 수 있는 숨겨진 사실들의 진정성에 대한 추적과 문학적 변용, 현대사회 속에서의 다양한 삶의 절목(節目)과 그에 대한 구체적 세부의 형상력 등을 금방이라도 나열할 수 있다.

더욱이 현대사회의 삶을 주된 바탕으로 하는 작품들에서는, 천차만별의 창작 경향을 만날 수 있다. 1980년대 이후에는 『허망의 정열』, 『그 테러리스트를 위한 만사』 등의 창작집에서 역사적 사건과 현실 생활을 연계한 중편이나 함축성 있는 단편들을 볼 수 있는데, 여기에까지 이르면 이미 그의 작품에 세상을 입체적으로 바라보는 원숙한 관점과 잡다한 일상사에서 초탈한 달관의 의식이 깃들어 있다.

이병주는 분량이 크지 않은 작품을 정교한 짜임새로 구성하는 능력이 뛰어나지만, 그보다 부피가 장대한 대하소설을 유연하게 펼쳐 나가는 데 훨씬 더 탁월하다. 일찍이 그가 도스토옙스키의 『죄와 벌』을 읽고 그 마력에 사로잡혔다고 고백한 것도 이 점에 견주어 볼 때 자못 의미심장하게 여겨진다. 길다면 길고 짧다면 짧은 한국 현대문학사에서 이병주와 같은 유형의 작가는 좀처럼 다시 발견되지 않는다.

그 자신이 소설보다 더 파란만장한 생애를 살았던 체험의 역사성, 박학다식과 박람강기를 수렴한 유장한 문면, 어느 작가도 흉내내기 어려운 이야기의 재미, 웅혼한 스케일과 박진감 넘치는 구성 등이 그의 소설 세계를 떠받치고 있다면, 그에게 '한국의 발자크'라는 명호를 부여해도 그다지 어색할 바 없다. 발자크가 19세기 서구 리얼리즘의 대표 작가일 때, 이병주는 20세기 한국 실록 대하소설의 대표 작가다. 그가 일찍이 책상 앞에 "나폴레옹 앞에는 알프스가 있고 내 앞에는 발자크가 있다"고 써 붙였던 사실은 널리 알려져 있다.

거기에다 그가 남긴 문학의 분량이 단행본 1백 권에 육박하고 또 이들이 저마다 남다른 감동의 문양(紋樣)을 생산하는 형편이고 보면, 이는 불철주야의 노력과 불세출의 천재가 행복하게 악수한 사례에 해당한다. 그럼에도 불구하고 그는 우리 사회의 고질적인 학연이나 지연, 그리고 일부 부분적인 '태작(駄作)'의 영향으로 정당한 평가를 받지 못했다. 요컨대 그는 그렇게 허망하게 역사의 갈피 속에 묻혀서는 안 될 작가이며, 그에 대한 정당한 평가는 한 작가가 필생의 공력으로 이룩한 문학적 성과를 올곧게 수용해야 마땅한 한국문학의 책무이기도 하다.

그래서 지금 여기서, 다시 이병주인 것이다. 마치 허만 멜빌의 『모비딕』이 그의 탄생 1백 주년 기념행사를 통해 다시 세상에 드러났듯이, 우리는 그가 이 땅에 온 지 꼭 100년, 또 유명(幽明)을 달리한 지 29년에 이르러 그의 '천재'와 '노력'을 다시 조명해 보아야 한다. 진보와 보수의 이념적 성향이나 문학과 비문학의 장르적 구분, 중앙과 지방의 지역적 차이를 넘어 온전히 그의 문학을 기리고 사랑하는 마음을 앞세워서 '이병주기념사업회'가 발족 되었던 것은, 바로 이러한 당위적인 일들을 감당하기 위해서였다.

미상불 그의 작품세계가 포괄하고 있는 이야기의 부피를 서재에 두면, 독자 스스로 하루의 일을 마치고 귀가하는 발걸음을 재촉할 것이다. 더 나아가 물질문명의 위력 앞에 위축되고 미소한 세계관에 침몰한 우리 시대의 갑남을녀(甲男乙女)들에게, 그의 소설이 거대담론의 기개를 회복하고 굳어버린 인식의 벽을 부수는 상상력의 힘, 인간관계의 지혜와 처세의 경륜을 새롭게 불러오리라 확신하는 바이다.

2021년 나림 탄생 100주년 기념사업의 일환으로 지난해 7월부터 진행해온 '이병주 문학선집' 발간 준비작업이 여러 과정을 거쳐 작품 선정 작업을 완료하고 대상 작품에 대한 출간 작업에 들어갔다. 작품 선정은 가급적 기 발간된 도서와 중복을 피하고, 재출간된 도서들이 주로 역사 소재의 소설들임을 감안하여 대중성이 강한 작품에 중점을 두기로 했다. 이를 위해 한길사 전집 30권, 바이북스 및 문학의숲 발간 25권을 기본 참고도서로 하여 선정 및 편집을 진행했다.

그동안 지원기관인 하동군의 호응과 이병주문학관의 열의, 그리고 편찬위원 및 기획위원들의 적극적인 작품 추천 작업 참여, 유족 대표인 이권기 교수 및 기념사업회 운영위원 고승철 작가 등 여러분의 충심 어린 조언과 지원에 힘입어 이와 같은 성과를 얻게 되었다. 역사 소재의 작품들에 이어 대중문학의 정점에 이른 작품들을 엄선한 '이병주 문학선집'이 독자 제현의 기대와 기쁨이 되기를 기원한다.

이병주기념사업회에서는 이 선집 발간을 위하여 〈편찬위원회〉를 구성하고 편찬위원장에 임헌영(문학평론가, 민족문제연구소 소장) 씨를 모시고, 편찬위원으로 김인환(문학평론가, 전 고려대 교수), 김언종(한 문학자, 전 고려대 교수), 김종회(문학평론가, 전 경희대 교수), 김주성(소설가, 이병주기념사업회 사무총장), 이승하(시인, 중앙대 교수), 김용희(소설가, 평택대 교수), 최영욱(시인, 이병주문학관 관장) 제 씨를 위촉했다. 이와 함께 기획위원으로 손혜숙(이병주 연구자, 한남대 교수), 정미진(이병주 연구자, 경상대 교수) 두 분이 참여했다.

이 선집은 모두 12권으로 구성되어 있으며, 선정 작품 목록은 다음과 같다. 중·단편 선집 『삐에로와 국화』 한 권에 「내 마음은 돌이 아니다」(단편), 「삐에로와 국화」(단편), 「8월의 사상」(단편), 「서울은 천국」(중편), 「백로선생」(중편), 「화산의 월, 역성의 풍」(중편) 등 6편의 작품이 실려 있다. 그리고 장편소설이 『허상과 장미』(1·2, 2권), 『여로의 끝』, 『낙엽』, 『꽃의 이름을 물었더니』, 『무지개 사냥』(1·2, 2권), 『미완의 극』(1·2, 2권) 등 6편 9권으로 되어 있다. 또한 에세이집으로 『자아와 세계의 만남』, 『산을 생각한다』 등 2권이 있다.

이병주기념사업회와 편찬위원들은 이 12권의 선집이 단순히 한 작가의 지난 작품을 다시 볼 수 있도록 재출간한다는 평면적 사실을 넘어서, 우리가 이 불후의 작가를 기리면서 그 작품을 우리 시대에 좋은 소설의 교범으로 읽고 즐거워할 수 있는 하나의 본보기가 되었으면 한다. 역사적 삶의 교훈과 더불어 일상 속의 체험들에 의미를 부여할 수 있는 유익한 길잡이로서의 문학이 되었으면 하는 것이다. 이 선집이 발간되기까지 애쓰고 수고한 손길들, 윤상기 군수

님을 비롯한 하동군 관계자들, 특히 이 일이 진행될 수 있도록 막후
에서 모든 지원을 아끼지 않으신 이병주기념사업회의 이기수 공동
대표님, 어려운 시절에 출간을 맡아주신 바이북스의 윤옥초 대표님
께 깊이 감사드린다.

2021년 나림 탄생 100년의 해에
이병주 문학선집 편찬위원회 일동

제11장   누항(陋巷)의 시   6

제12장   화조(火鳥)   39

제13장   고요한 바람   103

제14장   이지러진 곡선(曲線)   163

제15장   급선회(急旋回)   233

제16장   요녀(妖女)의 탄생(誕生)   280

에필로그   302

작품 해설   305

1권 차례

발간사   6

제1장   개나리   12

제2장   배리(背理)의 꿈   33

제3장   비어스 윌슨   70

제4장   바위와 무지개   102

제5장   화려한 함정(陷穽)   138

제6장   전설(傳說)의 탄생(誕生)   167

제7장   어떤 해후(邂逅)   188

제8장   바람을 심어   220

제9장   흐려진 무지개   261

제10장   굴절(屈折)있는 풍경(風景)   287

제1장

개나리

계절이 그곳에서만 꽃을 피운 느낌이었다. 황금빛 선명하게 개나리의 꽃무리가 담 위에 넘칠 듯한 부피로 염연(艶然)한 봄을 만발하고 있었다. 가파른 길을 걸어 올라온 전호(全浩)는 그 개나리꽃 앞에서 걸음을 멈췄다.

왼쪽 허벅다리의, 10년 전에 유착한 상처가 새큰하며 무딘 통증이 되살아났다. 이어 가슴이 뻐근해졌다. 이렇게 옛날의 상처가 새큰한 것은 기쁜 일이거나, 슬픈 일이거나, 어떤 충격적인 감정만 일면 전호에게 나타나는 생리적 반응이다.

금년 들어 처음으로 개나리꽃을 보았다는 감동만은 아니었다. 개나리가 필 무렵이 되어 개나리꽃을 보면 생생하게 뇌리에 펼쳐지는 역사가 전호에겐 있었다. 바로 어제 있었던 일처럼 생각이 되지만 아득히 10년이란 세월의 저편에 있었던 일이다.

전호는 그러한 감상을 억누르고 눈앞의 개나리를 보았다. 아무런 의미를 붙이지 않아도 개나리는 그대로 아름다웠다. 배경의 반(半)

이 2층 양옥이고 그밖엔 툭 트인 공간인데, 저편에 교회의 첨탑이 솟아 있고, 멀찍이 산의 능선이 보였다. 산 위엔 앙상한 소나무가 몇 그루, 그 소나무 위로 푸른 봄 하늘에 하얀 조각구름이 흐르고 있었다.

그러나 전호의 마음은 그런 배경에 있진 않았다. 너무나 화려하고 너무나 아름다운 꽃인 데다가 거의 10년 간 병석에서 보던 꽃이 겹친 것이다.

10년 전, 4월 19일, 전호는 경무대 앞에서 왼쪽 허벅다리에 총탄을 맞았다. 의식을 회복하고 보니 병원이었다. 눈을 들어보니 한 아름 개나리꽃이 화병에 꽂혀 있었다. 그 샛노란 빛깔은 유리창을 통한 태양의 광휘와 더불어 너무나 신선한 놀람이었다.

그때부터 전호는 꽃이 질 때까지, 네 조각으로 된 작은 화판의 원통형 꽃이 총상화서(總狀花序)를 이뤄놓은 기적을 살폈다. 수술이 둘, 암술이 하나, 가냘프지만 다소곳한 생명의 신비를 통해 전호는 살아 있다는 실감을 가졌다.

그동안에 이승만 정권이 물러섰다. 그 소식을 들었을 때 승리라는 것의 뜻을 알았다. 동시에 그 승리를 마련하기 위해 엄청난 대가를 치렀다는 슬픔도 격했다.

그런데 지금, 그 승리의 뜻은 간 곳이 없고 잃은 생명에 대한 슬픔만 남았다. 전호에겐 망각이 있을 수 없었다.

때에 따라 곳에 따라 부딪친 일에 따라 새큰하며, 되살아나는 허벅다리의 통증과 더불어 전호는 이 슬픔을 무덤에까지 가지고 갈 것이었다.

문득 전호는 지금 자기가 찾아가고 있는 형산 선생(亨山先生)이 와병 중인 누추한 방을 생각했다. 아마 형산 선생의 방엔 아직 봄이 오지 않았을 것 같았다.

'저 꽃을 한 아름 꺾어다가 선생님의 머리맡에 꽂아드렸으면!' 하고 생각하다가 전호는 바로 눈앞에 있는 대문의 통용문이 덜거덕하고 열리는 바람에 깜짝 놀랐다. 그 문에서 젊은 여자가 나타났다. 전호는 어리둥절해서 발을 떼어 놓을 수가 없어 그 자리에 선 채 있었다. 누구라도 자기 집을 오랫동안 쳐다보고 있는 사람을 보면 수상하게 여길 것이란 짐작이 들어 당황했다. 그러나 뜻밖에도 그 여인의 입에선 부드러운 말이 흘러나왔다.

"누구를 찾으시나요?"

당장 대답에 궁한 전호는 우선 그 여인의 인상을 살폈다. 분홍빛 엷은 스카프 밑에 곱게 컬한 머리칼과 나뭇잎 무늬를 놓은 은회색 원피스 밑으로 뻗은 날씬한 다리만을 보고서는 그 여인이 처녀인지 부인인지 분간할 수가 없었다. 윤곽이 선명하며 단아한 얼굴이 약간 그늘져 보이는 점이 처녀와는 다르다는 느낌을 풍겼지만 그런 것이 판단의 기준이 될 턱이 없었다.

그 여인은 사람을 난처하게 했다는 미안함을 사과할 셈으로써인지 "오랫동안 서 계셨죠? 그래서……" 하며 향긋한 미소를 띠었다.

전호에겐 수상한 사람이란 의심을 받지 않게 할 인품 같은 것이

갖추어져 있기도 했다.

여인의 미소를 보고 안심한 전호는 "개나리가 하도 아름다워서 넋을 잃고 있었습니다" 하고 자기도 웃음을 띠어보았다.

"개나리가요?" 하며 그 여인은 시선을 담 쪽으로 돌려 한참동안 그 꽃을 바라보고 있었다. 자기 집에 있는 꽃인데도 그 아름다움을 처음으로 발견했다는 그런 표정이었고 눈초리였다.

전호는 이처럼 아름다운 꽃이 있는 뜰을 가진 훌륭한 집에 살고 있어도 이 여인은 그다지 행복한 사람이 아니지 않을까 하는 엉뚱한 생각을 해봤다. 그러고 보니 그늘져 보이는 얼굴의 인상에 무슨 이유가 있는 것 같았고 향긋한 미소에도 일말의 쓸쓸함이 깃들어 있는 것 같았다.

그러나 이런 생각도 순간의 일이었고 전호는 "실례했습니다" 하고 그 자리를 떠났다.

여인은 앞을 스쳐가는 전호의 목덜미에 눈이 끌렸다. 하얀 칼라와 머리칼 사이의 목덜미가 청결했다. 얼굴도 단정했지만 그 뒤통수의 모양이 더욱 좋았다. 게다가 애수를 품은 듯한 눈망울에 뭔지 마음이 쏠리기도 했다.

"선생님!" 하고 여인이 불렀다.

여덟 발짝쯤 걸어간 전호가 돌아섰다.

"선생님 혹시 꽃이 필요하신 건 아니죠?"

전호는 망설이는 태도를 보였다.

"필요하시면 가지고 가시죠. 두세 가지 꺾어드리겠어요."

그 여인은 그 청년이 아무래도 꽃을 필요로 하는 사람이라고 단정적으로 생각했다. 그렇게 해야만 생면부지의 남자를 불러 세운 마음에 대한 자기변명이 되는 것이었다.

"사실은 앓고 누워 계시는 선생님을 찾아뵈러 가는데 그 꽃을 머리맡에 꽂아드렸으면 했지요. 그러나 괜찮습니다. 호의만이라도 감사합니다" 하고 전호는 돌아서려고 했다.

"아녜요. 잠깐 계세요. 앓고 계시는 선생님께 꽃을 가지고 가세요" 하며 여인은 집으로 들어갔다.

조금 있다가 여인은 꽃을 한 아름 안고 나왔다. 그 꽃을 건네며 웃는 여인의 얼굴엔 구김살이 없었다.

"선생님이 꽃을 보고 계시는 걸 전 2층에서 한참동안 지켜보았어요. 그때 꽃이 필요하신 분인 줄 알았죠."

"고맙습니다."

전호는 청결한 목덜미를 깊숙이 숙여 절하고 형산 선생의 집으로 걸어갔다. 사는 보람을 찾은 것처럼 기뻤다.

'처녀일까?' 하다가 '처녀가 토요일 오후, 집에 틀어박혀 있을 리가 없지' 하고 지워버리기도 하고 '부인일까, 혹은 미망인일까?' 하다가 전호는 작년 겨울 형산 선생을 찾았을 때 그 집 앞을 지나던 기억을 되살렸다. 그 기억 속에는 이름은 모르지만 고급차인 것은 분명한 호화로운 자가용차가 그 집 대문 앞에 서 있었다.

그러나 그 모든 것이 전호에겐 상관없는 일이었다. 꽃을 꺾어준 친절한 여인, 그로서 그만이었다.

'언젠가는 그 호의를 갚을 날이 있을지도 모르지.'

저택지역이라고 할 수 있는 곳을 벗어나면 꼬불꼬불한 골목이 산마루에까지 이른다. 형산 선생이 세 들어 있는 집은 형산 선생이 양장지항(羊腸之巷)이라고 이름 지은 그 골목의 중간쯤에 있다. 넓은 교외에 집을 지으면서 무슨 까닭으로 그처럼 군색스럽게 집들을 지어 놓았는지 알고도 모를 일이다. 그런데 형산 선생은 그런 군색한 집마저 가지지 못하고 그 군색한 집에 세 들어 있는 것이다. 언젠가 전호는 형산 선생에게 물은 적이 있다.

"하필이면 왜 이런 곳에 사십니까?"

"말 말게. 집세가 반쯤이나 헐타네."

"어딜 근거로 두고 헐타고 하시는 말씀입니까?"

"바로 이 동네야. 헌데 이 집은 무허가 건물이거든. 주인은 나를 들여놓으면 무허가 건물을 헐라고 할 때 내가 시청에 가서 헐지 않도록 해줄 거라고 믿고 반값으로 한 모양이야. 어림도 없지. 내가 도시계획에 반대할 줄 아나? 그러나 난 암말도 안 하지. 헐도록 하겠다는 말도 안 하고 헐지 못하도록 하겠다는 말도 안 하고……" 하며 형산 선생은 장난꾸러기 어린애처럼 혀를 내보였다.

"집이 헐리면 선생님 사정도 딱하지 않습니까?"

"허어, 이 사람. 맹자(孟子)의 문자에 거천하지광거(居天下之廣居)

하고 입천하지정위(立天下之正位) 하고 행천하지대도(行天下之大道) 한다는 게 있네. 천하 넓은 집인데 있을 곳이 없을라구."

전호는 이런 일 저런 일들을 생각하며 골목을 누벼 나갔다. 한 아름 꽃을 안고 골목을 지나는 기분이란 나쁘지 않았다. 꽃을 보고 반겨 줄 형산 선생의 모습이 눈앞에 선히 나타나기도 했다.

형산 선생의 집에 다다랐다. 언제나와 같이 판자로 만든 문은 활짝 열려 있었다. 낮에 대문을 닫는 일반의 풍습이 형산 선생에게는 대질색이었다. 그래 집을 반으로 갈라 나눠 쓰고 있는 주인집은 중간에 별도로 문을 만들어 달기까지 했다.

"선생님 계십니까?" 하고 전호는 소리를 질렀다. 형산 선생을 찾을 때는 힘차게 소리를 높여야 하는 것이다. 선생님 시중을 드는 식모 할머니가 부엌방에서 나왔다. 거의 동시에 형산 선생의 방문이 '탕' 하고 열렸다.

"선생님은 여기 계신다."

방에서 내미는 얼굴은 수척했으나 목소리만은 카랑카랑했다.

"아프시다고 들었는데요" 하며 전호가 방문 앞에 다가섰다.

"몸은 약간 아프지만 정신은 안 아프이."

형산 선생은 전호가 방으로 안고 들어온 꽃을 눈이 부신 듯 바라보고 있더니 "벌써 개나리가 피었구나" 하곤 "자네 그것, 윤숙(倫淑)이에게 주려고 가져왔지" 하며 눈을 가늘게 하고 전호의 눈치를 살폈다.

"아닙니다. 앓고 계시는 선생님의 머리맡에 놓아 드리려고 얻어 온 겁니다."

"그렇다면 됐어."

"그건 또 왜 그렇습니까?"

"윤숙인 집을 나갔다네."

아무렇지 않게 꾸미려는 태도였으나 형산의 어조엔 침통한 빛이 있었다. 사정은 모르지만 그 심정을 짐작하고 전호는 캐묻지 않기로 했다.

민윤숙(閔倫淑)은 독립 운동의 노투사(老鬪士), 민형산의 손녀(孫女)이며 단 하나 남은 혈육이었다. 형산은 자기 손녀를 전호의 아내로 삼았으면 하고 바라고 있었다. 전호도 그럴 작정을 하고 있었다.

그런데 학교에 다닐 땐 전호를 존경하기도 하고 사랑에 가까운 친근함을 나타내기도 했던 윤숙이 대학을 졸업할 무렵부터 전호에게 쌀쌀하게 대했다. 그러나 전호는 그런 변화를 젊은 여자에게 있을 수 있는 일시적인 기분일 것으로만 치고 있었다.

윤숙은 자기 할아버지의 말을 빌면 지나치게 화려한 미모(美貌)를 가진 처녀였다. 전호는 미모보다도 할아버지를 닮아 활달하고 총명한 윤숙의 성격을 사랑했다. 이에 못지않게 앞으로 어떤 일이 있어도 윤숙을 지켜보아야 한다는, 일종의 숙명감조차 느끼고 있었다.

윤숙이 집을 나갔다고 해도 캐묻지 않는 전호의 태도가 형산에겐 섭섭했는지 모른다. 형산이 띄엄띄엄 얘기를 시작했다.

"직장을 바꾼 모양이더군. 아침은 이르고 저녁은 늦은 그런 직장이어서 여기서 통근하긴 힘들다는 게 집을 나간 이유였어. 궁색한 집에서 늙은 할아비 냄새 맡으며 살기에 지쳤다고, 바른대로 말해도 될 텐데…… 공연히 꾸며댄 말인 줄도 알고 있지."

"그럴 리가 있겠습니까. 불가피한 사정이겠죠."

전호는 윤숙을 대신해서 이렇게 변명해 보았으나 형산은 들은 체도 않았다.

"그런데 직장이 어떤 곳이라고 했습니까?"

"그걸 내가 어떻게 알아. 그 애가 얘기하지도 않았고 나도 묻지 않았다네."

전호는 식모 할머니에게 조그마한 항아리에 물을 담아 오라고 이르곤 그 항아리에 개나리를 꽂았다. 삼 면 벽에 책이 아무렇게나 쌓이고 천장엔 비가 샌 흔적까지 있는 누추한 방이 그 꽃으로 해서 일순 화사한 생기를 돋우었다.

형산의 가슴속에 형언할 수 없는 감동이 바람처럼 일고 있는 모양이었다.

"꽃이란 좋은 거지, 꽃이란 좋은 거야."

형산은 노안(老眼)을 껌벅대며 고개를 몇 번이고 끄덕였다.

전호는 형산의 병 경과를 물었다.

"이건 병이 아니고 정상이다. 칠십을 두어 살 넘겼으니 아무리 정정한 나무에라도 구멍이 뚫릴 때가 되지 않았는가."

형산 선생에게서 이런 약한 말을 듣긴 처음이었다. 뭉클하게 치미는 감정을 가까스로 참고 전호는 말했다.

"안 됩니다. 그런 심약한 생각은 안 됩니다."

형산은 귀엽다는 감정을 그대로 나타낸 눈초리로 전호를 바라보았다.

"전 군! 요즘 무슨 공부를 하지?"

"공부요? 학교 일에 쫓기다 보니 공부할 시간이란 게 없습니다."

"학교 일에 쫓기는 것도 공부 아닌가. 공부가 뭐 따로 있나?"

전호는 잠자코 형산의 말을 기다렸다. 형산이 무슨 생각을 했는지 "전 군, 손을 좀 내보게" 하며 전호의 바른손을 잡았다.

"요즘 수상(手相)을 연구하십니까?"

"아냐, 그런 덴 흥미가 없어" 하며 형산은 한참동안 전호의 손을 만지작거리고 있더니 "좋은 손이다" 하고 감탄하는 어조로 말했다.

"모양엔 강단이 있고 잡아 보면 부드러워. 외유내강한 전 군의 성격을 그대로 나타내고 있구먼. 참으로 좋은 손이다."

전호는 손을 형산에게 맡겨 놓은 채 4·19 때 죽은 몇몇 친구의 손을 뇌리에 그려보려고 했다. 하나도 구체적인 이미지로선 떠오르지 않았다. 관심을 쏟고 그들의 손을 본 적이 없는 탓도 있었다.

그러나 하나같이 모두들 아름다운 손, 귀한 손, 청결한 손을 가지고 있었을 것이었다.

'그런데 형산 선생은 지금 자기의 손자 생각을 하고 있는 것이 아닐까. 자기 손자의 손을 회상하고 있는 것이 아닐까' 하는 생각이 불현듯 일었다. 형산의 손자 민덕기(閔德基)는 4·19 때 총탄을 맞고 죽었다. 전호를 대신해서 죽었다고 해도 과언이 아니다. 그러니 전호는 민덕기 대신 살아 있는 거나 마찬가지였다. 민덕기의 죽음이 전호와 형산을 알게 했고 민윤숙과 전호를 알게 했다. 그러나 그런 감상에서 벗어나려고 "손에 무슨 의미가 있겠습니까. 기껏 도구(道具)밖엔 되지 않는 건데요." 하고 전호는 손을 뺐다.

"그렇다. 도구다. 도구니까 귀중한 거다. 근면한 농부의 괭이와 게으른 농부의 괭이는 달라. 손이 지닌 표정이 얼굴이 지닌 표정보다 소중한 거야."

"그럼 선생님의 손도 좀 보십시다."
하고 전호는 형산의 손을 잡았다.

색소가 군데군데 침착(沈着)하고 기름기가 가셔진 거친 손이었다. 그러나 뼈는 억세었다. 70수년의 역정이 추상(抽象)되어 있다는 강렬한 의미를 그 손은 가지고 있었다.

"이게 바로 노추(老醜)한 테러리스트의 손이다. 잘 봐두게."

테러리스트! 형산이 즐겨 쓰는 말이다. 그런데 언제, 누구를 테러했다는 말은 한 적은 없다. 그저 부정 일반! 사악한 권력에 대한 테러리스트란 상징적인 의미로 쓰고 있는 것인지도 몰랐다.

그런 까닭인지 형산의 입에서 테러리스트란 말이 발음될 땐 그 말이 지니고 있는 흉악한 냄새가 사라지고 형산의 청춘에 대한 향수 같은 것이 전호에겐 느껴지는 것이었다.

어느덧 시무룩한 표정이 된 형산이

"전 군!"

하고 불렀다.

"예?"

"윤숙의 얼굴은 그게 잘난 얼굴인가?"

전호는 형산의 말뜻을 당장에 알아차리진 못했으나 황급히 대답했다.

"잘난 얼굴이죠. 썩 잘난 얼굴입니다."

형산은 "흠" 하곤 숨을 내쉬더니 뱉듯이 말했다.

"전 군! 윤숙일 자네 아내로 할 생각은 말게. 만일 윤숙이가 잘난 여자라면 잘난 계집치고 사내에게 화가 되지 않는 건 드물다네. 아무리 생각해도 윤숙인 자네의 아내가 될 자질도 운도 모자라는 여자다. 올해라도 자네와 윤숙의 성례를 치렀으면 했네만 나의 망상인 것 같다. 똑바로 말해서 내겐 윤숙 이상으로 자네가 소중하네."

형산은 이어 얼굴이 잘난 여자가 저지른 역사적인 사실을 들먹이고 잘난 아내를 가진 몇몇 친구들의 불행한 경우를 얘기하곤 "아무래도 윤숙인 꼴값을 하고 말 것 같다."고 덧붙이기도 했다.

전호는 이와 같은 형산의 말을 이상한 감정으로 듣고 있었다. 아무래도 형산이 자기를 오해하고 있는 것 같아서였다. 전호는 결코 윤숙의 아름다운 용모와 날씬한 몸맵시에 빠져 있는 것이 아니었다. 꼭 윤숙이를 자기의 아내로 삼아야겠다는 것도 아니었다. 그 이상의 어떤 운명으로서 묶여 있다고 생각하고 그렇게 느끼고 있었다. 윤숙이 어떤 짓을 하건 자기는 윤숙일 위해서 이 세상에 있는 것이라고까지 다짐하고 있는 전호였다. 그러한 전호의 마음을 안다던 형산은 윤숙이 집을 나간 사실과 전호를 소홀히 하는 태도에 대해서 굳이 변명하는 말을 늘어놓을 까닭이 없을 것이었다.

"내 손자딸을 헐뜯는 것 같아 좀 뭣하지만 자네 앞이니까 기탄없이 말을 하는 걸세."

그리고 또 말을 이으려는 형산을 전호는 가로막았다.

"윤숙 씨에겐 자기 나름대로의 생각이 있을 겁니다. 그 생각이 선생님의 생각과 어긋난다고 해서 비난할 순 없지 않습니까. 잘난 여자는 꼴값을 한다는 비난 섞인 말씀을 하셨는데 그건 남자 본위의 생각인 것 같습니다. 잘난 여자가 못난 여자처럼 살아야 할 까닭이 어디에 있겠습니까. 문제는 못난 여자가 잘난 체하는 일이지 잘난 여자가 잘난 체하는 건 당연한 일입니다. 저와 윤숙 씨와의 사이는 우리들이 알아서 처리하겠습니다. 전 윤숙 씨의 자존심을 믿습니다. 그러니 일체 괘념하시지 마십시오."

"괘념하지 말라고? 내가 그런 것 괘념할 사람인가. 자네에게 통사정을 한 거지. 그러나 여자에겐 여자로서의 도리라는 것이 있잖겠나? 육친이라곤 단 둘이 살아 있는데 늙은 할아비를 두고 하숙으로 나가? 더욱이 미혼의 처녀가, 그게 도리에 어긋났단 말일세."

"자기 나름의 도리야 있겠죠. 하지만 선생님이 지금 말씀하시고 계시는 도리와 지금 여자들이 생각하고 있는 도리완 다를 것입니다. 선진국의 대통령 부인이 재가를 하는 세상이 아닙니까."

"대통령 부인이건 왕의 부인이건 그건 여자니까 개가를 한 거지, 그걸 두고 일반론은 못쓰네. 그래 선진국이라고 해서 개가한 그 여자를 칭찬하던가. 옳다고 하던가. 나라와 세상과 시간은 바뀌어도 도리란 건 그처럼 호락호락 바뀌는 것이 아닐세."

전호는 형산의 말을 들으면서 형산 선생이 퍽 약해졌다고 생각했다. 병석에 있는 탓일 거라고도 생각했다.

한편 전호는 우습기도 했다.

언젠가 형산이 수십 인의 애인을 편력한 자유연애의 모범 같은 '콜론타이' 여사(女史)의 얘기를 한 것을 기억해 냈기 때문이다.

그때 형산은 "한국의 여자가 진실한 뜻으로 해방이 되려면 적어도 백 명 이상의 '콜론타이'가 이 나라에서 나와야 한다"고 말하기까지 했었다.

그래 전호는 "선생님이 방금 하신 말씀과 언젠가 피력하신 '콜론타이' 이론과는 어떻게 되는 겁니까?" 하고 물었다.

"핫하" 하고 형산은 구겨진 주름을 더욱 구기고 한참동안 웃었다. 그리곤 한다는 말이 이랬다.

"어떻게 되긴 뭣이 어떻게 돼. 자네의 기억력만 없었으면 문제도 안 되었을 텐데."

"그러니까 문제를 일으키지 않으면 문제가 없는 거나 마찬가지란 뜻이죠."

"그렇지. 이승만 정권도 당시 너희들 같은 사람들이 문제를 일으키지 않았던들 문제가 없었던 것처럼 지쳐 버렸을 것 아닌가. 문제의 원인만 가지고 문제가 되는 건 아냐. 동물엔 문제란 게 없지. 바보에게도 없구. 그러나 문제의 원인이 있으면 언젠가는 문제를 일으키는 사람이 나오기 마련이지. 하지만 '콜론타이'에 대한 나의 생각과 여자의 도리에 대한 나의 생각 사이엔 모순될 게 없네."

이렇게 말하는 형산을 전호는 '그럴까요?' 하는 표정으로 바라보았다. 그런 전호의 표정이 눈에 부셨던 모양이다.

"꼭 설명을 해야 알겠나? 영리한 사람에겐 설명이 필요없을 텐데."

"선생님이 모순을 느끼지 않으신다면 모순이 없는 거겠죠."

형산은 다시 한 번 "핫하" 하고 크게 웃으며 "오래간만에 웃어 보누만. 웃으니까 병이 낫는 것 같다"고 했다.

"그런데 이상하죠?" 전호는 슬그머니 빈정대듯 했다.

"뭣이 이상한가?"

"사회나 국가 또는 국제 문제, 혹은 일반적인 문제에 대해선 굉장히 급진적인 사상을 가지고 있는 사람이 자기나 자기 가정에 대해선 대개 보수적이니까 하는 말입니다."

"그건 새삼스러운 말일세. 이웃을 사랑하라고 설교하는 목사가 이웃을 돕기는커녕 이웃을 핥아 먹으려고 하고, 애국하자고 떠드는 사람이 망국의 방향으로 행동하고, 반공하자는 사람이 공산당에 약점을 잡힐 노릇을 일삼고…… 그런 따위가 있잖아. 그러니 그저 그렇고 그런 것 아닌가."

"그래 가지고 자기변명이 될 줄 아십니까?"

"이거 상당히 아픈데. 여자의 도리, 한 마디 들먹였다가 젊은 친구에게 톡톡히 당하는구먼. 허나 그런 것이 아냐. 사람이란 본래 보수적인 동물이 아닌가. 그런 보수적인 동물이 부분적으로 급진적인 사상을 가졌다고 봐주어야 하네. 그리고 사람이란 급진적 사상의 덩어리가 되어야 한다거나 그와 반대로 보수적 사상의 덩어리가 되어야 한다는 법도 없잖은가."

형산은 애매한 표정인 전호를 보더니 밖으로 향해 고함을 질렀다.

"추산댁, 막걸리나 좀 사가지고 오슈."

밤 열 시가 가까워서야 전호는 형산 선생의 집을 나왔다.

봄의, 만월 가까운 달이 중천에 걸려 있었다. 달을 볼 때마다 전호는 낯이 익은 달이라고 생각한다. 아폴로가 몇 백 번을 가고오고 해도 달은 역시 달이다. 그러면서도 달에까지 갈 수 있게 감쪽같은 계산을 해낸 과학자들의 두뇌와 손끝에 질투 비슷한 감정을 느꼈다.

전호는 형산 선생의 이른바 양장(羊腸)의 골목을 빠져 나가며 연도에 있는 부스럼딱지 같은 집에 곤충처럼 꿈틀거리고 사는 사람과 우주여행의 꿈을 키워 드디어 그 꿈을 현실로 만들어 놓은 사람들과를 비교해 보는 마음이 되었다.

'엘리트란 있는 것이다. 인간의 평등이란 잠꼬대에 불과한 것이 아닌가.' 같은 시대에 살고 있다고 해서 동시대인이 아닌 것처럼 같은 땅에 살고 있다고 해서 동포가 될 수도 없다. 형산의 인식도 이러한 사실의 파악 위에서 출발하고 있었다.

"그러니까 놈들이 너희들의 가슴팍에 총탄을 쏘아 넣을 수 있었다." 흥분한 형산의 말소리가 귀에 쟁쟁했다. 전호는 형산의 주름잡힌 얼굴에 겹쳐 나타나는 윤숙의 모습을 보았다. 후리후리한 키, 토실토실한 복숭아빛 피부의 갸름한 얼굴, 그런 부드러움에 악센트를 주는 것처럼 지나치게 강한 눈빛…… 전호는 윤숙을 처음 만났을 때의 광경을 회상했다. 중학교 1학년인 윤숙이 꽃을 한 아름 안고 할아버지인 형산을 따라 전호의 병실에 나타났었다. 그때의 윤숙은 눈과 코가 부조화(不調和)하게 보일 만큼 큰 허약한 소녀였다.

그랬던 소녀가 달이 가고 해가 감에 따라 자라고 다듬어졌다. 윤숙이 전호를 오빠처럼 따르던 때는 고등학교 시절이 한창이 아니었던가.

윤숙이 대학엘 갈 무렵 봄은 아니었지만 이같은 달밤을 함께 걸어 집으로 간 일이 있다. 그때 무슨 과를 택할 것이냐는 전호의 물음에 윤숙인 수줍게 대답했다.

"정외과."

"정외과라면 정치외교학과 말인가?"

전호는 놀라면서 이렇게 말했던 것인데 윤숙은 "그곳 빼놓고 해볼 만한 과가 또 있어요?" 하곤, 정외과를 나와서 어떻게 하려느냐는 물음에 수줍음도 없이 "판디트 네루 같은 여자가 될래요" 했다.

판디트 네루는 인도 네루 수상의 누이동생이며 당시 유엔 총회의 의장직을 맡고 있었다. 총명할뿐더러 아름다운 용모로써 뉴스의 전면을 가끔 장식하곤 하는 여인이었다.

전호는 윤숙의 말에 어이없어 하면서도 윤숙의 용모가 얼핏 판디튼 여사를 닮은 데가 있다고 생각하고 새로운 발견을 했다는 뜻에서 기뻐했던 것이다.

'그런데 지금 윤숙은……'

정외과를 졸업한 지 한 해 남짓한 동안에 직장을 두 번이나 바꿨다. 이번도 바꿨다니까 세 번째다.

전호는 저도 모르게 한숨을 내쉬었다. 어느덧 전호는 개나리꽃이 만발한 집 앞에 와 있었다. 그 샛노란 빛깔이 달빛에 물들어 그윽하다고밖엔 형언할 수 없는 아름다움으로 신비롭기까지 했다. 전등이 환하게 켜진 그 집의 이층에서 음악 소리가 흘러나오고 있었다.

달빛에 물든 개나리꽃, 밤의 고요 속에 눈뜨고 있는 듯한 불 켜진 창과 창, 조용하게 흘러 퍼지는 음악의 멜로디.

어떤 환각 속으로 걷고 있는 느낌이 전호를 사로잡았다. 들릴락말락한 음조에 가사가 붙어 뇌리에 흘렀다.

……봄의 밤하늘을 거니는

　　외로운 집시의 달이여

　　샘물은 노래를 멈추고

　　새들도 잠자리에 들어

　　내일의 행운을 꿈꿀 때

　　사랑에 눈뜬 그 여인만이

　　홀로 잠깨어 흐느껴 운다……

　어느덧 이 노래가 윤숙의 고운 목소리가 되어 전호의 가슴속에 메아리졌다. 노래 부르는 윤숙의 얼굴에 겹쳐 한 아름 개나리꽃을 꺾어 준 여인의 모습이 나타났다. 그 쓸쓸한 듯한 표정이, 다음엔 구김살 없는 웃음이…….

　그러나 그 자리에 그냥 머물러 있을 순 없었다. 전호는 느릿느릿하게나마 발걸음을 옮겨 놓았다. 그때 "뚜우" 하는 클랙슨 소리와 함께 자동차의 날쌘 헤드라이트가 고비를 돌아 전호의 눈을 쏘았다. 전호는 황급히 담벽 쪽으로 비켜섰다.

　자동차는 바로 그 집 문 앞에 섰다. 자동차의 도어가 열리는 것과 대문이 열리는 순간이 거의 동일했다. 대문에서 나온 사람은 낮에 전호에게 꽃을 꺾어 준 여인이었다. 자동차에서 내려진 사람은 분명히 그 남편일 것이었다. 짤막한 키에 다부지게 생긴 30대의 사나이라는 것을 문등(門燈)빛으로도 알 수 있었다. 아무튼 다부지게 생겼다는 인상이 강했다. 전호는 봐선 안 될 것을 본 사람처럼 두근거리는 가슴을 가까스로 진정하고 버스 정류장을 향해 가파른 길을 뛰어내려왔다.

숨을 돌리고 담배를 꺼내려고 했다. 두툼한 봉투가 손에 잡혔다. 형산 선생이 대구에 있는 유동호 씨에게 보내달라고 전호에게 부탁한 돈이 든 봉투다. 유동호 씨는 형산이 만주(滿洲)를 방랑할 시절부터 사귀어 온 옛 동지였다. 자기의 약값에도 궁해 있으면서 형산은 옛 동지의 딱한 사정을 알고 돈 오천 원을 마련한 것이다.

돈이 든 봉투를 전호에게 건네며 "두 끼니를 연거푸 굶어 본 적이 없다는 게 그 친구의 자랑이었는데 요즘은 그 자랑도 무너질 형편인가 봐" 하고 형산은 쓸쓸하게 웃었다.

"선생님도 딱하실 텐데 제가 대신 마련해 보내죠" 했으나 형산은 "나는 이래봬도 기술자니까" 하며 굳이 봉투를 전호의 호주머니에 쑤셔 넣었다. 형산이 기술자라는 것은 도배질을 하며 호구(糊口)의 방도로 삼고 있는 것을 말하는 것이다. 형산은 남에게 동정을 하면서도 자기의 생활엔 일체 남의 동정을 받아들이지 않았다.

형산의 도배질은 이미 정평이 있었고 마음이 내키면 휘호까지 해주는 바람에 인기가 있었다. 형산은 도배질을 해서 가난하게나마 생계를 꾸리고 윤숙일 대학까지 보냈다.

전호가 탄 버스가 을지로 입구에서 잠깐 멎었을 때였다. 우연히 바깥으로 쏠린 전호의 시야에 한 대의 고급차가 들어왔다. 무심코 그

차만을 보고 있는 참인데 뒤차의 헤드라이트에 윤숙의 얼굴이 순간 비쳐 올랐다. 곁엔 어떤 중년 남자가 타고 있었다. '그럴 리가' 하는 생각을 뭉개듯 허벅다리가 새큰했다.

제2장

배리(背理)의 꿈

'그럴 리가?' 하고 전호는 왼편 허벅다리에 되살아난 무딘 통증을 달래려고 했지만 그가 본 것이 윤숙이란 사실을 어떻게 할 수는 없었다. 윤숙은 W호텔의 나이트클럽에서 흥겹게 놀다가 그날 밤의 파트너였던 중년 실업가 J씨(정해석(丁海錫))의 차를 타고 아파트로 돌아가는 길이었다.

"요즘 제주도가 참 좋다던데."

J씨는 넌지시 윤숙의 마음을 끄는 말을 했다. 윤숙은 잠자코 있었다.

"어때 미스 민, 제주도에 한번 안 가실래요?"

"하루 벌어 하루 먹고 사는 처지에 어디 그런 짬이 있을려구요."

윤숙은 쓸쓸한 체 꾸몄다.

"토요일에 갔다가 일요일이나 월요일에 돌아오면 될 텐데, 대단하게 생각하실 건 없잖을까?"

J씨의 권유는 꽤 끈덕졌다. 그러나 윤숙은 그저 애매한 웃음만

띠었다.

자동차가 윤숙의 아파트 앞에 다다랐다. 자동차가 멎자 J는 "차나 한 잔 안 주시겠소?" 하고 말했으나 "먼 훗날, 제가 초대할 날이 있겠죠. 그럼 안녕" 하고 내려 버렸다.

자동차가 다시 움직여 그 헤드라이트가 크게 커브를 그리며 시야에서 사라져 갔을 때 윤숙은 3층에 있는 자기 방으로 걸어 올라갔다.

'제주도에 가자고? 그렇게 호락호락?'

윤숙이 J에게 호감을 가지고 있는 것은 사실이지만 그 이상 일보도 J와 더 가까워질 의사는 없었다. 결국 어느 정도로 이용 가치가 있는가를 살펴보는 마음 이상의 관심은 없었다.

윤숙이 방문을 열었다. 냉기(冷氣)와 같은 어둠이 꽉 차 있다. 스위치를 눌렀다. 일순 방안의 모양과 가구가 전등불과 더불어 생기를 되찾곤 반기듯 윤숙 앞으로 다가왔다. 아파트 생활이 벌써 한 달, 처음엔 호젓한 느낌이 짙었지만 지금은 그런 느낌마저 마음에 들었다.

방문을 이중으로 잠그고 큰 거울 앞에 서서 자기의 전신상을 한번 비춰 보고 윤숙은 옷을 벗기 시작했다. 실오라기 하나 걸치지 않은 알몸이 되어 목욕탕으로 갔다. 탕 가득히 물을 집어넣고 탕 안에 전신을 담갔다. 공기가 빠져 나가듯 피로가 풀려 나갔다. 윤숙은 눈을 감고 황홀하다고도 할 수 있는 시간을 즐겼다.

윤숙은 눈을 뜨고 물속에 담겨진 스스로의 육체를 감상해 보는 마음이 되었다.

'지나롤로 브리지다에 조금도 손색이 없다. 미레네 드몽조 따위는 문제도 안 되고……'

아무리 보아도 초라한 아파트의 목욕탕에 담겨 있을 몸이 아니라는 생각도 들었다. 우유와 향유를 가득 채운 대리석의 욕조에 많은 시녀들의 시중을 받으며 호화로워야 할 자기라는 공상이 일자, 자기 자신에 대한 안타까움과 애착이 정열의 불덩어리가 되어 온몸을 휘감는 듯했다.

윤숙은 탕에서 나와 차가운 물로 세수를 하고 젖은 몸을 닦기 시작했다. 미술품 애호가가 소장한 미술품을 손질하듯 발끝에서 손가락 끝까지 정성을 들여 손질을 하면서 윤숙은 중얼거렸다.

"나르시시즘! 나는 호화로워야 한다. 행복해야 한다."

윤숙인 목욕탕에서 방으로 돌아와 경대 앞에 앉았다. 지금부터 밤 화장을 시작하려는 판이다. ── 잠자는 여자의 얼굴이 고와야 한다는 글을 읽은 적이 있고 ── 잠자는 여자의 얼굴이 아름다우면 꿈속에 천사가 나타난다는 얘기를 윤숙은 읽은 적도 있다.

화장을 마치고 나면 윤숙이 매일 밤 해보는 행사가 있다. 그것은 천사의 날개처럼 긴 케이프가 달린 핑크빛 엷은 네글리제를 입어보는 버릇이었다. 그 네글리제는 덴마크의 코펜하겐에서 만든 것이었다. 라벨은 섬세한 자수로 '루치아 코펜하겐'이라고 새겨져 있다.

이 네글리제를 선사하며 서양 부인은, 윤숙이 결혼한 첫날밤에 입으라고 했다. 그 부인은 윤숙이 대학 시절 초청 강사로 와 있던 사람의 아내였는데 윤숙일 첫눈에 보고 좋아하게 되었다.

윤숙은 알몸에 스치는 나일론의 감촉을 즐기며 한동안 큰 거울 앞에 서서 포즈를 잡았다. 엷은 네글리제 밑으로 윤숙의 날씬한 몸매가 보다 정감적으로 나타났다.

'미세스 하젠은 날더러 이것을 신혼 첫날밤에 입으라고 했것다……'.

그러나 윤숙은 어떤 특정한 남자와 결혼해야 한다는 사실에 실감을 느낄 수가 없었다.

'어떤 사나이가 이 네글리제를 입은 나를 안을 수 있단 말인가. J? 턱도 없다. A(安達鎬)? 어림도 없다. B? 가망 없는 소리!'

윤숙의 뇌리로 선뜻 전호의 모습이 지나갔다. 단아한 얼굴, 언제 보아도 고요한 눈, 조용조용한 말소리……전호의 모습이 나타나는 것과 동시에 윤숙의 화려한 공상은 일순에 깨어났다.

윤숙은 네글리제를 벗어 옷장 속에 걸고 평소에 입는 잠옷을 걸치고 침대에 걸터앉았다. 몇 번이고 전호에게 쓰다 만 편지의 사연이 다시 윤숙을 괴롭혔다. 어떤 방법으로든 전호와의 사이에 무슨 결단을 내야 할 것이었다.

약혼식을 한 것은 아니지만 약혼식이니 뭐니 하는 의식을 초월한 의미에서 윤숙과 전호는 굳이 결혼할 맹세를 주고받은 것이나 마찬가지였다. 그런데 윤숙은 전호와 결혼할 의사를 전연 갖고 있지 않다. 그렇다고 해서 단호하게 절연한 의사를 나타낼 수도 없었다. 뭐니뭐니해도 지금 가장 가까운 사람은 할아버지였고 그 다음엔 전호를 꼽지 않을 수 없었다.

'나는 민덕기 선배의 뜻을 받아 평생을 교사 노릇을 하고 지낼 작정이다.'

조용하지만 저력이 든 전호의 말소리가 쟁쟁하게 기억 속에 되살아났다. 전호는 또 '교사 노릇을 통해, 학생들을 교육시키는 것이 아니라 내 스스로를 교육시킬 참'이라고도 했다.

윤숙은 전호가 교육이니 뭐니 하는 따분한 소리를 하지 말고 외교관이니 대사업가가 되어 주었으면 했다. 외교관 전호의 아내로선 어쩌면 격에 어울릴 것도 같은데 고등학교 교사의 아내가 된 스스로는 상상할 수조차 없었다. 아무튼 내일은 전호에게 편지를 써야겠다고 그 문면을 생각하고 있는데 전화벨이 울렸다. 시각은 열한 시 반.

'J한테서로구나.'

아니나 다를까, J의 목소리.

"오늘밤은 퍽 유쾌했습니다."

"폐만 끼쳐 드려 미안해요."

"폐라니? 영광인데요. 다만 조금 미련이 있었지만."

"미련이라뇨?"

"미스 민 방에서 차라도 한 잔 마셨더라면 만점이었을 건데…… 외람된 생각이죠?"

"기다리세요. 제가 궁전을 하나 지어 놓고 초대할게요."

"제가 궁전을 지어드리는 영광을 가질 순 없을까요?"

"생각해 보죠."

"이왕 생각하시려거든 되는 방향으로 생각하시구려."

"그것도 생각해 보죠."

"아주 외교적인 언사를 쓰시는데."

"제가 대학에서 뭣을 공부했는지 아시면서."

"참, 그렇지. 또 만나뵐 기회를 주십시오."

"그럭허죠."

"좋은 꿈 꾸십시오."

"예, 안녕."

J와의 전화는 거기서 끝났다. J는 자기 집에서 밤중에도 윤숙에게 전화할 수 있다는 사실을 과시하려는 의도가 있었다. J의 아내는 요즈음 병으로 병원에 입원하고 있다고 들었다.

윤숙은 라디오의 음악을 나지막하게 틀어놓았다. 처녀의 방에 음악 소리가 향기처럼 풍겼다.

'모짜르트의 주피터!'

윤숙은 아직 자리에 들 생각은 않고 방안을 둘러보았다. A라는 남자에게서 오는 전화를 기다리고 있는 것이었다.

열두 시 십오 분 전. 전화벨이 울렸다.

'A씨다' 하면서 윤숙은 수화기를 들었다.

"오늘밤엔 어딜 갔었소?"

툭툭한 A씨의 말이 흘러 나왔다.

"J씨 아시죠? 그분이 하도 조르는 바람에 W호텔의 나이트클럽에 갔었죠."

"세월이 좋으시군."

"좋은 마음을 가지면 세월이 좋아지고 나쁜 마음을 가지면 세월이란 나빠지는 것 아녜요?"

"대뜸 철학입니까? 그런데 지금 뭘 하고 계셨죠?"

"꿈꾸고 있었어요."

"무슨 꿈?"

"궁전을 지었다가 이제 막 헐어 버린 참예요."

"아이구 아쉬워라. 그 궁전에 나를 모실 생각은 없었소?"

"모실 생각을 하기 전에 궁전이 헐려 버렸거든요."

"그 궁전이 무너질 때 J씨를 깔아뭉게 버렸으면 좋았을 텐데."

"J씨를? 왜요?"

"아무래도 그치가 목하 나의 최대의 라이벌 같아서."

"질투니까?"

"질투를 할 자격은 없다, 이 말씀을 하고 싶겠지."

"어떻게 그처럼 남의 마음을 잘 아실까?"

"이래봬도 미국서 심리학 석사 학위를 받은 사람이오."

"몰라 봬서 죄송합니다."

"내일 밤 좀 만납시다. 오후 일곱 시 C호텔 커피숍에서 기다리겠소."

윤숙에겐 거절할 이유가 없었다. A는 외국 기관에 근무하는 전도
가 유망한 청년이다.

육성상사주식회사.

윤숙이 새로 옮긴 직장의 이름이다.

직장에서의 윤숙의 하루는 출근할 때 늙은 수위에게 향긋한 미
소를 선사하는 데서부터 시작한다. 윤숙의 미소를 받으면 늙은 수위
의 주름 잡힌 얼굴에 꽉 차게 웃음이 번진다. 윤숙은 간혹 한 송이의
생화(生花)를 선사할 때도 있다. 그러면 늙은 수위는 그 꽃을 잉크병
에 꽂아 두고 즐긴다.

윤숙이 늙은 수위에게 대한 친절은 할아버지를 모시고 있지 않다
는 데 대한 죄책감을 덜기 위한 잠재의식의 탓도 있겠지만 본래 그만
한 심정의 델리커시를 가지고 있기도 했다.

그 늙은 수위가 전직 교육자이며 정년이 되자 저축한 돈은 없고
생활은 딱하고 해서 수위 노릇을 하고 있다는 얘길 들은 후론 윤숙이
그 노인을 볼 때마다 전호를 생각하곤 했다.

청빈한 교육자 생활 끝에 노후를 의지할 수 없어 수위로 전락해
야 했다는 사실에 윤숙은 가끔 노여움을 느낄 때가 있었고, 가난한
학생을 보아 넘길 수 없어 얼마 되지 않는 월급 가운데서 돈을 대주
기도 하는 전호의 장래가 뻔한 것으로 보이기도 했다.

윤숙의 자리는 총무과에 있었다. 하는 일이란 타이프로 찍어온

영문 편지를 초고와 대조해 가며 검열하는 일뿐이다. 윤숙이 육성상사로 오게 된 것은 우연한 기회에 어떤 파티에서 사장을 알게 되어 굳이 그 간청을 물리칠 수 없었기 때문이다. 미국 손님이 많은 까닭에 영어에 능하고 얼굴이 잘난 여사원이 있어야 되겠다는 사장의 얘기였다. 윤숙은 비서로선 근무하지 않겠다는 것과 5만 원 이상의 월급을 받아야겠다는 조건을 붙여 그 회사로 옮겨왔다.

그러나 윤숙은 총무과에 있으면서 필요에 따라 사장실 일을 도와주면 되는 것이다. 윤숙의 영어는 썩 세련된 편은 아니었으나 미국 신사들은 그 영어를 재치 있고 매력 있는 영어라고 칭찬을 했다. 미국인 아니라 어떤 나라의 사나이라도 못난 여자의 잘하는 말보다 잘난 여자의 못하는 말을 좋아하는 법이다.

그런 때문만도 아닐 것이지만 어떤 요구라도 윤숙의 입을 통하기만 하면 미국인은 OK를 연발했다. 윤숙의 회사 안에서의 비중은 자연 높아갔다.

책상 위에 백을 놓고 윤숙이 다음 할 일은 사장실에 인사하러 가는 일이다. 사장과 윤숙은 아침 인사를 나누고 나면 비서가 끓여다 주는 커피를 마주앉아 마신다. 윤숙이 비서로서의 근무를 거절한 이유가 증거로써 나타나는 셈이다. 비서가 매일 아침 사장과 마주앉아 커피를 마실 순 없지 않은가.

그날 사장 양민우(梁敏佑) 씨는 윤숙의 인사를 받자 저녁에 식사를 같이 하자고 제안해왔다.

"오늘은 선약이 있어요. 줄잡아 며칠 전쯤에 분부를 내리시지 않고……."

아무렇지 않게 하는 말이지만 말하는 모습 그것이 아양이 되었다.

"하여간 미스 민은 비싸. 누구와의 선약인지 모르지만 그거 취소할 수 없을까?"

"장래 남편 될 사람일지도 모르는 사람인데 취소할 수 있나요?"

"누군데 그 사람이?"

"K부의 A씹니다."

"오오 A씨."

사장도 A라는 사람이 박력이 있고 장래성이 있는 사람이란 걸 잘 알고 있었다. 그래 웃음을 꾸미고 말했다.

"A씨라면 경쟁이 안 되겠는 걸."

혹시 결혼할 상대가 될지 모른다는 말을 윤숙이 했지만 A씨와 결혼할 의사는 없었다. 뿐만 아니라 누구하고라도 결혼할 생각이 윤숙에겐 없었다. 그리고 윤숙이 A와의 교제를 사장에게 알리고 J에겐 A와의 교제를 알리고 A에게도 J와의 교제를 알리고 하는 덴 그 나름의 의도가 있었다. 그렇게 해놔야만 표리부동한 사람이 아니라는 인식을 심을 수 있을 것이고 스캔들의 요인을 미연에 방지할 수 있는 것이었다.

사장실에서 자기 자리로 돌아온 윤숙은 아직 일거리도 와 있지 않고 해서 전호에게 쓸 편지의 문면(文面)을 생각하기로 했다. 그러나 간단할 것 같으면서도 생각할수록 복잡해졌다.

당신과는 결혼할 의사가 없다고 쓰자니 전호가 언제 구혼한 것도 아니었다. 앞으로 절교하겠다고 쓰자니 절교를 꼭 해야 할 이유가 없었고 전호 편에서 자주 교제를 하자고 서둘고 있는 것도 아니다. 그러나 묘하게 얽힌 인연 같은 것, 막연한 부담감 같은 것을 그냥 두곤 윤숙의 마음은 편할 것 같지 않았다. 전호의 그 지켜보는 것 같은 눈, 한땐 그러한 눈을 느낌으로써 윤숙은 살 보람을 느끼기도 했던 것인데 지금은 윤숙에게는 비겁한 짐덩어리나 다름이 없었다. 바르게 깨끗하게 이 세상에 조금이라도 플러스가 되도록 살아야 한다는 전호의 성실한 의견과 행동은 윤숙의 마음속의 다짐과 먼 거리에 있었다. 뿐만 아니라 서로 충돌하기 마련인 것이다. 그만큼 전호는 윤숙에게 지겨운 존재였다.

그러면서도 탁한 세속과 싸워 나가려고 하는 전호의 마음가짐과 몸가짐에 대해 윤숙의 가슴 한구석에서는 존경하는 마음이 도사리고 있었다. 드디어 윤숙인 다음과 같이 글을 엮어 보았다.

── 새로 직장을 옮기면서 미리 의논하지 않은 것을 죄송하게 생각합니다. 그러나 먼저 직장보다는 월급이 배나 많고 일도 수월합니다. 선생님께선 수월한 길을 택하기 좋아하는 사람의 마음을 신랄하게 비판하신 적이 있는 것을 저는 기억하고 있습니다. 하지만 저는 수월한 길을 택해 승리자가 되길 원하는 사람입니다. 그리고 승리도 선생님이 말씀하시는 그런 고상한 승리를 저는 원하지 않습니다. 속

된 사회의 승리자가 되면 그만이라고 생각합니다. 착한 사람으로서 패배자가 되는 것보다 나쁜 사람일망정 승리자가 되길 택한 저를 용서하시기 바랍니다. 용서하시고 앞으론 일체 저의 일에 관심을 두시지 말기 바랍니다. 저는 제가 갈 길을 단연코 작정했습니다. 누구도, 설혹 그것이 할아버지일지라도 저의 갈 길을 막지 못할 것입니다. 10년쯤 세월이 지나면 저의 행동을 이해하실 날이 혹시 있을지도 모릅니다. 그러나 저는 평생을 교육자로서 깨끗하게 보람 있게 보내시겠다는 선생님의 태도에 예나 다름없는 존경을 드립니다. 그것이 저의 오빠의 뜻을 받든 것이라고 생각할 때 저는 평생을 두고 선생님의 그 지조를 잊지 않을 것입니다. ──

여기까지 쓰다가 윤숙은 그 편지를 산산조각으로 찢어 휴지통에 집어넣어 버렸다. 생각의 반도 표현되지 않은 편지에 신경질이 난 까닭이었다. 편지를 찢고 멍청하니 앉아 있는데 사장실에서 오라고 하는 전갈이 왔다.

사장실에 들어선 윤숙은 사장과 마주 앉아 있는 미국인의 시선에 주춤했다. 윤숙이 이때까지 남자의 시선을 받고 주춤한 경험은 없었다. 부드럽게 웨이브한 금발이 한두 가닥 흐트러진 이마 끝에 에메랄드 빛깔도 무색할 만큼 푸른 눈동자가 윤숙을 주춤하게 한 것이다. 그것은 무엇을 보고 있는 눈이라기보다 꿈꾸고 있는 눈이었다. 그 눈빛을 받으면 대상이 녹아 없어질 그런 마력을 가진 듯도 했다.

티 없이 맑은 얼굴 위에 코와 턱이 정교하게 깎아 놓은 듯 단정했고 엷게 그어진 입술 사이에서 부드러운 말이 굴러 나왔다.

"아이 엠 미스터 비어스 윌슨."

손을 내밀며 일어서는 윌슨은 후리후리한 장신이었다. 윤숙은 수줍게 자기소개를 하고 사장 겸 그 미국 손님의 맞은편에 앉았다.

"이분은 미국에서도 유명한 W 회사의 극동 책임자야. 동경에 주재해 있지. 이 회사는 여간 까다롭지 않지만 거래만 터놓으면 굉장하게 유리한 점이 많지."

사장은 윤숙에게 이렇게 말했는데 그 말투엔 그 자를 잘 구워삶으라는 언외(言外)의 뜻이 있었다.

윤숙은 윌슨이라고 하는 사람에게 한국엔 이번이 처음이냐고 물었다. 윌슨은 서너 번의 내왕이 있었지만 이번 와 보고 처음 와 본 것처럼 느꼈다는 대답이었다.

"그건 왜요?"

윤숙은 서울의 건설이 눈부실 정도로 잘 되어 있어서 그렇다는 대답을 기대하며 이렇게 물은 것인데, 윌슨의 대답은 뜻밖이었다.

"미스 민 같은 어여쁜 한국 여성을 만난 것이 이번이 처음이니까요."

윤숙은 귀까지 빨개졌다. 웬만한 정도의 아첨 섞인 찬사엔 익숙해 있는 윤숙이었지만 할리우드의 영화배우보다도 멋지고 잘생긴 윌슨의 말엔 대범할 수 없었다. 윌슨은 '뉴'를 '뉴우'라고 하고 '월'을 '위이유'라고 발음하는 것을 보니 뉴잉글랜드의 출신이 아닐까 하고,

얼굴이 붉어질 정도로 당황한 감정을 감추기도 겸해 윤숙은 "미스터 윌슨은 뉴잉글랜드 출신이 아니세요?" 하고 물었다.

"잘 맞혔습니다. 매사추세츠가 나의 고향이죠" 하곤, "어떻게 그런 걸 아느냐?"고 되물었다.

"아는 방법이 있죠. 그러나 그 비방(祕方)을 함부로 공개할 수 있나요?"

윤숙이 이렇게 말하자 윌슨은 "극동에 와서 나의 출신 주를 단번에 알아보는 사람은 미스 민이 처음입니다" 하면서 미소를 지었다. 그 미소에 또 그지없이 매력이 있었다. 윤숙은 어떤 영화에서 본 타이론 파워의 미소 같다고 생각했다.

윤숙은 무슨 용무로 왔느냐고 물어보았다. 윌슨은 "서울이 자꾸만 고층화된다는 소릴 듣고 엘리베이터를 팔아먹으려고 왔는데, 그 일은 둘째가 되겠소" 하곤 의미심장하게 눈꼬리를 치켜들어 보였다. 그래 윤숙이 또 물었다.

"그럼 뭣이 첫째가 되죠?"

"나도 한 가지쯤은 비밀을 가져야죠" 하며 윌슨은 활달하게 웃었다.

윤숙은 이런 농담을 하면서도 미국인이란 치밀한 관찰을 하고 정확한 손익 타산을 하는 사람들이란 것을 알고 있다. W회사는 GMC에 비등할 만한 미국의 대회사이며 큰 공작 기계는 물론 선풍기 등 가정용품까지도 만들고 있는데, 아직까지 한국 상사와는 거래가 없었다. 월슨은 말하자면 한국에 시장을 개척하러 온 것이다. 구체적으로는 대리점을 선정할 목적으로 윤숙이 근무하는 회사에 들렀다.

회사의 상황과 더불어 현재 거래하고 있는 미국 상사, 거래의 실적 등 사업 관계를 설명하는 단계가 되면 윤숙인 필요없는 존재다. 영어를 잘 하는 간부가 나타나 구체적인 사업 얘기에 들어가려고 할 때가 윤숙이 자리를 떠야 하는 시기다. 종래 그런 관례가 되어 있었다. 그래 무역관계의 담당 간부가 들어오는 것을 보고 윤숙이 일어서며 실례하겠다고 월슨에게 인사를 했다.

"왜 나가시는 겁니까?"

월슨이 사장과 윤숙일 번갈아 보며 물었다. 윤숙이 대답했다.

"구체적인 사업 얘기는 딴 사람의 일이에요."

"당신이 있어선 해서 안 될 사업 얘기라면 그런 사업 얘긴 나는 하지 않겠소."

월슨이 농담인지 진담인지 모르는 소리를 했다. 윤숙은 어이가 없다는 눈초리로 사장을 봤다. 사장이 눈짓으로 윤숙을 앉으라고 했다. 월슨의 일순 굳은 듯한 표정이 풀어졌다.

월슨은 메모 용지를 꺼내 들고 회사의 내용과 앞으로의 계획을 날카롭게 묻기 시작했다. 윤숙은 월슨의 태도가 대등한 사업가끼리 거래를 트기 위한 사람의 태도라기보다 큰 은혜를 베풀어 주려 하는데 상대방이 그 은혜를 받을 만한 자격이 있는가 없는가를 따지는 사람의 태도처럼 보였다. 그러나 잘생긴 사람이 하는 짓은 미운 행동까지도 잘 보이기 마련인 모양이다. 백석(白晳)의 이마, 푸른 눈, 부드럽지만 요령 있고 다부진 질문, 현대의 엘리트란 저런 풍채와 태도를 가진 사람을 말하는 것이거니 하는 인상을 윤숙은 월슨에게서 받았다.

월슨은 사업 얘기에 한창 열중해 있다가도 가끔 농담을 던져 얘기의 권외(圈外)에 앉아 있는 윤숙의 심심함을 풀어주길 잊지 않았다.

그런데 윤숙은 월슨이 농담을 할 때와 사업 얘길 할 때 표정이 전연 딴사람처럼 바뀌어지는 것을 보고 놀랐다. 농담을 할 땐 그 푸른 눈이 봄의 아지랑이 같은 윤기를 뿜어내고 입언저리에서 귀밑으로 웃음이 번져 가는데 일단 사업 얘기에 들어가면 눈동자는 유리알처럼 차가워지고 턱에서 귀로 이어진 선이 플라스틱의 세공물(細工物)을 방불하게 굳어지는 것이었다.

'전형적인 미국의 사업가!'

그것이 또한 월슨의 매력일 수도 있었다. W회사라고 하면 세계 굴지의 재벌이다. 그런 재벌의 극동 책임자라면 미국에서 대단한 지위다. 그러니 아직 마흔을 넘기지 않은 나이에 그런 지위를 차지했다는 것은 대단한 일이다. 미국 상사 사람들과 접촉이 많은 윤숙은 그런 사정에는 통달하고 있었다.

월슨이 시계를 보더니 오늘은 이쯤하자고 일어섰다. 점심에 초대했으면 하는 사장의 청을 월슨은 "대사관 친구들과 약속이 있어서" 하며 거절했다.

"그 대신" 하고 월슨은 윤숙일 바라보며 "미스 민이 끼인 저녁 식사엔 초대를 받을 수 있죠" 하며 장난스럽게 웃었다.

"그럼 오늘밤" 하고 사장이 말하려다가 윤숙의 눈치를 살폈다 윤숙은 엉겁결에 좋다고 하려던 참인데 A와의 약속을 상기했고, 동시에 월슨의 이제와 같은 청은 거절하는 것이 상책이라고 생각하곤 "전 오늘밤 선약이 있다고 말씀드렸을 텐데요" 하며 사장을 봤다.

"미스 민은 선약이 있답니다. 미스 민이 없어도 좋다면 오늘밤" 하고 양 사장이 월슨에게 말하자 월슨은 "행복이 한꺼번에 굴러올 수는 없지" 하며 양 사장의 초대를 받아들였다.

월슨이란 사람이 떠나고 나자 윤숙은 갑자기 피로를 느꼈다. 딴으론 굉장히 긴장해 있었기 때문이었다.

"무슨 선약인진 몰라도 A씨 같으면 전화로써 취소할 수도 있지 않을까?"

사장은 월슨을 초대하는 자리에 윤숙을 꼭 끼우고 싶은 생각인 모양이었다.

"A씨와의 약속이 대단해서가 아니라 숙녀에 대한 예의가 돼먹지 않아서 그래요"

"그잔 아마 한눈에 미스 민에게 홀딱 빠진 모양이던데 미국 사람 치곤 꽤 눈이 있는 친구야. 그리고 숙녀에 대한 예의도 그만하면 됐지 않던가?"

"아녜요. 자기 나라의 숙녀를 대할 때 그런 식으로 나오겠어요?

한국 여성이 얼마나 깔끔한지 한번 보여줘야 되지 않겠어요?"

"그것도 그렇지."

그러나 사장의 표정엔 못내 아쉬움이 있었다.

"사장님."

"음?"

"W회사의 대리점이 되는 것이 우리 회사에 그렇게 큰일인가요?"

"이익이 크지."

"엘리베이터 몇 대 가지고 이익이 크면 얼마나 크겠어요."

"그뿐 아냐. 에어컨, 냉장고, 선풍기, W회사의 제품이라고 하면 세계적으로 유명하지 않아? 그리고 그만한 회사와 손을 잡아 놓으면 여러 가지로 편리하거든."

"그런데 아까 정도의 얘기 갖고는 가망이 없어요?"

"가망이라니 턱도 없어. 미국인들이 얼마나 꼼꼼한 걸 미스 민이 몰라서 그런 소릴 하나? 시장 조사가 적어도 3, 4차 있고 다음은 회사의 실태 조사가 서너 차례, 그 결론을 가지고 다른 경쟁 회사와의 비교 조사라는 게 또 있고…… 그런 식으로 석 달이고 넉 달이고 조사를 하는 사람들이야. 그들로선 급한 게 하나도 없거든."

"그 결론을 내는 게 결국은 윌슨 아니겠어요?"

"그렇지."

"그 사람을 제가 한번 구워삶아 볼까요?"

"미국인은 연애는 기분으로 할지 모르나 사업은 기분으로 하지 않아."

"어쨌건 제가 일을 만들어 놓으면 사장님 어떻게 하실 거예요?"

"천만 원 줬다."

사장은 무릎을 탁 치며 말했다.

일곱 시 정각에 윤숙은 C호텔의 커피숍에 들어섰다. 넓은 홀을 한참 더듬고 나서야 구석진 곳에 있는 A를 찾아낼 수 있었다. A는 손을 들어보였다. 석양을 받아 커프스의 단추가 반짝했다. A는 자기의 외모에 자신이 있는 사람 특유의 여유 있는 미소를 띠고 윤숙이 다가서자 일어서서 의자를 권했다.

"며칠 못 뵌 사이에 훨씬 더 예뻐졌습니다."

"여자는 추켜올리기만 하면 좋아한다는 걸 어디서 배우신 모양이죠?" 하며 윤숙은 자리에 앉았다.

웨이트리스가 커피를 날라왔다.

"자, 미스 민 백오십 원짜리 커피를 마셔 보시죠" 하며 A는 각설탕의 포장을 뜯었다.

"백오십 원?"

윤숙은 놀라는 표정을 했다.

"그렇죠. 여기선 커피 한 잔에 백오십 원 해요."

"어떻게 그처럼 비쌀까요?"

"집값을 당장에 뺄라는 거지. 그것뿐인 줄 알아요? 맨 위층 식당에선 입장료까지 받지."

"한국 사람은 오지 말라, 이 말씀이군요."

A는 C호텔의 비평을 하기 시작했다. 기둥의 배치가 잘못되었다느니 대리석의 선정이 글렀다느니 카펫의 색깔이 천하다느니 A의 말끝에 오르기만 하면 뭐든 아무짝에도 못 쓸 것으로 되고 만다. 윤숙이 가만히 듣고 있으니 외국의 일류 호텔과의 비교론으로 A의 얘기는 번졌다. 일본의 '오다니'가 어떻고, 홍콩의 '힐튼'이 어떻고, 뉴욕의 '아스토리아'가 어떻고, 저 멀리 오슬로의 호텔까지가 등장했다.

A의 이야기는 다채다양했다. 아직 젊은데도 세계에서 안 가본 곳이란 공산권밖엔 없다니 자연 화제도 많았다. 그러나 본래 일방통행의 얘기처럼 싱거운 것은 없다. A의 말이 허풍은 아니겠지만 신나게 주워 넘기는 말이란 대강 허풍을 닮는 것이다.

윤숙은 '이런 사람허구 한평생을 같이 살자면 지레 죽어 없어지든지 바보가 되든지 해야 할 게다'는 생각을 해보며 그저 A의 말을 귓전으로 흘려듣고 있었다.

그런데 넌 왜 그런 사람하고 상대를 하고 있느냐고 윤숙이더러 물으면 윤숙이 진심을 토할 경우 그 답은,

── 그의 세도와 돈을 이용하기 위해서 일주일에 한번쯤 차를 같이 마실 필요가 있다는 것이었다.

"오늘밤 우리 나이트클럽에 가볼까요?"

한바탕 호텔에 관한 강의를 끝낸 A는 불쑥 이런 제안을 해왔다.

"나이트클럽은 노."

마지막 말과 함께 윤숙은 입을 다물어보였다.

"왜 노야. J씨 허군 같이 가면서 나 허군 안 된다는 이유는?"

"간단하지, 그 이유. J씨는 나이도 많고 덜 매력적이지만 A씨는 나이도 젊구 매력도 있구."

"그게 거절하는 이유가 돼?"

"충분하죠. J씨 허군 어딜 가도 유혹에 빠질 염려가 없지만 A씨 허군 그 위험이 대단하거든요."

윤숙은 자기의 말솜씨도 이만했으면 됐다고 생각했다.

"유혹에 빠져 보실 의사가 전연 없으신 모양이구먼."

"아직은 없죠."

윤숙은 단호히 말했다.

"일생에 한번쯤 실수라는 것도 있는 겁니다. 한번쯤 실수해 보실 생각은 없으신지?"

"이왕 실수를 한 바에야 큼직하게 해치우지 째째하게 하면 쓰나요?"

윤숙의 태도를 고칠 수 없다는 것을 알자 A는 "그럼 오늘밤의 스케줄을 어떡허지?"

"제 의견을 묻는 거예요?"

"그렇지."

"그럼 제1안은 비싼 커피를 마셨으니까 이 정도로 오늘의 데이트를 마치는 일이고, 꼭 제2안이 필요하다면 이왕 이곳에 왔으니까 입장료를 내고 들어가는 식당에 가서 식사나 할 일이고……제 의견은 그렇습니다."

"제2안으로 합시다" 하고 A가 일어섰다. 윤숙도 따라섰다. 옥상으로 가는 엘리베이터를 기다리고 있는데 "헬로우" 하는 소리가 윤숙의 등뒤에서 났다. 누군가 하고 돌아보았더니 거기 월슨이 양 사장과 몇몇 외국인 사이에 끼어 서 있었다. A가 사장을 보고 인사를 했다.

"A선생 대단하신데. 아까 미스 민을 우리 저녁 식사에 초대를 했더니 A선생과 선약이 있다고 하잖습니까?"

A는 어깨를 으쓱하는 느낌으로 웃었다. 윌슨은 윤숙일 만나 반갑다고 말하고 자기의 일행에 일일이 소개했다.

"진실을 말해서 내가 한국에서 본 가장 원더풀한 여성"이란 표현을 썼다.

양 사장이 엘리베이터 안에서 A를 윌슨에게 소개했다. A는 유창한 영어로 윌슨과 인사말을 주고받았다.

"한국 사람은 모두 영어를 잘합니다" 하고 양 사장을 보고 윌슨이 말했다.

"영어를 할 줄 아는 사람만이 당신들을 상대로 하니까 그렇죠"

양 사장이 이렇게 말하자 윌슨이 "그렇던가요" 하는 바람에 모두들 웃었다.

식당에 들어가자 어떻게 된 일인지 합석이 되어 버렸다.

"우연이란 건 참으로 좋은 거야. 이런 행운이 어디에 있담."

월슨이 익살을 부리며 윤숙의 곁자리를 잡곤 A를 향해

"엑스큐즈 미 미스터 A"라고 했다. A는 억지로라도 부드러운 미소를 띠지 않을 수 없었다.

"미인을 모시지 못하는 파티는 동물의 파티일 수밖에 없는데 미스 민의 덕택으로 신사의 파티가 되었다"고 월슨은 조크를 연발하며 자리를 어울리게 했다.

윤숙은 말없이 그저 웃고만 있었으나 월슨의 사람 됨됨을 파악하기 위해 자기 나름대로의 신경을 썼다.

'이 사나인 참으로 나를 좋아해서 이러는 것이냐, 그저 건성으로 하는 짓이냐.'

그런데 월슨이 예쁜 웨이트리스가 곁에 와서 주문을 받고 주문받은 물건을 가져오고 해도 눈썹 하나 까딱하지 않는 것을 윤숙은 똑똑히 봤다.

월슨과 나란히 해놓고 보니 A는 민망할 정도로 멋쩍어 보였다. 외국인과 같이 한 자리에선 도리어 뚱뚱한 양 사장이 그 분위기에 어울린다는 건 윤숙에게 있어선 하나의 발견이었다.

A는 간혹 자기가 가본 미국의 땅 이름을 들먹이곤 했으나 그것이 얘기의 단서가 되지 못하고 말았다.

식사가 끝나자 월슨과 양 사장은 또 한 군데 재미있는 곳으로 가보자고 윤숙에게 청했다. 그러나 윤숙은 A의 처지도 생각해야 할 것 같아서 굳이 사양했다. 윌슨은 정식으로 신청하는 것이라면서 "내일 밤 우리의 파티에 참석해 주실 수 없겠느냐"고 했다.

사장이 가만히 윤숙의 팔꿈치를 건드렸다. 윤숙은 "좋습니다. 기쁘게 초대를 받겠습니다" 하고 가볍게 머리를 숙였다.

일행과 헤어져 윤숙은 A와 나란히 덕수궁 뒷골목을 걸었다. 잠시라도 단둘이만의 시간을 갖고자 하는 A의 부탁을 뿌리칠 수 없었던 까닭도 있었고 그렇다고 해서 살롱이나 다방 같은 데 들르기도 싫어서였다.

덕수궁 돌담을 끼고 돌면서 A가 물었다.

"만일 말입니다. 제가 미스 민에게 프러포즈를 하면 미스 민은 어떻게 하실 작정이죠?"

윤숙은 싱거운 질문이라고 생각했다.

"만일에 대한 대답을 어떻게 하라는 거죠? 프러포즈를 해놓고 이편의 태도를 묻는 것은 좋지만 프러포즈를 한다면 어떡허겠냐구 그런 비겁한 질문이 어디에 있어요."

"남자는 사랑하는 여자 앞에선 약간 비굴하게 되는 모양이죠."

"전 반대로 들었는데요. 사랑하는 여자 앞에선 남잔 용감하게 된다구……."

"그것도 경우에 따라 달라지겠지요. 내가 막 바로 프러포즈를 못하는 것은 퇴짜를 맞을까 봐 겁이 나서 그렇습니다. 한번 퇴짜를 맞으면 그만이니까."

"그렇게 자신이 없으시면 그만두면 되잖아요?"

A는 고개를 숙이고 발끝만 보고 걸었다. 윤숙인 A가 이런 말을 꺼낸 동기를 알 것만 같았다. 윌슨이란 외국인이 나타나는 바람에 딴으로 충격을 받은 것이다. A는 자기에 대한 자신이 만만한 사람이었다. 자기의 필요에 따라 윤숙과 결혼할 수 있을 것이란 자신까지도 가지고 있어, 이때까진 결혼 따위의 문제는 염두도 내보지 않았던 게 아닌가.

이렇게 생각하자 윤숙은 웃음이 북받쳐 올라 참을 수가 없었다.

"왜 웃지?"

A가 윤숙일 돌아보았다.

"전 미스터 A가 그렇게 자신이 없는 분인 줄 이제 알았거든요."

A는 "핫하" 하고 호탕하게 웃었다. 그리곤 "그럼 일대 용기를 내어 볼까?" 했다.

윤숙인 당황했다. 그래 얼른 말했다.

"아녜요. 용기를 내지 마세요."

만일 A가 프러포즈를 한다면 물론 "노"라고 해야 할 텐데 그렇게 하고 나면 뒷맛이 쓸 것 같았다.

그때 윤숙은 속으로 "앗" 하고 소리를 질렀다. 호젓한 가로등 밑으로 전호가 어떤 중년 남자와 나란히 걸어 내려오는 것이었다. 몸을 돌이킬 여유란 없었다.

윤숙이 전호의 일행과 스친 것은 가로등 불빛이 먼 어둠 속이었다. 윤숙은 전호를 느꼈으면서도 잠자코 지나쳐 버렸다.

지나쳐 놓고 나서야 윤숙은 '이럴 수가 없다'고 생각했다.

'내가 죄를 지었나? 그에게 무슨 잘못을 저질렀나?'하고 생각하자 윤숙은 "미스터 A, 여기서 헤어져야겠어요" 하고 몸을 돌렸다. 윤숙의 돌연한 태도에 A는 '……?' 한 표정이 되었다. 그러나 일일이 사정 설명을 하고 있을 겨를이 없었다.

"그럼 안녕. 나중 열한 시 반쯤에 전화해요" 해놓곤 윤숙이 총총하게 전호를 뒤쫓았다. 전호는 느릿느릿 걷고 있어서 곧 뒤따를 수가 있었다.

"오빠!" 하고 윤숙이 불렀다.

전호가 후닥닥 돌아섰다.

"이거 어떻게 된 일이지?"

거기엔 대답을 않고 윤숙은 전호와 같이 돌아선 옥동윤(玉東允) 선생에게 인사를 했다.

"선생님 안녕하셨어요?"

그때야 옥동윤은 윤숙을 알아보았다.

"아아, 형산 선생의 손주따님이군. 밤중에 여길 어찌된 일이지?"

"보이프렌드와 데이트 중인데 선생님들이 지나가지 않아요? 그래서."

"그럼 빨리 가봐요. 그 보이프렌드가 기다릴 테니."

전호가 이렇게 말하자 "괜찮아요, 이제 막 인사를 하구 헤어졌어요. 그런데 미스터 전은 웬일이세요."

'오빠'라는 호칭이 금시에 '미스터 전'으로 바뀌는데 전호는 쓴 웃음을 지었다. 윤숙이 전호를 '오빠'라고 부르던 때가 생각이 났다. 아득히 먼 옛날의 일 같았다. 윤숙은 전호를 대학 2년까지 '오빠'라고 부르다가, 그 후 어느덧 전 선생으로 부르고 있었다. 그랬던 것인데 오늘 난데없이 '미스터 전'이란 호칭이 튀어나온 것이다. 그러나 전호는 이런 문제를 두고 신경을 쓰는 자기 자신을 우습게 생각했다.

같은 길을 걸어 내려가고 있어도 세 사람의 가슴속엔 각각 다른 생각들이 오가고 있었다. 흐르듯 별빛이 있는 밤이지만 서로들의 표정이 보이지 않는 것이 다행이라면 다행이었다.

"옥 선생님, 요즘도 술을 많이 하세요?"

윤숙이 따분한 침묵을 깨뜨렸다.

"어느 정도가 많이 하는 것으로 되는지 모르겠는데."

옥 선생은 말꼬리를 흐렸다. 옥동윤은 오십이 될락말락한 나이의 고등학교 교사다. 30년 가까운 세월을 평교사로 지내온 일종의 기인(奇人)이다. 전호와는 동료 교사의 사이였지만 전호는 옥을 스승으로서 받들었다.

"내가 빠지면 멋진 커플의 아베크가 될 것 같은데 내 먼저 실례할까?"

옥동윤이 불쑥 이렇게 말했다.

"안 돼요, 옥 선생님 같이 가요. 오늘밤 제가 술을 사지요. 어디 중국집에나 가실까요?"

윤숙이 옥동윤의 소매에 매달리듯 했다. 전호와 단둘이 있어야 할 시간에 대해서 어쩐지 공포증을 느꼈던 것이다.

"좋지요? 선생님."

"오랜만에 미인과 같이 한잔할까?"

옥동윤이 전호의 양해를 구하는 투로 말했다.

옥동윤은 학(鶴)처럼 여윈 사람이다. 그런데 이상하게도 몇 잔의 술이 들어가면 그 예각적(銳角的)인 풍모에서 모가 사라지고 차가운 듯한 눈빛에 화색이 도는 것이다. 그쯤 되었을 때 필요 이상의 말을 하지 않는 그의 입에서 다소 너그러운 말이 튀어나온다.

"전 군."

"예."

"일본 말인데…… 쓰레기통의 학이란 말이 있어" 하는 옥동윤의 말에 "영국 말엔 쓰레기통의 장미란 말이 있잖습니까?" 하고 전호가 대꾸했다.

"모두들 무슨 말씀이죠?"

윤숙이 끼어들었다.

옥동윤은 술잔을 들고 식당 안을 한 바퀴 둘러보면서 말했다.

"이런 곳에 윤숙이 앉아 있다는 걸 보니 쓰레기통의 학이란 말이 생각났지."

"어울리지 않는단 말씀이시죠."

윤숙이 이 말엔 대꾸도 않고 옥동윤이 그때사 형산의 안부를 물었다.

"할아버지 편히 계시나?"

"편히 계시겠죠."

"계시겠죠?"

옥동윤의 눈빛이 의아하다는 듯 빛났다.

"전 집을 나왔어요."

옥동윤은 잠깐 묵묵히 앉았더니 "그것 잘됐구먼" 했다.

너무나 뜻밖인 말에 윤숙이 도리어 당황했다.

"그 말씀 빈정대는 말씀이에요?"

"내가 언제 남을 빈정댄 일이 있는가. 집을 뛰쳐나올 수 있을 만큼 자랐다는 것이 우선 좋은 일이고, 형산 같은 영감은 혼자 살아야 하니까 그 영감의 신념을 살려주는 뜻에서도 좋은 일이란 뜻이야. 젊은 사람도 남자나 여자나 집을 뛰쳐나갈 줄도 알아야지."

어찌 들으면 비통한 말 같기도 하고 어찌 들으면 비꼬는 말 같기도 했다. 전호는 잠자코 앉아만 있었다.

"여러 가지 생각한 끝에 집을 나오기로 한 거예요."

윤숙이 변명하듯 말했다.

"그래, 그 생각이란 것을 들어볼까. 이래봬도 교사니 참고로서도 듣고 싶은데."

윤숙은 옥동윤의 말뜻이 어디에 있는지를 정확하게 파악할 순 없었다. 그러나 이 기회에 자기의 태도를 전호 앞에 분명히 밝혀 둘 필요가 있다고 생각했다.

"생각은 복잡하지만 결론은 간단해요. 좀 더 자유롭게 살고 싶다는 거예요."

"자유? 구체적으로 말해 보지."

윤숙은 적당한 말을 가리려고 애쓰며 말했다.

"첫째, 할아버지의 지켜보는 듯한 눈에서의 자유, 둘째, 밤 늦게까지라도 남자들과 놀러 다닐 수 있는 자유……."

여기서 말을 끊었으나 "또?" 하는 듯한 옥동윤의 눈초리가 다가왔다.

"그저 마음대로 살아 보겠다는 겁니다. 마음대로라는 말이 너무 막연하면 계획대로라고 고쳐 말해도 좋아요."

"계획대로 살아 본다는 것은 좋아. 설혹 실패를 해도 계획대로 살다가 한 실패는 그대로 교훈이 되는 거니까."

옥동윤의 이 말에 이어 전호가 물었다.

"그 계획 얘길 한번 해봐."

"그 얘긴 할 수 없어요."

"얘길 할 수 없으면 당초에 계획이니 뭐니 하는 소릴 하는 법이 아냐."

전호에게 필요 이상으로 쌀쌀하게 굴던 윤숙이도 뜻밖인 전호의 강한 어조에 놀랐다. 동시에 불쑥 반발하는 감정이 일었다.

"법이니 법이 아니니 그 따위 사고방식을 전 경멸해요."

"경멸한다고? 그런 사고방식은 경멸하고 어떤 사고방식을 환영한단 말야?"

"전호 씨가 사로잡혀 있는 사고방식에 반대되는 사고방식이면 모조리 환영해요."

옥동윤은 "핫하" 하고 웃으며 말했다.

"그렇게 되면 미국인과 소련인의 싸움인데. 대화가 시작되자마자 토론 종결이 아닌가. 헌데 윤숙이, 세상이란 그렇게 호락호락한 게 아냐."

"저는 어디까지나 세상을 호락호락하게 보고 살 테에요. 선생님들처럼 세상을 어렵게만 생각하는 사상엔 반대란 말이에요."

"좋은 의견이다."

"옥 선생님, 말씀을 똑바로 하셔야 해요. 윤숙의 말이 어째서 좋은 의견입니까?"

전호가 볼멘소리를 했다.

"윤숙의 말에도 일리가 있잖아. 소신대로 살겠다는 건 좋은 의견 아냐?"

"전호 씬 제가 할아버지 곁을 떠난 것을 대단히 못마땅하게 생각하고 계시는 모양인데 앞으론 일체 제 일엔 간섭하지 말아 주세요. 전 할아버지의 생활관 정반대의 생활을 할 작정입니다. 할아버진 세속에서의 성공을 바라지 않지요? 전 세속에서의 성공을 바랍니다.

할아버진 마음의 진실을 대단히 소중하게 생각하시지요? 전 마음의 진실 같은 것은 시들은 꽃을 시궁창에 버리듯 버릴 작정이에요. 할아버지는 자기의 고통을 감수하면서도 남을 도와주죠? 전 남을 위해선 손끝 하나 까딱하지 않을 참이에요. 이 세상에서 호화롭게 살기 위해선 어떤 수단도 사양하지 않을 작정이에요. 이런 제 생각이 나빠요?"

"윤숙이, 너무 흥분하지 말아."

옥동윤의 눈빛엔 안타까움이 서렸다.

"판디트 네루 같은 여자가 되겠다던 옛날을 기억해?"

전호의 이 말이 윤숙을 더욱 흥분시켰다.

"기억하고 있죠. 전 판디트 네루 같은 여자가 되고 싶었어요. 지금도 그래요. 그러나 가난한 집의 딸은 절대로 판디트 네루같이 될 수 없다는 것을 알았어요. 판디트 네루는 부자이며 세도가의 딸이며 누이동생이었어요. 전 재질과 노력만 가지고는 그렇게 될 수 없다는 것을 알았어요. 전 어떤 일이 있어도 성공하고야 말겠어요."

"그렇게 성공하고 싶어?"

"옥 선생님은 성공이 싫으세요? 할아버지나 선생님을 저는 위선자라고 생각해요. 성공해 보겠다는 의욕도 없고 성공도 못해 놓으니까 성공을 부정하고 그런 사고방식을 합리화시키려는 거예요."

"그게 무슨 말버릇이야."

전호의 말소리가 떨렸다.

"가만 있어."

옥동윤이 전호의 말을 막았다.

"윤숙의 말을 좀 더 듣자구."

"위선자란 말이 귀에 거슬려요?"

이렇게 말하는 윤숙의 눈엔 조롱하는 듯한 빛이 있었다. 전호는 다부지게 쏘아붙여 주었으면 하는 충동을 가까스로 참았다.

"오래간만에 만났는데 왜 이러지? 재미있는 얘기나 하지 않구" 하며 옥동윤이 전호와 윤숙일 번갈아 보았다.

"재미있는 일이 있어야 재미있는 얘기가 있을 것 아닙니까?"

전호의 이 말을 윤숙이 날쌔게 받았다.

"전 재미있는 일투성이에요. 그래 뭣부터 얘기할까 모를 정도예요."

"그 재미있는 일 좀 들어볼까?"

옥동윤이 말했다.

"아침에 태양이 뜨죠? 재미있지 않아요? 저녁이 되죠? 재미있지 않아요? 거리에 네온이 켜지죠? 재미있지 않아요? 사람들이 마구 쏘다니죠? 재미있지 않아요?"

"윤숙인 도가 터졌구먼."

옥동윤의 얼굴엔 어이가 없다는 듯한 표정이 보였다.

"선생님들은 세상을 회색으로만 보고 계시는 것 같아요. 세상을 재미있게 아름답게 볼 줄도 알아야 될 게 아녜요? 그리고 말예요……" 하고 윤숙이 계속 입을 놀리려는 것을 전호가 막았다.

"연설 말씀 그만 하시고 일주일에 한번쯤이라도 좋으니 할아버지 집에 들르도록 해."

윤숙의 눈이 치켜 뜨이며 얼굴에 거친 긴장이 돌았다.

"이래라, 저래라, 왜 간섭하는 거죠? 무슨 권리를 가졌죠?"

"권리가 없으니까 부탁하는 거지."

"그럼 부탁을 해야 할 의무라도 있나요?"

"의무가 없으니까 부탁하는 것 아냐?"

"권리도 의무도 없으면 잠자코 있어요. 내가 세상에서 제일 싫어하는 게 남에게서 간섭받는 일이에요."

"쉽게 흥분을 하지 않는 게 숙녀라는데. 윤숙인 전호 군이 말만 하면 흥분하는데 무슨 까닭일까?"

옥동윤이 부드럽게 타일렀다.

"공연한 간섭을 하니까 흥분이 되는 거죠, 뭐."

"사람이란 약점이 있으면 흥분하기 쉬운 거야. 아무래도 윤숙인 전호 군에게 무슨 약점이 있는 모양이지?"

"약점 같은 건 없어요. 있을 턱이 있나요?"

"그럼 흥분해선 안 되지."

옥동윤의 이 말엔 윤숙이도 납득이 가는 심정인 모양이었다. 조용한 표정으로 돌아가며 윤숙이 "전호 씬 너무나 보수적이고 너무나 소극적이란 말예요. 말하자면 젊은 늙은이예요. 그것이 불만이란 말예요" 하고 고개를 숙였다.

"그 심정 나는 알겠어. 그러나 전호 군이 젊은 늙은이가 될 수밖에 없는 사정을 이해도 해야지."

어수선한 공기가 돌았다. 시간은 벌써 열 시를 넘고 있었다. 옥동윤은 윤숙의 비위를 거스르지 않게 신경을 쓰며 젊은 여자가 세상을 살아가는 데는 각별히 조심해야 한다는 뜻을 차분히 얘기했다.

그러나 윤숙의 대답은 "전 어떤 경우에도 평범하게 살기는 싫어요" 하는 것이었다.

택시를 잡아 윤숙일 태워 보내고 옥동윤과 전호는 버스를 탔다. 집이 같은 방향에 있었다.

요정, 바 기타 유흥장에서 흘러나오는 사람들로 밤 그때는 러시아워를 이룬다. 그 혼잡한 사람들 틈에 끼여 옥동윤은 전호의 심정을 추측하고 우울했다. 전호의 윤숙에 대한 감정을 알고 있기 때문이다.

"윤숙인 뭔지 허세를 부리고 있는 것 같지 않아?"

옥동윤의 말이다.

"글쎄요. 허센지 뭔지 하여간 이상하게 되어 가는 것만은 틀림없는 것 같습니다."

전호는 자기의 생각을 다짐해 가며 이렇게 말했다.

"윤숙인 영리하니까 게다가 자존심이 강하니까 위험은 없을 거야."

"자만과 자존은 다르다고 생각하는데요."

"그야 그렇지."

다음 정류장에서 손님이 밀어닥치는 바람에 옥동윤과 전호는 맨 안쪽으로 밀려들어 꼼짝도 못할 지경이 되었다.

"제기랄, 재수에 옴이 올랐어."

바 걸 풍의 여자가 술 냄새와 함께 이렇게 뱉었다.

"거 핥아 놓은 죽사발 같은 녀석 말이지."

그녀의 동료인 성싶은 여자의 말이다.

"누가 아니래. 초저녁부터 와서 실컷 주물러 놓고 팁 5백 원 주면서 그리구 뭐라고 한 줄 알아?"

"들으나마나지 뭐. 그 녀석 며칠 전에 내게 수작을 걸더라, 얘."

"젊은 녀석이 무슨 사장이라나?"

"시멘트 한 부대 놓고도 사장 아냐?"

"하여간 그 바는 질이 나빠. 어디 딴 데로 옮겨야겠어. 돼먹지 않은 놈들만 모여 들고 팁은 적고, 이러다간 일수(日收)도 못 찍게 생겼어."

"난 일수를 사흘을 못 찍었다. 일수 아주머니가 인상을 쓰는데 무서워. 내일도 못 찍으면 시계라도 끌러 줘야겠어."

"어디 야무진 봉을 한 놈 물어야 할 텐데."

전호는 그렇게 오가는 대화를 들으면서 자기 턱밑에 있는 두 여자를 내려다봤다. 붙인 눈썹으로 눈의 윤곽이 뭉개져 있고 납작한 콧등에 땀방울이 솟아 있는 여자를 보곤 이 여자는 어디에 병을 가지고 있구나 싶었다. 또 하나의 여자는 윤곽이 선명한 얼굴과 꽤 깨끗한 목덜미를 가지고 있었으나 어딘가 윤락(淪落)의 냄새가 스며든 피부의 빛깔을 하고 있었다.

전호는 그 여자들의 두뇌 속에 작용하고 있을 사고(思考)라는 것을 얼핏 상상해 봤다.

── 봉을 한 놈 물어야 될 텐데 하는 아까의 말이 생각났다. 전호는 저도 모르게 쓴웃음을 띠었다.

여자들의 얘기는 야무진 봉을 문 친구들의 풍문으로 옮아가고 있었다.

전호는 만원 버스를 탈 때마다 도회의 늪(沼)이라는 것을 생각한다. 이 늪에 빠지기만 하면 발버둥을 칠수록 자꾸만 침하(沈下)해 가는 것이다. 두 바 걸은 그렇게 침하해 가는 군상 가운데의 둘이었다. 버스에서 내리면 감옥에서 풀려나온 것처럼 거뜬한 기분이다. 옥동윤과 헤어진 전호는 옥동윤이 말한 꿈엔 순리의 꿈과 배리의 꿈이 있다는 얘길 되씹으며 걸었다.

제3장

비어스 윌슨

J의 초대도 거절했다. A의 초대도 거절했다. 동창생의 모임이라는 데도 가지 못하겠다고 전했다.

비어스 윌슨이 베푸는 파티에 참석하기 위해서였다.

윤숙은 그 파티에 참석하기에 앞서 미국이나 프랑스의 상류사회(上流社會)의 딸이 신사의 초대를 받았을 때 어떻게 행세하느냐를 연구했다. 이미 소설이나 영화를 보고 대강의 지식은 있었지만 철저하게 상류풍(上流風)으로 행동할 작정을 세웠다.

크림 이외의 화장은 일절 안 하기로 했다. 헤어스타일은 자연스럽게 지라시로 빗겨 넘기고 끝을 살큼 안으로 말아 넣도록 했다. 옷은 감색 바탕에 흰 클로버 무늬가 큼직큼직하게 새겨진 것을 입기로 했다. 미니를 택하지 않고 미디엄을 택했다.

모든 것이 자연스럽게 꾸밈이 보이지 않도록 꾸미기로 한 것이다. 반지나 네클리스는 물론, 시계도 차지 않기로 했다. 이제 마지막 과수원에서 따 가지고 온 사과처럼 싱싱하고 들국화처럼 청초하고 그러면서도 장미처럼 염려(艶麗)한 기품이 가벼운 터치로써 살아나도록 치장(治粧)을 꾸민 것이다. 어떠한 화장술보다 강한 본바탕의 매력, 현란한 장신구에 눈 익은 사람의 눈에 무장식(無裝飾)의 더욱 강렬한 인상을 계산한 것인데 윤숙의 이 계산은 성공했다.

파티 장소에 들어서자 윌슨은 윤숙을 자리에 공주처럼 모시면서 "오늘밤의 당신은 엘레건트(優雅)하고 나이브(淸楚)한 여신(女神)과 같다"고 속삭였다.

미국인이 셋, 이스라엘 사람이 둘 참가한 그 파티는 완전히 윤숙을 중심으로 한 것이었다. 모두들 윤숙에 대한 찬사를 서로 다투어 말했다. 그러나 윤숙은 자기가 꾸민 각본 그대로 미소를 띠며 말이란 "노"와 "땡큐" 그리고 "예스"뿐이었다.

소이부답(笑而不答)이란 동양 여성의 매력까지를 계산에 넣은 것이다.

좌중의 하나가 "미스 민은 왜 미니를 입지 않느냐"고 물었다.

"노"와 "땡큐" 외엔 말을 하지 않을 작정을 세운 윤숙이도 이 물음에만은 대답을 하지 않을 수 없었다. 그래 되도록 간단하며 함축성이 있는 답을 다음과 같이 꾸몄다.

"꼭 유행에 따라야 할 만큼 전 비굴하지 않아요."

"뎃 이즈 필로소피(그건 철학이다)" 하고 윌슨이 손뼉을 쳤다. 좌중의 사람들도 모두 환성을 올렸다.

"그럼 왜 장신구는 하나도 하지 않았습니까?" 하고 다른 하나가 물었다.

"아무 장신구라도 몸에 붙이기엔 내 몸이 너무 귀하고 내가 갖고 싶은 장신구는 내 처지로선 너무 비싸서 그렇죠."

윤숙이 이렇게 답하자 버거라는 유태인 청년이 돌연 일어서더니 윤숙에게 꾸벅 절을 하고 다음과 같이 말했다.

"당신은 내가 이 세상에서 본 여성 가운데 가장 영리하고 아름다운 최초의 여성입니다."

월슨이 선수를 뺏겼다고 분한 시늉을 했다. 일동은 모두 그 의견에 찬성한다고 각각 떠벌렸다.

윤숙은 이런 경우 기어이 한 마디 안 할 수 없었다.

"동양의 격언에 지나친 찬사는 실례가 된다는 것이 있죠" 하고 표정을 싸늘하게 했다.

"노노"라는 변명이 사방에서 일어났다. 월슨이 대표자격으로 말했다.

"동양의 격언은 그렇지만 서양의 지혜는 아름다운 것을 보고 찬양할 줄 모르는 사람은 돼지에 진주(眞珠)라는 말을 준비하고 있습니다."

식사가 진행되고 술을 마시는 코스에 들어갔을 때 미리 주문해 두었던지 트리오 밴드(3인조 악단)가 들어와서 스페인풍의 음악을 연주하기 시작했다.

아까 자리에서 일어나 윤숙에게 절을 한 버거가 "미스 민에게 최

초로 찬사를 올린 공적을 참작해서 나의 파트너가 될 수 없겠느냐"
고 춤을 청해왔다.

윤숙은 "나의 춤은 익숙하지 못한 데다가 신사는 다섯이나 되니
공평의 원칙을 지키기 위해서라도 사양하는 것이 좋겠습니다" 하고
거절했다.

이때 웨이터가 윌슨 곁에 와서 춤을 출 파트너가 될 여자를 몇 데
리고 올까요 하고 묻는 눈치였다.

윌슨은 윤숙이가 들을 것을 의식하고 "이 파티는 미스 민을 모시
기 위한 파티이지 우리들 남자를 위한 것이 아니요" 하며 단호히 말
했다.

음악을 반주로 얘기의 꽃은 한창 활발하게 피었다. 술기가 차츰
작용하는 때문인지 윤숙에게 건네는 말도 대담하게 되었다.

"미스 민이 아직 미혼인 것을 보면 코리아의 남성들은 모두 멍텅
구리인 모양이죠?" 하고 한 사람이 말하니 "경합이 치열해서 좀처럼
승패가 나지 않는 것 아닐까?" 하며 다른 사람이 받았다. 윤숙은 이러
한 수작들은 전혀 들은 척 만 척했다.

왈츠 곡이 나오자 윌슨이 일어서서 윤숙 앞에 와서 머리를 숙였
다. 춤을 추자는 것이었다. 윤숙은 "미스터 버거에게 거절한 춤을 당
신과 어떻게 추지요?" 하며 웃어 보였다.

윌슨은 좌중을 둘러보며 "여러분, 이 자리는 내가 마련했소. 내 덕
분에 여러분은 미스 민이란 엑셀런트[卓越]한 여성을 만날 수 있었

소. 그러니 그 공로로 해서 내게 미스 민과 춤을 출 수 있는 영광을 허락해 주시오" 하며 손을 모아 비는 시늉을 했다.

일동은 "OK 플리즈"라고 외쳤다. 윤숙은 윌슨에게 손을 맡겼다.

윤숙은 약간 서툰 듯, 그러나 상대방의 기분이 상하지 않도록 계산하며 춤을 췄다. 윌슨의 체취가 독특하게 풍겨 왔다. 한국 사람과는 전연 다른 체취! 조금 메스꺼운 체취, 이 체취에 익숙해야겠다고 윤숙은 생각했다.

열한 시가 지나 워커힐에서 시내로 들어오는 차중에서 윌슨이 물었다.

"미스 민은 내게 관해서 알고 싶은 것이 없소?"

이 질문에 대한 대답을 윤숙은 망설이지 않을 수 없었다.

"있다"고 하면 다음다음으로 물음이 잇따를 것이고 "없다"고 하면 서운하게 생각할 것이라고 짐작했기 때문이다.

그래 겨우 한다는 답이 "알고 싶을 정도로 아는 것이 너무도 없으니까요" 하는 것이었다.

"굉장하게 소피스티케이트한 답인데" 하고 윌슨은 웃어 넘겼다.

자동차가 급한 커브를 돌 때마다 윌슨의 몸이 윤숙의 몸에 와 닿았다. 윌슨이 의식적으로 자동차의 반동을 이용하고 있는 것인지도 몰랐다. 윤숙은 윌슨 쪽과는 반대되는 방향으로 시선을 쏟으며 열어 놓은 윈도로 들어오는 밤바람에 얼굴의 열기(熱氣)를 식혔다.

"미스 민, 미국에 가 본 일이 있습니까?"

침묵이 따분했던지 윌슨이 물었다.

"없어요."

"가보고 싶지 않소?"

"그다지."

"이거 처음 듣는 소린데요. 내가 만난 적이 있는 동양 사람들은 거의 전부라고 할 만큼 미국에 가 보고 싶어 하던데요."

"미국엔 인종 차별이 심하다더군요. 난 그런 차별이 싫어요."

"그것도 사람 나름이지. 어느 나라치고 편견이 없는 나라가 있을 것 같습니까?"

"적어도 우리나라엔 인종에 대한 차별만은 없어요."

"그럴까요?" 하며 윌슨은 의미심장하게 웃었다.

한동안 말이 끊어진 채 자동차는 워커힐을 빠져나와 성동교를 향해 달렸다.

"난 미스 민을 미국으로 초대할까 했는데 그럼 틀렸구먼."

윌슨이 이렇게 중얼거리는 소리를 윤숙은 들은 체하지 않았다.

미국 사람이라고 하면 사족을 못 쓰는 여자들을 주변에서 많이 보아왔기 때문에 윤숙은 그런 여자와는 다르다는 빛깔을 선명히 해 둘 필요가 있다고 느낀 나머지의 계산이기도 했다.

자기의 말에 대꾸도 하지 않자 윌슨은 말문을 닫아 버렸다. 약간 모욕을 느꼈는지도 몰랐다. 윤숙은 그러한 상태로 두어서는 안 되겠다고 생각하고 말문을 열었다.

"미스터 윌슨은 언제쯤 떠나세요?"

"모레 떠날 작정입니다."

"한국에 온 목적은 달성하셨어요?"

"한국의 공기를 마시러 온 거나 다름이 없으니까 목적 달성이고 뭐고는 없죠."

"미국의 사업가는 그렇지 않다던데요."

"사업가도 사업가 나름이지요. 난 이번의 방한을 미스 민과 알게 되었다는 것만으로 대성공이라고 생각합니다."

"천만의 말씀."

이때 방어할 여유도 주지 않고 윌슨은 윤숙의 손을 잡았다. 손을 빼려고 하자 윌슨은 속삭이듯 말했다.

"동양 여성들의 손은 참으로 아름다워. 더욱이 당신의 손은. 이에 비하면 서양 여성의 손은 노곳이야. 힘줄이 솟아 있고 뼈가 앙상하고……당신의 손은 행복을 잡을 손이다."

"행복?"

윤숙은 윌슨에게 잡혔던 손을 빼며 묻는 듯했다.

"그렇지, 행복이지."

윌슨이 말끝에 힘을 주었다.

"당신들 미국인은 어떤 것을 행복이라고 하죠?"

"이거 어려운 질문인데요" 하고 윌슨은 생각하는 빛이 되었다.

그러더니 "첫째 아름다운 애인, 둘째 5천만 달러 이상의 저금통장, 셋째 선수급의 골프 기술, 나로선 대강 이렇지. 이 답은 미스 민 앞이기에 하는 솔직한 나의 사상의 표명입니다" 하며 "그럼 미스 민도 대답을 해야지. 당신은 어떤 것을 행복이라고 생각합니까?"

"전 생각해 본 적이 없어요."

"생각해 본 적이 없어요? 그렇다면 꿈도 가지고 있지 않다는 말인가요?"

"앞으로 꿈을 가지려고 하죠. 지금 그 플랜을 짜고 있는 중이랍니다."

"그 플랜만이라도 설명할 수 없소?"

"누구에게나 그런 말을 함부로 할 수 있나요?"

"나는 아주 솔직했는데 미스 민은 비밀주의잡니다그려."

그러나 윌슨은 그 이상 캐묻지 않았다.

자동차는 시심을 달리고 있었다. 윤숙은 이 지저분한 거리를 윌슨이 어떻게 생각하고 있는가를 알고 싶었다. 그러나 정모를 쓴 뒤 통수를 보이고 있는 운전사의 태도가 마음에 걸렸다. 그래 그런 것을 묻는 것을 삼가기로 했다.

"미스 민 가족은 많습니까?"

윌슨이 또 말을 꺼냈다.

"저 혼자예요. 할아버지가 한 분 살아 계실 뿐이지만 따로 계십니다."

"아버지와 어머니는?"

"6·25 동란 때 돌아가셨습니다."

"6·25 동란!" 하고 무슨 감회에 잠긴 듯 윌슨은 중얼거렸다.

"그럼 미스 민은 외국 근무도 할 수 있겠습니다."

"조건에 따르죠."

"조건이란?"

"몰라서 물으세요?"

"암, 그렇지, 보수만 좋으면 동경에 있는 우리 상사에 와 있을 생각은 없소?"

"일본 말을 모르는데 동경 근무가 되겠어요?"

"미스 민 정도의 영어면 어디에서도 근무할 수 있습니다."

윤숙은 '이때다' 하고 생각했다. 그래 다음과 같이 말을 꾸몄다.

"지금 내가 근무하고 있는 회사에 나는 대단한 신세를 지고 있습니다. 다행히도 우리 회사가 미스터 윌슨의 회사와 계약이 되면 몰라도 그렇지 못하면 불가능해요. 저도 동경에 가서 살고 싶기는 해두요."

사업에 관한 얘기로 번지자 윌슨은 아연 긴장했다.

미국인은 연애는 기분으로 하지만 사업만은 기분으로 하지 않는다는 양민우 사장의 말이 되살아났다.

자동차가 윤숙의 아파트에 도착할 때까지 말문을 닫고 있더니 윤숙이 차에서 내려 "굿 나잇"이라고 인사를 하자 따라 내려선 윌슨은 윤숙의 손을 부드럽게 악수하곤 "굿 나잇. 계약 문제는 오늘밤 신중히 생각해 보죠"라고 했다.

윤숙은 그날 밤도 목욕을 하고 난 뒤 코펜하겐제의 네글리제를 입고 거울 앞에 섰다.

윌슨의 눈짓, 동작, 음색 여러 가지가 한꺼번에 뇌리에서 붐볐다. 거역할 수 없는 어떤 박력으로 엄습해 오는 것 같은 기분에 한편 윤숙은 공포감에 사로잡히기도 했다.

한국 사람 같으면 대강 상대방의 사람됨을 평가하고 어떤 대응 태세를 만들어 볼 수가 있겠지만 전연 미지(未知)의 상대방이어서 자기에게 육박해 오는 그 일종의 매력을 분석해 볼 수도 없었다. 그러니 처녀다운 본능으로 우선 윌슨이 마련하는 위기를 어떻게 모면해야 할까 하는 데 대한 방책을 강구하는 방향으로 작용했다. 그런 작용 자체가 윌슨의 매력에 사로잡혀 있는 증거라는 것까진 아무리 영리한 윤숙으로서도 미처 몰랐다.

전화벨이 울렸다. 아직 열한 시가 채 못되었다. 그러면 J다. 윤숙은 수화기를 들었다.

"오늘은 무사하셨습니까?"

J의 소리가 흘러나왔다.

"덕분에 태평무사했습니다."

"틀림없이 무사하셨죠?"

J의 말투에서 어떤 저의를 느꼈다. 딴 사람과 놀러간 데 대해 제 딴으론 빈정대고 있는 것이다.

"아까 전화하셨어요?"

"정각 열 시에 전화했지. 그런데 안 계시더군."

"그래서 틀림없이 무사했느냐고 물으시는 게죠?"

"아무튼 영리한 분은 달라."

"J선생! 절 호락호락하게 보지 마세요. 이래봬도 전 혁명 투사의 손녀랍니다."

"무사하셨냐는 인사를 오해하고 계시는구면."

"시치밀 떼지 마세요."

"그런데 내일 밤 시간 있소?"

"노."

"모레 밤은?"

"내일을 넘겨봐야 알겠어요."

월슨이 모레 떠난다고 한 말을 염두에 두고 한 윤숙의 대답이다.

"가능하면 모레 밤 그 장소로 그 시간에 나오시오. 홍콩에서 들어온 대추를 한 개만 드릴게."

대추란 대추알만한 보석을 선사하겠다는 뜻일 것이다. 그러나 윤숙에겐 그 전화가 지루했다. 적당하게 얼버무려 놓고 전화를 끊었다.

윤숙은 피로를 느꼈다. 네글리제를 벗어 걸고 침대 위에 누워 『독신녀의 향락』이란 미국 책을 집어들었다. 윤숙의 대 남성 기교 (對男性奇巧)는 대부분 이 책에서 얻은 힌트를 활용한 결과다.

열한 시 반. 전화, 이건 A에게서 온 거다.

"국제적으로 놀아본 기분은 어때?"

A의 빈정대는 소리가 울려왔다.

"미스터 A! 오늘은 제가 대단히 피로했어요. 그럼 안녕" 하고 전화를 끊는 동시 수화기를 내려놓아 버렸다. 윤숙이 A와 교제하는 이유는 그가 미국 기관의 요원으로서 세도가 있다는 것과 한국인으로서는 훤칠한 체격, 미남형으로 생긴 얼굴이었는데 윌슨과의 대비로써 그 매력이 거의 전부 사라져 버린 것이다.

내려놓은 수화기에서 계속 무슨 소리가 들렸다. A가 자꾸만 다이얼을 돌리고 있을 것이었다. 그러나 윤숙은 아랑곳없이 책을 읽다가 잠에 빠졌다.

초여름은 아침이 좋다. 밤사이 이슬에 씻어진 산과 나무와 집들과 거리와 하늘이 찬란한 아침 해를 받고 생명의 율동을 다시 시작한다. 윤숙은 이 율동감을 자기의 가슴 속의 고동과 일치시킨 충실감으로 아파트를 나와 출근길에 올랐다.

아파트 정문 앞 꽃가게가 눈에 띄었다. 윤숙은 거기서 작약꽃 세 가지를 샀다. 붉은 빛이지만 할아버지 형산 선생의 말을 빌면 그런 붉은 빛은 학자론 강자(絳字)를 써야 한다는 것인데 그날 아침 윤숙의 눈엔 어쩐지 그 강색의 작약이 인상적이었다. 줄기의 윤기, 잎의 부드러움, 꽃의 활달한 화판. 윤숙인 그 작약을 소중히 싸들고 택시를 탔다.

회사의 정문에서 윤숙인 그 작약 한 가지를 수위 영감에게 주었다. 그리고 "꽃이 시들지 않게 하려면 꽃잎을 물에 잠기게 거꾸로 잠시 담가 두었다가 줄기의 끝을 성냥불로 그슬려서 병에 꽂아두면 돼요" 하고 설명까지 덧붙였다.

"고마우이" 하며 수위는 윤숙이 층계를 올라가는 뒷모습을 황홀하게 바라보았다. 요즘 젊은 여자들 사이에 유행하고 있는 미니스커트를 윤숙이 입지 않는 사실부터가 교육자 출신의 늙은 수위에겐 대견스러웠다.

"혁명 투사의 손녀는 아무래도 달라."

수위는 윤숙의 할아버지에 대한 존경으로도 윤숙을 돌보고 있었다.

작약꽃 한 가지는 부장의 책상에 꽂았다. 그러나 그는 꽃엔 전연 무신경인 사람이다. 다음번의 주주총회에서 이사(理事) 자리나 하나 얻어야겠다는 집심(執心)이 그 밖의 모든 사물과 현상을 회색화(灰色化)하고 있는 형편이었다.

윤숙은 나머지 꽃을 들고 사장 비서실로 들어갔다. 사장 비서에게 그 꽃을 건네주고 나오려 할 때 출근하는 사장과 마주쳤다.

"미스 민, 좀 들어와."

사장은 만족한 웃음을 띠고 말했다. 사장실에 들어서자 사장은 윤숙에게 자리를 권하며 "이거 큰일 났어" 했다. 그러나 그 표정은 조금도 큰일이 난 표정은 아니었다.

"뭔데요, 무슨 일이예요?"

윤숙이 초조하게 묻자

"미스 민에게 약속한 1천만 원을 주어야겠는데 돈만 받고 회사를 그만둬 버리면 이거 야단이거든" 하고 함축있는 표정을 지었다.

"W회사와 계약이 됐어요?"

윤숙이 반가워 되물었다.

"1천만 원도 문제려니와 일이 묘하게 되었어."

"왜요?"

"오늘 아침 월슨한테서 전화가 왔지. 미스 민을 동경으로 보내는 조건부로 계약을 하자는 거야."

윤숙은 깜짝 놀랐다. 그래 겨우 "미국인들은 기분으론 사업을 하지 않는다고 하던데" 하며 입속으로 중얼거렸다.

"기분만은 아니겠지. 똑바로 말해서 계약할 수 있는 회사로선 우리 회사가 적격이니까. 그렇더라도 일이 너무 순조로웠어. 그러나 미스 민의 의향이 동경 가길 싫어한다면 난 W회사와 계약을 안 해도 좋아. 언제는 W회사 믿고 사업을 했나?"

양 사장은 호방하게 웃었다.

"열두 시에 월슨이 우리 회사에 온대. 그리고 월슨의 조건을 미스 민이 OK한다면 곧 조인을 하자는 거야. 어떡허지?" 윤숙은 "생각해 보겠어요" 하고 자리에서 섰다.

양 사장은 윤숙의 등 뒤를 향해 "1천만 원 건도 합쳐서 생각해. 그리고 미스 민을 딴 데로 보내는 조건을 들어서까지 계약할 의사가 없다는 내 마음도 잊어선 안 돼." 이렇게 말했다.

윤숙이는 자기의 자리에 돌아와 앉아 곰곰이 생각했다. 드디어 결심이 섰다.

정각 열두 시, 사장실에서 들어오라는 전갈이 왔다.

다크그레이의 양복에 양피빛 와이셔츠, 거기다 폭이 넓은 자주색 넥타이를 메고 윌슨이 단정하게 앉아 있더니 윤숙이 들어서자 자리에서 일어나 눈부신 듯 윤숙을 바라보며 손을 내밀었다.

윤숙은 그 파란 눈 속에 깃들인 윌슨의 속셈을 알았으면 했으나 아지랑이가 낀 봄바다를 들여다보는 막막한 느낌일 뿐 걷잡을 수가 없었다.

자리를 정하고 앉자 사장이 윤숙에게 눈짓을 했다. 태도를 밝히라는 신호였다. 윤숙은 자세를 고쳐 앉아 조용히 입을 열었다.

"미스터 윌슨! 사업은 사업, 호의는 호의 아니겠습니까. 그건 별도가 아니겠습니까. 또 회사는 회사, 나는 나 아니겠습니까. 그런데 회사의 일과 나를 결부시키는 이유가 뭐죠?"

윌슨의 표정에 긴장한 빛이 돌았다.

"난 비즈니스를 하고 있는 사람입니다. 이 회사와의 계약도 비즈니스, 미스 민을 우리 회사로 데리고 가고 싶다는 생각도 비즈니스, 물론 비즈니스로선 할 수 없는 호의라는 것도 있겠죠. 그러나 이 사업에 관한 한 당신이 동경으로 오면 우리 사업이 잘될 것이란 확신

위에서 한 제안이니 계약의 문제와 당신의 문제는 결코 별도가 아닙니다."

"그럼 나를 조건부로 하지 않곤 이 회사는 계약 상대가 될 수 없다는 의미로 해석해도 좋습니까?"

"조건 아닙니다. 그건 아닙니다만……."

"아닙니다만 뭐죠?"

"그렇진 않습니다만 우리 회사가 계약을 체결하자면 아직도 세 단계가 남아 있습니다. 이 세 단계를 당신을 우리의 사원으로 하는 조건과 맞바꾸려 하는 겁니다. 말하자면 세 단계를 생략한 것이 혹시 손해의 원인이 되어도 미스 민같은 훌륭한 일꾼을 얻었다는 이익으로써 그걸 커버할 수 있다고 생각한 것입니다."

윌슨의 진지하고 성실한 태도는 참으로 인상적이었다. 그러나 윤숙은 그런 감정에 사로잡혀서는 안 되겠다고 생각했다.

"미안합니다. 미스터 윌슨! 저는 이 회사를 위해 저의 최선을 다할 각오입니다만 금번의 계약에 저를 조건으로 하는 것은 반대합니다. 그러니 당신의 호의를 거절해야겠습니다. 저는 계약의 결과에 대해서 책임을 질 수 없다는 뜻에서가 아니라 나 자신을 어떤 조건으로 한다는 그 사실을 불쾌하게 생각한 것입니다. 저는 저의 자유를 존중합니다."

"원더풀! 미스 민, 원더풀."

윌슨의 근엄한 얼굴에 웃음이 활짝 피었다.

윌슨은 양 사장을 보고 "우리 계약을 체결하도록 합시다" 하며 악수를 청했다.

"고맙습니다."

양 사장의 얼굴에 기쁨이 넘쳤다. 곧 관계 직원들을 불러들여 계약 체결을 위한 준비 회담이 시작되었다.

양편의 의견을 종합하여 문안을 만들고 타이피스트의 손으로 넘어갔다. 그동안 윌슨은 간부 사원들을 보고 이런 말을 했다.

"나는 W회사를 대표해서 여러 가지의 계약을 체결했습니다만 이번 귀 회사와의 계약처럼 순조롭게, 그리고 빠른 시일에 해치운 일은 없었습니다. 사업을 하는데 영감(靈感)이라는 것이 소중하지만 그 영감을 그냥 믿을 순 없는 것입니다. 이 점이 예술과 사업이 다른 점이죠. 그런데 이번만은 나는 나의 영감에 충실해 보고 싶은 것입니다. 그런데 그 영감의 발광체(發光體)가 곧 미스 민이라는 것을 여러분 앞에 광고하고자 합니다. 미스 민 같은 사원을 가진 회사이면 밸런시트가 잘 짜인 회사보다도 신뢰할 수 있다고 생각했던 것입니다."

쌍방의 변호사가 입회한 가운데 무사히 조인을 마쳤다.

윌슨의 말에 의하면 그 계약은 W회사로선 A류 계약이란 것이었다. W회사는 계약의 종류를 세 가지로 나누고 있다. C류의 계약은 W회사의 이익을 우선시키는 계약, B류의 계약은 상대방 회사와 이편의 회사를 동등하게 놓고 하는 계약, A류의 계약은 장래를 생각해서 상대방 회사의 이익을 우선시키는 계약이다. 말하자면 A류의 계약에 의해서 W회사는 엘리베이터, 기타 한국 국내에 수요가 있는 상품을 외상으로 보내 놓고 그 대금이 회수되었을 때 값을 받아가게 되는 것이다.

양 사장의 만족은 두말할 나위가 없었다. 약속대로 윤숙에게 1천만 원을 주어도 아깝지 않은 계약 내용이었다.

점심을 같이 하자는 양 사장의 청을 거절하고 그 대신 윌슨은 오후 윤숙일 빌려달라고 했다.

"한국에 온 김에 고궁을 한 바퀴 둘러보고 싶은데 미스 민이 안내역을 맡아주었으면 해서 그러는 겁니다" 하고 윌슨은 양 사장과 윤숙을 번갈아 보며 간청했다. 윤숙이 그 청을 수락했다.

자동차는 양 사장의 벤츠를 빌렸다.

"덕수궁은 C호텔의 위층에서 내려다보면 되니까 그렇게 하기로 하고 비원으로 갑시다" 하며 윤숙은 차를 비원으로 몰았다. 비원의 한적한 오솔길을 걸으면서 윌슨은 "역사처럼 센티멘털하고 비정(非情)한 것 없다"고 자못 심각한 표정으로 말했다.

"센티멘털하다는 건?" 하고 윤숙은 좀 더 설명하도록 권했다. 윌슨의 답은 이랬다.

"왕이 없는 왕궁(王宮)이란 것이 센티멘털하잖아?"

"그럼 또 비정하다는 건?"

"왕이 없는 왕궁이란 비정하지 않소?"

윤숙은 윌슨을 꽤 위트가 있는 사람이라고 느꼈다. 그리고 그 파란 눈에 비친 고궁의 모습이 어떤 것일까 하고 호기심이 일었다.

윤숙은 학교에서 배운 대로의 국사 지식(國史 知識)을 다 털어 놓았다. 월슨은 사도세자의 얘기에 퍽 흥미를 느낀 모양이어서 자꾸만 파고 묻는 바람에 윤숙이 땀을 뺄 지경이었다.

윤숙은 당파 싸움의 얘기도 하고 한일합방 전후의 일본인들의 작용도 아는 대로 설명했다.

"링컨 대통령이 있었을 무렵 한국에선 어떤 일이 있었을까."

월슨이 대뜸 이런 질문을 해왔다. 윤숙이 얼떨떨하고 있는데 "1860년에서 1865년 동안까진데 말야" 하고 월슨은 고쳐 물었다.

말하자면 백 년 전쯤 한국에서 무슨 일이 있었을까 하는 질문인데 윤숙이 그걸 알 까닭이 없었다.

"책이나 뒤져 보면 알까 잘 모르겠는데요" 하며 항복하지 않을 수 없었다.

"전문가가 아닌 분에게 그런 걸 묻는 내가 바보지" 하며 "확실히 백 년 전에도 뭔가 일들이 진행되고 있었을 것 아냐? 백 년 후도 그럴 게고……" 하곤 감명 깊은 눈초리로 주위를 살폈다. 이때 윤숙인 월슨이 카메라 같은 것을 가지고 있지 않은 것을 발견했다.

"미스터 월슨, 미국인은 이런 곳에 올 땐 대개 카메라를 가지고 오던데 당신은 그런 것을 가지고 있지 않네요."

윤숙이 이렇게 물었다.

"내겐 카메라를 파는 취미는 있어도 카메라로 사진을 찍는 취미는 없지" 하곤 덧붙였다.

"대체로 나는 사진을 찍어대는 꼴을 좋아하지 않아. 사진이 꼭 필요하면 그림엽서를 사면 될 것이고 자기의 사진이 있어야겠다면 전문가에게 부탁하면 될 게 아냐? 그리고 사진기를 가지고 다니면 어떤 풍경, 어떤 장면에 몰입하지 못해. 사진을 찍을 각도에만 신경이 쓰여지거든. 그래 나는 의식적으로 카메라를 멀리합니다."

그날도 여느 때나 다름없이 숲속엔 연인들끼리의 아베크가 많았다. 그 가운데의 한 커플을 가리키며 윌슨이 장난스럽게 물었다.

"미스 민은 애인과 아베크로 여기 놀러온 적이 없소?"

"유감스럽지만 애인이라는 게 제겐 없어요."

"저하고 아베크로 놀러올 생각은? 없나요?"

"이처럼 지금 아베크하고 있지 않아요?"

윌슨이 쾌활하게 웃었다.

"참으로 그렇군. 난 여행자와 안내인이라고만 생각하고 있었는데 이제부터 신을 내야겠는데."

하도 기뻐하는 윌슨의 태도를 보자 윤숙은 그를 좀 더 으쓱하게 해줄까 하는 계산이 생겼다. 그래 층계를 올라야 할 때 오른팔을 윌슨의 왼팔에 끼었다.

아니나 다를까, 윌슨의 표정은 한결 더 밝아졌다.

"이로써 진짜 아베크가 되었구먼."

층계를 오르자 거기 벤치가 있었다. 윤숙은 거기서 쉬어 가자고 하곤 행상하는 아이들로부터 아이스크림을 두 개 샀다.

"미스터 윌슨, 이거 하나 먹어봐요. 러프하게 만들어진 거지만 숲 속에서 먹는 아이스크림엔 별미가 있으니까요."

"여자에게서 대접을 받아 본 건 내 어머니와 누님에서의 경우를 제외하곤 이번이 처음인데" 하고 윌슨은 거창하게 제스처를 썼다.

"참으로 그래요?"

"미국의 여자는 남자에게 대접을 받을 줄은 알아도 대접할 줄은 모른답니다. 물론 자기 집에서의 대접은 별도지만."

"일본 여성은?"

"난 일본 여성에게선 무엇을 사서 먹어 보긴 했어도, 무엇을 사서 주는 경험은 해본 적이 없지요."

"이런 말이 있어요" 하고 윤숙은 아이스크림을 마저 먹고 나서 말을 이었다.

"집은 서양식, 음식은 중국식, 여자는 일본 여자, 이렇게 갖추면 이상적인 생활이 된다는 얘기가 있잖아요?"

"처음 듣는 소린데요."

"처음 들었다고 치고 그런 의견은 어때요."

"의견을 말할 준비가 안 되어 있습니다만 일본의 여성을 이상적 생활의 요소로 친다는 덴 난 동의할 수 없는데."

윌슨의 대답엔 진지한 데가 있었다.

"일본 여성이 좋다는 정평이 있잖아요?"

"서양 여성의 지나친 자기주장에 질린 서양 남자들의 반발 의식이 혹시 그런 의견을 만들어 냈는진 몰라도 내가 보는 견해는 그렇지 않아. 너무나 개성이 없는 것 같고 따라서 자기주장이 없는 것 같아. 그런 여자는 노예로선 좋을지 모르나 애인 또는 마누라로선 부족하다고 생각해."

"그럼 미스터 윌슨은 순종이 싫다는 말인가요?"

"그렇진 않지요. 의지 없는 순종이 싫다는 거지. 일본 여자는 남자의 앞에 가기만 하면 그저 순종해야 한다고 생각하는 모양야. 그런 건 사랑이 아니거든. 하여간 일본엔 미스 민 같은 여성은 없어. 내가 경험한 범위 내에서 하는 말이지만. 아까 미스 민이 사장 앞에서도 자기를 조건으로 하는 건 불쾌하다고 단호하게 말하지 않았소. 그렇게 단호한 여자란 일본엔 없단 말이요."

"지나친 평가는 되레 부담이 됩니다. 일본 여성이라고 해서 어디다 그렇겠어요?"

"그러니까 내가 경험한 범위 내에선 그렇다고 하잖았습니까."

"미스터 윌슨은 아직 독신이세요?"

"아직 독신이 아니라 최근 독신이 되었습니다."

"이혼하셨나요?"

"그렇소."

윤숙은 그 이상 물어도 될까, 묻는 것은 실례일까 하고 망설였다.

"그렇소"라고 말하고 더 말을 하지 않는 것을 보면 아직 이혼의 상처가 아물지 않은 까닭일는지 몰랐다.

"그럼 재혼을 해야겠네요?"

"당분간 재혼은 생각하지 않기로 했습니다."

윤숙은 '왜요' 하는 물음이 입밖에 나오려는 것을 참았다.

"우리 슬슬 내려가 봅시다" 하고 월슨이 앞장을 섰다. 가파른 층계를 내릴 때 월슨은 윤숙이 팔을 잡아 주겠다는 듯이 몸짓을 했으나 윤숙은 모른 체하고 두어 발짝쯤 뒤를 걸었다. 이혼 얘기가 나오자 월슨은 갑자기 우울해진 모양이었다. 우선 그의 태도가 어색하게 돼 있었다.

정문에서 곧바로 신선전으로 갔다가 거기서 산을 넘어 창경원 돌담을 왼편으로 끼고 내려온 윤숙과 월슨은 낙선재(樂善齋)를 먼빛으로 보는 위치에까지 왔다. 윤숙은 낙선재를 가리키면서 "저곳에서 이조 직계의 이은(李垠) 씨가 살고 있어요"라고 했다.

"그럼 이곳은 유물로서의 궁전만이 아니라 아직 사람이 살고 있는 주거이기도 합니까?" 하고 월슨은 놀란 빛이었다.

윤숙은 이은 씨가 거기 살게 된 연유와 같이 살고 있는 가족 얘기까지를 아는 대로 설명했다. 그랬더니 월슨은 "일본인 부인과 미국인 며느리! 썩 재미있는 콤비네이션(組合)이군" 하며 웃곤 다음과 같이 이었다.

"동서를 막론하고 왕족이 있는 곳엔 정략 결혼이란 것이 있는 것이로군. 그리고 그 이구(李玖)씨란 분은 현명해. 왕족의 피란 자칫하면 쇠퇴하기 마련이거든. 그래 서양의 피를 도입해서 보다 생신한 생명력을 이으려고 한 자각이라고 볼 수 있으니 말이요."

"그런 자각으로 이구 씨가 서양 여성하고 결혼했는지는 모를 일이죠. 그러나 결과가 그렇게 되었으면 좋겠는데 아직 아들이 없는 모양이에요."

"아직 아들이 없어" 하며 윌슨은 생각하는 빛이 되었다. 둘이는 이조말기 왕과 그 가족들이 사용한 수레[車]와 마차, 자동차를 진열한 곳으로 왔다.

"이것 스펙터클(구경거리)인데" 하고 윌슨은 눈을 번쩍였다.

이어 윤숙과 윌슨은 맞은편에 있는 궁전으로 들어갔다. 거긴 임금의 옥좌를 비롯해서 많은 유물들이 전시되어 있는 곳이다. 윌슨은 주의 깊게 물건 하나하나를 보아 나갔다. 윤숙이 설명할 필요도 없었다. 물건 하나마다 영어로 된 명찰이 붙어 있었기 때문이다.

전시실을 나와 대조전(大造殿)이란 건물 앞으로 나왔다. 용마루가 없는 건축 양식이 윌슨의 눈을 끈 모양이었다.

"저 건물 앞에 붙은 이름은?"

"대조전이라고 쓰여 있어요."

"대조전! 뭐하던 곳입니까?"

윤숙인 방안에 있는 침대와 가구 등속을 가리켰다. 그리고 말했다.

"침전(寢殿)이었겠죠."

"대조전이란 말이 바로 침전이란 뜻입니까?"

"그렇겠죠. 그러나 글자의 뜻은 큰 것을 만드는 집이라고 돼 있어요."

"큰 것을 만든다?" 하며 야릇한 웃음을 띠었다.

윤숙은 그 웃음을 당장 이해할 수 없었다.

"왕자를 만드는 곳이니 과연 큰 것을 만드는 곳이 아니겠소" 하고 고쳐 말하는 바람에 윤숙은 비로소 윌슨이 야릇한 웃음을 띤 이유를 알고 얼굴을 붉혔다.

윌슨은 미안함을 느꼈던지 그 이상 캐묻지 않고 긴 골마루를 윤숙을 따라 걸어 나왔다. 기둥마다에 붙어 있는 한자의 문면을 새삼스럽게 느끼면서 윤숙은 윌슨이 그런 문면의 뜻을 묻지 않는 것을 다행으로 생각했다. 만일 물었으면 열이면 열, 스물이면 스무 번 "아이 돈 노"를 연발해야 하는 쑥스러운 궁지에 몰리기 마련이었다.

비원에서 나온 것이 정각 다섯 시. 윤숙은 윌슨의 간청을 받고 북악 스카이웨이에 가보기로 했다.

스카이웨이 드라이브는 윌슨의 서울에 대한 인식을 새롭게 한 것 같았다. 원더풀이란 말을 연발하고 있었다. 그러더니 "이 스카이웨이를 만들자고 아이디어를 낸 사람이 누굴까?" 하고 물었다.

"잘은 모르지만 금번 사임한 김 시장이라고 들었어요."

윤숙이 이렇게 말하자 "그 김 시장이란 사람은 틀림없이 훌륭한 인물일 거요" 하고 감탄했다. 그리고 "시가 중심에 있는 길을 넓히는 것은 도시의 필요가 행정가(行政家)를 강요한 때문이라고 해석할 수도 있지만 이처럼 산허리와 산 능선에 도로를 만들어 낸 것은 조금 그런 것과는 다르다"고 이었다.

"그건 왜 그렇죠?"

"전연 새로운 창조라는 뜻이죠. 이 도로 때문에 서울의 새로운 경치가 펼쳐지고 그 새로운 경치를 통해 새로운 의미가 나타나게 된 거요. 이 도로가 없었더라면 특수한 등산가이면 몰라도 여기서 보고 느끼는 서울이란 없었던 것이나 마찬가지 아니었겠소. 그런데 이 스카이웨이를 달리면서 보고 서울이란 참으로 아름다워. 동양의, 반도의 수도! 먼 옛날 책에서 읽던 신비로운 나라에 대한 감동이 이상하게도 되살아나는 느낌입니다. 서울 시민에게도 마찬가지 감동이 아니겠습니까. 이 스카이웨이 때문에 닫혀져 있던 서울의 책 일부가 열린 것이나 다름이 없으니 말입니다."

윤숙은 월슨의 말을 들으면서 몽(蒙)이 트이는 것 같은 느낌과 더불어 감명을 받았다. 팔각정(八角亭)에서 코카콜라를 마시면서 월슨은 또 이런 말도 했다.

"하여간 이 드라이브웨이는 마음에 들었어. 설익은 사랑이 이 길을 달리는 동안에 익을 수 있을 것 같고 위기에 봉착한 사랑도 이 전망대에 나란히 앉아 있으면 본래 상태로 돌아갈 것 같고…… 거리를 보고 산을 보고 하는 건 어쨌건 커다란 카타르시스(淨化)가 되지.

윤숙은 "미국인에게도 그런 정서가 있나요?" 하고 빈정대는 말을 해보았다.

그거 무슨 소리냐는 듯한 윌슨의 눈빛이 윤숙에게로 돌아왔다.

"나는 미국 사람은 전쟁이나 잘하고 코카콜라나 팔 줄 아는 사람들이라고만 생각하고 있었죠" 하며 윤숙이 웃었다.

윌슨도 따라 웃으며 눈앞에 있는 미제(美製) 코카콜라의 병을 들었다.

"뉴욕 맨해튼에 있는 코카콜라가 서울의 산 위에까지 올라왔구만. 미스 민은 여간 샤프하지 않은데……."

"샤프하다는 말은 미스터 윌슨에게 그냥 돌려드려야 할 말 같은데요."

윌슨은 손들었다는 시늉을 하며 쾌활하게 웃었다. 그 웃음소리는 주변의 사람들이 돌아볼 정도였다.

저녁놀이 시작됐다. 둘러선 주변의 산들이 그 윤곽을 보다 선명하게 나타내기 시작했다. 윤숙은 눈짓으로 윌슨의 시선을 산 쪽으로 돌리게 했다.

"보세요. 이때가 가장 아름다운 서울의 시간이랍니다."

서울의 불빛이 꽃처럼 만발할 때까지 윌슨과 윤숙은 팔각정 이층에 앉아 있었다.

많은 말을 했고 많은 말을 듣기도 했다. 그러나 윌슨의 말은 꼭하고 싶은 얘기의 언저리를 돌고만 있었다. 라이트 모티브에 이르지 않는 전주곡의 반복 같은 느낌마저 없지 않았다. 그건 윤숙의 편에서 무슨 계기를 마련해 줘야 되는 것인데 윤숙의 태도는 바람에 나부끼는 수양버들을 닮았다.

"내게 관해 좀 더 알고 싶지 않습니까?"

월슨은 며칠 전 하던 말을 이 자리에서 다시 되풀이했다. 그런데 전번처럼 윤숙은 이 말을 받아 넘길 수 없었다. 윤숙의 마음속에는 월슨에 대한 관심이 어느덧 만만찮게 자라고 있었다. 윤숙은 또 그와 같은 월슨의 물음이 자기에게 호의(好意) 이상의 감정을 가질 수 없느냐는 질문을 살큼 오브라드에 싼 것이라는 것도 알고 있었다. 그러니 섣불리 대꾸할 수도 없는 것이었다.

"이혼을 하셨다는 부인 얘기가 듣고 싶어요."

망설이던 끝에 윤숙의 입에서 나온 말은 이랬다.

"그건 완전한 과거 얘깁니다."

"과거의 일을 묻지 않고 어떻게 상대방을 알 수 있어요."

"그러나 현재 속에 살아 있는 과거가 있고 완전히 과거가 되어 버린 과거가 있는 겁니다."

"현재 속에 살아 있건, 완전한 과거가 되었건 지금 제가 알고 싶은 건 그겁니다. 여자로선 결혼이 중대한 관심사인 만큼 이혼이란 사실도 관심거리거든요. 더욱이 저와 같은 입장으로썬 그래요."

"그러니까 나를 알고 싶어 하는 것이 아니라 이혼이란 누군가의 경험에서 교훈을 얻자는 것이로군요."

"그것만도 아니죠."

윌슨은 담배를 꺼내 들고 그것이 반이나 타도록 입을 다물고 있더니 "사실은 이 얘기처럼 내가 하고 싶지 않은 얘긴 없는데요" 하고 말을 시작했다.

"난 가난한 집 장남으로 태어났습니다. 그래 어려서부터 출세욕이 강했습니다. 다만 얼마라도 동배보다는 뛰어나야 하겠다고 생각한 거지요. 헌데 그런 사람은 결혼해선 안 됩니다. 특히 미국의 사회에서는 그렇죠. 공부도 해야죠, 돈을 저축해야죠. 마누라를 돌볼 시간이 어디에 있겠습니까. 그리고 그런 사람의 마누라 노릇을 누가 할 사람이 있겠습니까. 그러니 내 마누라는 결혼해선 안 될 사람과 결혼했다는 사실을 깨닫고 떠난 겁니다. 얘긴 그뿐입니다."

"그럼 남편을 도와가며 살려는 여자는 미국엔 없나요."

"있겠죠. 그러나 찾기가 힘들죠. 행운이란 게 누구에게나 오는 것은 아니니까요."

"그분은 아름다웠나요."

"아름다웠죠. 결혼을 하면 출세에 지장이 있다는 것을 알고 있었으면서도 결혼하고 싶었을 정도였으니까요."

"원망하고 계세요? 그 부인을."

"아아뇨."

"지금도 사랑하고 계셔요?"

"아아뇨."

윌슨은 터무니없는 감상을 털어 버리듯 자리에서 일어났다. 내일

동경으로 떠난다고 하면서 같이 춤을 추며 몇 시간을 같이 있어줄 수 없느냐는 윌슨의 청을 윤숙은 거절할 수가 없었다.

급한 템포의 것을 피하고 슬로 템포의 곡만 골라 춤을 추면서 윌슨은 더운 입김을 간혹 이마에 내뿜었다. 먼젓번 춤을 출 때 일시 느꼈던 윌슨의 체취에서 풍긴 메스꺼움을 이번엔 전혀 느끼지 않는 것이 이상했다. 잘 추지도 못 추지도 않게 해야겠다는 계산도 잊고 윤숙은 편안한 마음으로 윌슨의 팔에 안길 수가 있었다.

시간이 열 시에 가까워졌을 무렵, 춤을 추는 도중에 팔을 풀고 자리에 돌아가면서 속삭였다.

"시간이 얼마 남지 않았으니 우리 얘기나 좀 합시다."

윤숙은 가슴이 떨렸다.

자리로 돌아가 앉자 윌슨은 자기에겐 스카치를, 윤숙에겐 슬로 진을 가져오게 했다.

"잊기 전에 물어 두어야겠는데 미스 민이 가장 좋아하는 게 뭐지?"

"물건 말예요?" 하고 윤숙이 되물었다.

그렇다고 윌슨이 대답했다.

"좋아하는 건 많지만 가장 좋아하는 게 뭔지는 좀 두고 생각해야겠습니다."

"이 다음 나올 때 선물을 사가지고 올까 해서 묻는 말인데요."

"선물을 이편에서 말해야 하나요?"

"이왕이면 하고 드리는 말씀입니다."

윌슨은 스카치를 단숨에 들이켜더니 신중한 표정을 짓고 한동안 망설인 끝에 "지금부터 내가 하는 말을 미스 민은 듣고만 계십시오" 하고 말을 이었다.

"나는 이혼한 이래 어떤 여자에게서도 느껴 보지 못했던 감정을 미스 민에게서 느꼈습니다. 난 이번 서울에 온 것이 내 일생에 있어서 획기적인 운명의 전환점이 되지 않을까도 생각하고 있습니다. 앞으로의 일은 어떻게 되든지 말입니다."

윤숙은 상기한 듯한 윌슨의 표정을 지켜보면서 다음 말을 기다렸다.

"미스 민이 동경에 와서 나와 같이 일을 할 수만 있으면 그 사실만으로도 내겐 더한 행복이 없겠습니다. 당신 회사와의 계약에 있어서 당신을 조건으로 내세운 것을 나는 부끄럽게 생각하고 있습니다. 그래 내 제안을 즉각 철회한 것이지요. 그러니 당신의 자유의사로써 결정하면 될 일입니다."

윤숙이 뭐라고 말하려고 하자 윌슨은 가로막았다.

"지금 답을 듣자는 건 아닙니다. 신중하게 생각해서 결정하면 됩니다. 절대로 강요하는 것이 아니고 강요해서 될 일도 아니니 말입니다."

이어 윌슨은 윤숙의 주소와 전화번호를 써달라고 수첩을 꺼내 놓았다. 윤숙이 그 수첩에 전화번호와 주소를 써넣었다. 윌슨은 수첩에서 자기의 명함을 꺼내 윤숙에게 주며 말했다.

"무슨 일이 있거든 이리로 전화를 하시든지 편지를 하시든지 하십시오."

돌아오는 차 속에서 윌슨은 조심조심 윤숙의 손을 만지작거리면서 물었다.

"미스 민이 싫어하는 것은 뭡니까?"

"그건 왜 묻죠?"

"당신이 싫어하는 짓을 안 하기 위해."

윤숙은 숨을 몰아쉬고 결연하게 말했다.

"내가 싫어하는 건 평범입니다. 평범한 것이면 뭐든 싫어합니다, 전."

제4장

바위와 무지개

비어스 윌슨은 떠났다. 노스웨스트의 기체(機體)가 폭음과 더불어 질주하더니 드디어는 초여름의 하늘에 먼지가 되어 말쑥이 시야에서 사라져 버렸다. 윤숙은 윌슨에 대한 어떤 아쉬운 감정으로 비행기가 사라질 때까지 송영대에 서 있었던 것은 아니다. 누구의 전송을 나와도 윤숙은 비행기가 시야에서 사라질 때까지 지켜보는 버릇이 있었다.

일종의 센티멘털리즘인지는 모르나 윤숙은 비행기를 통해 자기가 현재 살고 있는 세계와 다른 세계가 있다는 것을 깨닫고 아련한 허무감을 되씹어 보곤 가벼운 우수에 잠겨 보는 것이다.

공항에서 나와 돌아오는 차 중에서 윤숙은 윌슨과 지낸 며칠 동안을 돌이켜보았다. 두세 번 식사를 같이 하고 스카이웨이를 드라이브하고 비원을 산책하고 같이 춤을 추었다는 지극히 단순한 시간의 내용이었지만 윤숙은 그것을 '격렬한 시간'이라고 번역했다.

무엇을 생각하고 있는지 그 마음의 바닥을 알 수 없는 외국인이 돌연 베푼 갖가지 호의에 대해서 윤숙은 자기 나름으로 안간힘을 다해 대응해야 했었다. 윤숙 개인의 태도를 넘어 한국 여성이 호락호락하지 않다는 것을 보여주어야겠다는 일종의 대표자 의식(代表者意識)도 있었고 상대방의 관심을 보다 강하게 끌어 보고 싶은 여성다운 소망도 있었다. 그런 저런 의식으로 해서 윤숙에겐 윌슨과 지내는 시간이 '격렬한 시간'이었던 것이다.

그러나 지내 놓고 보니 윤숙의 윌슨에 대한 감정은 연정이라든지, 사모라든지 하는 것과는 다른 빛깔이란 사실을 알았다. 만약 윌슨이 한국 사람이었다면 사정은 달라졌을 것이다. 그런데 미국인이란 사실이 그에 대한 호의와 관심을 연정으로 전환시키는 덴 커다란 벽이 되었다.

── 처녀는 뭐니뭐니 해도 보수적이다. 누군가가 한 말이 염두에 떠올랐다. 윌슨은 마지막 순간까지 윤숙에게 대한 액티브한 감정의 힌트를 남기고 갔다. 전송을 하려는 양 사장에게 굳이 미스 민만 공항에 보내 달라고 못을 박았다. 왜 그렇게 했느냐고 윤숙이 묻고 싶었지만 끝내 그 질문을 보류해 버렸고 윌슨 역시 그 이유에 관해서 일언반구의 말도 없었다.

"동경에 와서 일을 할 수 있도록 생각해 두십시오" 하는 말을 몇 번 되풀이했을 뿐이다. 윤숙은 그 문제를 생각해 봤다.

윌슨이 곁에 있을 때는 이럴까 저럴까 하고 망설이는 기분이 없지 않았는데 지금의 윤숙은 명백한 답을 준비하고 있는 스스로를 발견했다.

　동경에 놀러 갈 수는 있다. 그러나 월슨의 회사에 근무할 수는 없다. 그 이유를 물으면 다음과 같이 대답할 것이다. "나는 당신과 어디까지나 대등한 입장에 있고 싶다. 지시를 주고 지시를 받고 하는 관계 속에 있기가 싫다" 그렇게 말하면 그는 내가 그에게 무슨 묘한 감정이라도 가지고 있는 것처럼 추측을 하겠지. 그런 추측을 막기 위해서 나는 이렇게 덧붙일 참이다. "대등한 입장에 있자고 하는 것은 로미오와 줄리엣처럼 대등하자는 것이 아니고 한국의 숙녀와 미국의 신사로서 대등하잔 말입니다."

　이렇게 생각하며 윤숙은 미소를 지었다. 우아하고 화려한 미소였다.

　양 사장은 1천만 원의 보증수표를 끊어 놓고 윤숙을 기다리고 있었다. 그러나 그 마음속에는 복잡한 생각들이 소나기가 내리기 직전의 구름처럼 오락가락했다.

　'약속한 것이니까 주어야지' 하는 생각과 '주긴 주되 달리 방법을 강구할 수 없을까' 하는 생각에 '지금 주지 않더라도 적당한 구실만 붙이면' 되지 않을까 하는 망설임도 섞었다. 양 사장은 돈이 아까워서가 아니었다.

　W회사와의 계약은 어느 모로 보나 회사로선 커다란 이익이었고, 그런 결과를 만들자면 그만한 커미션은 들어야 하는 것이었기 때문에 커미션이라고 생각하면 그만인 것이다. 양 사장은 그 돈을 줌으로

써 회사를 그만두지 않을까 하는 걱정을 하고 있었고 이왕 그런 거액을 줄 바에야 좀 더 효과적인 이용 방법이 없을까 하는 생각을 하고 있는 것이었다. 그리고 한편 1천만 원을 주겠다는 말을 윤숙이 농담으로 듣고 흘렸을 것을 고지식하게 내놓는 것은 그만큼 손해가 아닌가 하는 생각도 들었다. 돈을 주는 시기를 W회사와의 첫 거래가 있고 난 뒤로 미루는 것도 부자연한 일일지도 몰랐다.

그러나 이 모든 생각보다도 양 사장은 윤숙의 환심을 사고 싶었다. 사업을 하느라고 소비해 버린 청춘의 아쉬움 같은 것을 윤숙일 통해 느꼈다. 그리고 젊음을 요즘처럼 부러워해 본 일이란 없었다. 그렇다고 해서 양 사장이란 사람은 윤숙의 육체를 탐내거나, 달리 불순한 생각을 품고 있는 것은 아니다. 그저 청춘에 대한 향수 같은 것을 윤숙을 통해 느끼며 윤숙을 곁에 앉혀 놓고 있으면 뭔지 마음이 훈훈해지는 것이다.

윤숙이 회사에 돌아오니 거의 퇴근 시간이 되어 사원들은 퇴근 준비를 하느라고 서성거리고 있었다. 윤숙이 자기 사무실로 들어가려고 할 때 등 뒤에서 이상한 소리가 흘러갔다.

"양공주……."

윤숙은 반사적으로 몸을 돌려 소리가 난 방향을 봤다. 운동선수 타입의 건장한 두 사나이의 뒷모습이 보였다. 그 중의 한 사람이 힐끔 돌아봤다. 새하얀 이빨을 드러낸 웃는 얼굴이었다. 윤숙의 끓어오르려던 분격이 방향을 잃은 느낌이었다.

'나를 보고 한 소리가 아닐는지 모르지.'

설혹 속셈으로 자기를 보고 한 말일지라도 면대해서 한 것이 아니니 그런 것을 가지고 시비를 벌일 수도 없었다.

'어떤 과에 있는 사내들일까' 윤숙은 멀어져 간 그들의 인상을 다짐하듯 봐놓곤 자기 자리로 돌아갔다. 이제까진 맑게 개었던 하늘이 금시에 흐려진 것 같은 우울이 윤숙의 마음을 엄습했다.

"애인을 보내고 나니 우울하신 모양이지."

총무과 차장이란 치가 이런 농담을 걸어왔다. 윤숙은 들은 체도 않고 자기 앞의 책상을 챙겼다. 농담이 반응이 없어 무안했던지 차장이 정중하게 말을 다듬고 "사장님이 미스 민 들어오는 대로 곧 사장실로 오시라고 합니다."

윤숙은 말없이 자리에서 일어나 사장실 도어를 노크했다.

윤숙이 들어서는 순간 사장은 이때까지의 망설임을 일시에 잊어버리곤 보증수표가 들어 있는 봉투를 집어 들었다.

"오늘은 수고했어. 거기 앉아."

윤숙인 시키는 대로 사장의 앞자리에 앉았다.

"얼굴이 핼쑥해 보이는데 어디 아픈 데라도 있나?"

"아녜요" 하곤 윤숙은 자기의 우울한 표정을 윌슨과의 이별과 관련시키지나 않을까 하는 생각이 들어서 쾌활한 체 웃었다.

"거 윌슨이란 사람 미국인으로선 괜찮지?"

아마도 아까의 자기의 표정을 윌슨과 관련시키고 있는 게로구나 하고 생각한 윤숙은 "그저 그렇고 그런 거지 별수 있겠어요?" 하고 무관심한 체 꾸몄다.

"그래도 그 자는 미스 민에게 대단한 집심(執心)인가 보던데?"

이렇게 말하며 사장은 윤숙의 눈치를 살피려고 들었다.

"그건 그 댁의 사정이겠죠. 그러나 객지에 있으면 터무니없는 감상에 사로잡히는 모양 아녜요? 문명인이 미개지에 가서 원주민인 여자에게 심심풀이로 그 환심을 사려는 그런 류 아니겠어요?

"그러나 윌슨의 태도는 그런 것만은 아닌 것 같던데!"

"이러나저러나 마찬가지예요. 전 관심이 없으니까요."

그런 화제를 가지고 얘기를 끌기가 싫어서 윤숙은 본심보다는 좀 더 강한 표현을 했다.

"동경으로 왔으면 하는 그의 희망이던데 그건 어떡할 작정이지?"

"전 놀러는 갈지 모르나 그 회사엔 안 가겠어요."

"그렇게 결심을 했나?"

"결심까지 할 것도 없지 않아요?"

"그럼 됐어. 난 미스 민이 동경으로 가면 어떻게 하나 하고 사실은 크게 걱정이었거든."

사장은 진심으로 그렇게 느끼고 말하고 있는 모양이었다. 그러니 윤숙은 자기가 결심한 바를 말하길 망설이지 않을 수 없었다. 윤숙의 결심이란 불과 몇 순간 전에 이루어진 것인데 양 사장의 회사를 그만두어야겠다는 것이었다. 하지만 망설이고만 있을 수 없었다.

"그런데 사장님, 동경으로 가지도 않겠거니와 전 회사를 그만둘 생각이에요."

"그건 또 왜?"

양 사장은 놀란 빛으로 말했다. 그리고 "내가 약속을 지키지 않는다고?" 하며 되물었다.

"사장님이 제게 약속한 것이 뭣 있어요? 그런 게 아니고요." 윤숙은 말꼬리를 흐렸다.

"그런 게 아니고 그럼 뭐야."

"창피해서" 하며 윤숙은 고개를 숙였다. 언제나 활달한 윤숙의 태도가 돌연히 변한 것이 양 사장에겐 안타까운 의혹이었다.

"저를 양공주라나요." 윤숙은 입술을 깨물며 말했다.

"뭣 양공주라고?"

양 사장에게 윤숙의 흥분이 옮은 것 같았다.

"어떤 놈이 그 따위 소릴 해."

"이 회사 안에 있는 사람이에요."

"그게 누구야, 당장 그 놈을!"

양 사장은 당장 그자의 이름을 대라고 성화였다. 윤숙은 어느 과의 어떤 이름의 사람인지도 모른다고 했으나 양 사장은 듣지 않았다. 그리고는 심지어 "공연히 트집을 잡으려고 그러는 것이 아니냐"는 마음에도 없는 넘겨짚기까지 했다. 이렇게 되자 윤숙은 아까 골마루에서 본 운동선수 타입의 사나이들 얘기를 아니 할 수 없었다.

양 사장은 "앞으로 그런 말이 나지 않도록 엄중히 단속하고 나 자신이 석명할 것이니 회사를 그만둔다는 말은 말아요" 하고 타일렀으나 윤숙은 "아까 비행장에서 돌아오니 대강의 사정을 알고 있는 사람까지 윌슨이 저의 애인인 양 빈정댔어요. 그러고 보니 양공주란 풍문은 상당히 뿌리 깊게 이 회사 안에 나돌고 있는 모양이에요. 그런 걸 단속한다고 되고 석명한다고 될 수 있겠어요?"

"아냐" 하고 양 사장은 무슨 각오를 한 모양이었다.

"미스 민은 회사를 위한 공로자야. 만일 사태를 이대로 두면 회사를 위한 공로자를 희생자로 만들어 버릴 위험이 있어. 나는 미스 민이 회사를 위해 마지못해 윌슨과 같이 행동했다는 사정을 잘 알고 있어. 그리고 품위를 상하지 않고 되레 한국 여성의 주가를 높이게끔 고상하게 행동했다는 것도 알고 있어. 그러니 내게 맡겨 두라고…… 그 따위 불순한 풍문을 그 뿌리째 뽑아 없앨 테니까."

윤숙은 복잡한 마음의 움직임을 요령 있게 말할 수가 없어 한동안 묵묵히 앉아 있었다.

"헌데 아까 그 윌슨을 미스 민의 애인이 아닌가고 빈정댔다는 놈 그 놈은 또 누구야?"

윤숙은 사장이 이처럼 흥분할 줄은 꿈에도 몰랐다. 누구와 연애 중이 아니냐, 누구하고 어떻지 않느냐는 등의 얘기는 당사자에겐 물론 불쾌한 얘기지만 하는 사람에겐 단순한 농담에 지나지 않는 것이다. 그러니 그런 농담을 잡고 야료를 벌인다는 건 쑥스럽기 한이 없는 노릇이다. 그래 윤숙이 말했다.

"사장님의 뜻은 알겠습니다. 제가 회사를 그만둔다는 얘긴 철회하겠어요. 그 대신 제 문제를 가지고 시끄럽게 하시지 마세요. 제가 고자질을 해가지고 회사가 시끄럽게 되면 전 참으로 회사에 있을 수 없게 되잖겠어요? 물론 제 기분은 유쾌하지 않아요. 회사 안에 있는 사람들이 그런 눈초리로 저를 보고 있었구나 생각하니 소름이 끼치는 심정이에요. 앞으로 또 그럴 것이라고 생각하니 겁도 나구요. 그러나 제 문제를 가지고 시끄럽게는 하진 말아 주세요. 부탁입니다."

양 사장은 심각한 표정으로 듣고 있더니, "미스 민 고마워. 시끄럽게 하지 않을게. 그 대신 내가 톡톡히 보상을 하지" 하며 들고 있던 봉투를 윤숙이 앞에 밀어 놓았다.

"이게 뭐예요?"

"열어 보면 알겠지."

"이 자리에서 열어 봐도 돼요?"

"되구말구."

윤숙은 봉투를 열었다. 셀로판 종이에 싸인 1천만 원짜리의 수표가 눈앞에 있었다.

"이거 어떻게 하라는 게죠?"

"미스 민에게 주는 거야. 어떻게 하긴 뭘 어떻게 해?"

W회사와 계약이 되도록 윤숙이 힘을 쓰면 1천만 원을 주겠다고 양 사장이 한 말이 기억에 되살아났다. 그러나 윤숙은 그것을 농담으

로만 알았다. 게다가 자기가 그런 보수를 받을 만한 노력을 했다고는 도저히 믿어지지 않았다. 안 될 뻔한 것을 힘들여 했다면 또 모르되 만사는 그대로 순조롭게 되어 버린 것이다. 그렇게 되는 과정에 윤숙의 힘이 있었다손 치더라도 그것은 미미한 것일 게고 이렇게 큰 보수를 감당할 만한 정도가 아니다.

이런 생각을 하며 망설이고 있는 윤숙에게 사장은 "약속한 것 아닌가. 나는 약속을 지킬 뿐이니 심각하게 생각할 것 없이 넣어둬요" 하는 것이었지만 윤숙의 손은 쉽사리 그 수표를 집어넣을 수가 없었다.

"이렇게 터무니없이 큰 돈을 받을 수가 없어요."

"크다고 하면 크고 적다고 하면 적은 거야. W회사와의 계약으로 앞으로 몇 억을 벌지 누가 아나. 그렇다면 사례로 되레 적은 돈야."

"W회사와의 계약을 어디 저 혼자 힘으로만 했나요?

"어떻든 약속이니까. 사람은 약속을 지켜야 하니까. 더욱이 사업가는 그래."

"그 약속도 제 힘으로 되었을 때란 조건이 붙어 있지 않았어요?"

사장은 윤숙의 말을 들으며 웃었다.

"그게 만약 두 달 후 석 달 후에 이루어졌다면 사정은 약간 다르지. 나나 회사 간부들이 그만큼 서둘러야 할 테니까. 그런데 짧은 기간에 성립되었다는 것은 순전히 미스 민 덕분이거든. 말하자면 약속의 선행 조건을 미스 민은 완수한 거나 다름이 없어."

"그러시다면 조금만 주세요. 십 분의 일쯤이면 돼요. 그래도 제 겐 큰돈이니까요."

"미스 민은 내게서 돈을 받는 데 대해 엉뚱한 위험 같은 것을 느끼고 있는 모양인데 적어도 이 양이란 사람은 그런 사람이 아냐. 연극이나 활동사진에 그런 게 있더구먼. 돈을 주어 놓고 어쩌구저쩌구 하는 거 말야. 그러나 그런 게 아냐. 약속이야. 이건 내가 무슨 생색을 내는 것도 아니란 말야."

그래도 윤숙은 주저하지 않을 수 없었다. 단순한 약속을 지키는 행위로써 돈의 액수가 너무나 컸고, 윤숙이 대담한 성격이기로서니 그런 공돈을 예사로 받을 만큼 세상을 얕잡아 볼 수는 없었다.

"누가 올라. 빨리 넣어 둬요."

사장이 수표를 집어 윤숙의 손아귀에 넣었다. 마지못해 받으면서 윤숙은 "그런데 이 돈을 다 어디다 쓰죠?" 하고 웃었다.

"돈이란 없는 것이 걱정이지 쓰는 걱정이란 없는 법야. 저금을 해 두어도 좋고 보석을 사둬도 좋구……."

그러다가 양 사장은 "참, 할아버지가 아직 셋방살이를 하고 계신다며? 그 돈 반쯤으로 집을 하나 사드리지" 하고 아이디어를 제공했다. 윤숙의 가슴이 활짝 밝았다.

'그렇지, 집을 사드려야겠다!'

1천만 원의 돈을 가지고 있다는 의식의 작용이 묘하게 움직인다는 것을 윤숙은 깨달았다. 우선 세상의 빛깔이 달라 보였다. 매연으로 흐린 서울의 하늘이 보랏빛으로 보였다. 거리를 붐비며 달리는 자동차들의 요란한 클랙슨 소리가 생의 찬가를 올리기 위해 조율하고 있는 오케스트라의 소리를 닮았다. 바쁘게 걸음을 옮겨 놓고 있는 사람의 무리들이 행복을 찾아가는 행복한 사람들로 보였다.

윤숙은 상기된 얼굴로 조선 호텔 앞을 걸어 시청 앞으로 내려오고 있었다. 뚜렷한 목적지도 없었고 뭣을 하자는 의도도 없었다. 그저 여기 한량없이 행복한 숙녀가 지금 서울의 거리를 걷고 있다는 의식밖엔 아무것도 없었다.

그랬는데 공중전화가 보이자 전호의 생각이 났다. 윤숙은 무슨 까닭으로 전호를 생각했는지도 채 자각하지 못하면서 공중전화의 박스에 들어가 전호가 근무하고 있는 학교를 향해 다이얼을 돌렸다. 시간은 여섯 시 반. 전호가 학교에 있을지 없을지 아슬아슬한 시간이었다. 다이얼을 돌리며 윤숙은 전호가 학교에 있어 주었으면 하고 비는 마음이 되었다.

다행히 전호는 있었다. 수화기를 통해 들리는 전호의 목소리는 윤숙의 전화를 받고 기뻐하는 소리라기보다 무슨 사고가 있는 것이 아닐까 하고 걱정하는 소리였다.

"걱정을 끼칠 용건은 아녜요. 그저 만나 의논이나 드릴까 하구."

윤숙은 말 한 마디 말 한 마디에 애교를 섞으며 전호에게 이렇게 전화해 본 지가 꽤 오래된다는 사실을 깨달았다.

"그럼 내가 어디로 갈까?"

전호의 말이었다.

"제가요, 택시를 잡아타고 학교까지 갈게요. 정문에서 기다려요."

그럴 필요 없다는 전호의 말이 돌아왔다. 윤숙인 전호의 말이 채 끝나기도 전에 덮쳐 말했다.

"정문에서 기다려요. 먼저 갈 테니."

공중전화 박스에서 나와 윤숙은 반도 호텔 앞에서 택시를 기다렸다. 다방에 앉아 가만히 전호를 기다릴 수 없는 들뜬 심정이었던 것이다.

4, 5분쯤 지나 윤숙은 택시를 잡을 수 있었다. 윤숙은 운전사더러 D동에 있는 학교를 알리고 그리로 가자고 했다. 운전사는 머리칼에 백발을 섞은 초로(初老)의 사나이였다. 가난이 피부 빛깔에 배어 초라한 몰골이었다. 윤숙은 그 운전사에게 무슨 친절한 말을 던져 주고 싶은 충동을 가까스로 참았다.

윤숙은 퇴근 시간의 러시를 차창 밖으로 흥미있게 내다봤다. 생존 경쟁이 교통의 양상으로 집중되어 있다는 해석을 해보며 자가용족과 택시족 버스족 사이의 생활에 있어서의 격차 같은 것도 느꼈다.

'어떤 일이 있어도 가난해선 안 된다. 어떤 일이 있어도 자가용족에 끼어야 한다.' 이렇게 다짐하는 마음의 한구석에서 돈 1천만 원을 가졌다고 부호가 된 양 들뜨고 있는 스스로에 대한 뉘우침 같은 감정을 발견했다. 그러나 그런 감정쯤으로 윤숙의 행복한 흥분이 흐릴 까닭이 없었다. 윤숙은 전호를 만나면 어떤 말부터 시작해야 하나 하고 생각하기 시작했다. 전호의 놀라는 표정이 눈앞에 뵈는 듯했다.

학교 정문에서 기다리고 있는 전호를 윤숙은 택시 안으로 맞아들였다. 전호는 자리에 앉으며 "무슨 일이지?"하고 물었다.

윤숙은 그 말엔 대꾸를 않고 운전사에게 말했다.

"명동으로 갑시다."

"명동은 뭣하러?"

전호가 의아한 표정으로 말했다.

"오늘 제가 한턱 내려구요."

"무슨 좋은 일이 있었던 모양이군."

"좋은 일이 있었죠."

"그게 뭔데?"

"이따가 얘기하죠."

전호는 말을 멈추고 윤숙의 옆얼굴을 한참동안 지켜보았다.

'자꾸만 예뻐지는데' 하면서도 전호는 윤숙의 얼굴에서 청순한 빛이 가셔진 듯함을 느꼈다.

성당 앞에서 차를 내려 전호와 윤숙은 황혼이 깃들기 시작한 명동으로 말려들어갔다.

"어디가 좋을까?"

윤숙이 물었지만 전호에게서 대답이 있을 리 없었다. 윤숙은 경양식집을 찾아들었다.

카레라이스를 시켜 놓고 윤숙이 "할아버지에게 집을 사드렸으면 하는데"하고 말을 꺼냈다.

"집을?"

전호는 놀라는 표정이 되었다. 물론, 작은 집을 말하는 것이겠지만 윤숙이 집을 살 정도로 알뜰하게 저축을 하고 있었구나 하는 생각에서였다. 그랬는데 "3백만 원에서 4백만 원쯤 하면 웬만한 집은 살수 있겠죠?"하는 윤숙의 뒤이은 말을 듣자 전호는 아연했다.

"3백만 원에서 4백만 원이라니, 어디에 그런 돈이 있지?"

"제게 있어요."

"윤숙이가?"

"그럼!"

윤숙은 의기양양하게 웃었다.

반대로 전호의 얼굴은 어두워졌다.

"어디서 그런 돈이 생겼지?"

"제가 번 돈이지 하늘에서 굴러 떨어졌어요?"

"번 돈이라면 좋지. 그러나 형산 선생이……."

"할아버지가 어떡하신다는 거예요. 평생 셋방으로만 돌아다니셔야 직성이 풀리시겠어요?"

"그런 게 아니라"하고 전호는 망설였다. 돈의 출처에 대한 의혹을 노골적으로 표명할 수 없었던 까닭이다.

윤숙은 전호의 그러한 마음의 움직임을 짐작할 수 있었다. 그러나 돈이 생겨난 경위를 설명하기가 어쩐지 쑥스러웠다. 그래 "돈의 출처에 의심이 간단 말씀이죠. 그러나 절대로 불순한 돈은 아니니 걱정하지 마세요" 하며 잘라 말했다.

"하여간 돈이 생겼다고 해서 할아버지에게 집을 마련해 주겠다는 생각을 낸 것은 좋은 일이야."

"전 이래봬도 효녀 축에 든답니다."

전호는 윤숙이 말하지 않으려는 돈의 출처를 캐묻지 않기로 했다. 간단히 식사를 마치고 일단 형산 선생을 만나 의논을 해보기로 했다. 둘이는 다시 택시를 타고 형산 선생의 집으로 왔다.

전호와 나란히 들어오는 윤숙을 보고 형산은 만면에 웃음을 띠고 반겼다.

"태양과 달이 한꺼번에 솟은 느낌인데" 하고 방을 치우기 시작했다. 형산은 누구를 위해서 휘호(揮毫)를 하고 있었던 모양이었다. 벼루와 붓 그리고 종이가 방안에 널려 있었다.

전호는 치우려는 종이 위에 '匹夫不可奪志也'라는 문자를 보았다. 삼군(三軍)의 장수는 뺏을 수가 있어도, 천할망정 사나이의 확고 불발한 뜻은 뺏을 수 없다는 뜻의 공자(孔子)의 말이었다. 형산은 공자의 이 말을 즐겨 썼다. 그런 까닭에 형산을 통해 그 글귀의 풀이를 이미 듣고 있었다.

전호는 형산을 보고 "선생님, 매너리즘이란 걸 아십니까?" 하며 빈정대는 투로 말했다.

"또 이 글귀를 쓴다구? 그러나 지식이 가난해서 한 가지 문자만을 쓰는 건 '가나니즘'이긴 해도 매너리즘은 아니라네."

그러고는 윤숙을 돌아보며 말했다.

"난 네가 할아비를 완전히 잊어버린 줄 알았다."

"그럴 리가 있겠어요?"

"그럴 리가 없겠는데 그렇게 되어 버리는 수가 있으니까 인생이 비극이란 소리가 아니냐?"

"선생님, 윤숙인 대단한 선물을 준비하고 있는 모양입니다" 하고 전호가 거들었다.

"대단한 선물? 네가 온 것만으로 내겐 대단한 선물이다."

윤숙이 골목의 구멍가게에서 사온 술과 안주로 차린 술상이 들어왔다.

형산은 "오늘밤은 참으로 호화로운 잔치가 되겠구나" 하며 윤숙이 따라주는 술잔을 받았다. 그리고는 "너희들은 어디서 만났지?"하고 전호와 윤숙을 번갈아 보았다.

"윤숙이한테서 전화가 왔어요."

전호가 대답했다.

"허허, 그럼 너희들은 종종 만났나?"

"예, 이따금씩."

전호는 어떤 날 밤 덕수궁 근처에서 만난 것을 계산에 넣고 이렇게 말했다.

"그거 참 기쁜 소식이긴 한데, 늙은 사람은 따돌리는 셈이로구나."

"그렇진 않아요."

윤숙은 얼굴을 붉혔다.

"헌데 대단한 선물이란 건 또 뭐냐?"

"윤숙이 형산 선생님께 집을 하나 사드린답니다."

전호가 말하자 형산은 그 말뜻을 못 알아들은 양으로 의아한 표정을 지었다.

"윤숙이 집을 하나 사겠답니다."

전호가 고쳐 말했다.

"집을 산다? 어떤 집을. 집도 집 나름 아닌가."

"한 3, 4백만 원짜리 집을 사겠답니다."

"3, 4백만 원짜리를?"

형산은 그때사 놀란 표정이 되었다.

"윤숙이 돈을 벌었답니다."

"돈을 벌었다? 무엇을 해서."

형산의 얼굴이 일순 굳은 듯하더니 곧 표정을 풀고 윤숙을 건너 봤다.

"결코 불순한 돈이 아녜요."

윤숙이 결연하게 말했다.

"불순하고 안 하고는 고사하고 어떻게 그렇게 큰돈을 갑자기 벌게 된 거지?"

형산은 타이르듯 말했다.

할아버지 앞에선 윤숙이 자초지종을 설명하지 않을 수 없었다. 윤숙의 얘기를 듣고 나더니 형산은 "흠" 하곤 한숨을 쉬었다. 이어 "그런 걸 커미션이라고 하는 게지?" 하고 쓴웃음을 띠며 말했다.

"정직하게 근실하게 평생을 악착같이 서둘러도 꿈에도 꾸지 못할 돈을 그처럼 수월하게 벌 수 있다는 얘기가 좀처럼 납득이 안 가."

"납득이 가든 안 가든 사실인 데는 어떡하죠?"

"하여간 대견한 일이야. 우리 윤숙이가 벌써 자라가지곤 그런 돈을 벌다니."

형산의 어조엔 그러한 윤숙을 대견하게 생각하는 것이 아니라 뭔지 모르는 것에 대한 개탄 같은 것이 있었다. 전호도 형산의 그런 감정에 동조하고 있었다. 미국의 어떤 회사와 다리를 놓아주는 데 다소의 힘이 되었다고 1천만 원의 사례금을 낸다면 그 회사는 갈쿠리로 돈을 마구 걷어댄단 말인가. 아무래도 그 돈엔 무슨 함정이 있을 것만 같았다. 그렇다고 해서 그런 말을 할 수도 없었다.

"그래 그 돈을 가지고 집을 하나 샀으면 하는데요."

윤숙이 이렇게 말하자 "집을 사는 것도 좋구, 보석을 사는 것도 좋구, 네 돈 네 마음대로 쓰려는데 내가 참견할 건 없지만 내 집을 산다는 건 그만둬라" 하며 형산은 애써 부드러운 어조를 꾸몄다.

"그렇지만……" 하고 윤숙이 말하려는 것을 형산이 막았다.

"나는 셋방살이에 익숙한 사람이다. 보다도 나는 어떤 집이건 그것이 내 소유이건 남의 소유이건 집이란 건 셋집이고 셋방이라는 사상에 젖어 있다. 집을 꼭 사고 싶거든 네 집을 사라. 그러나 나는 그 집엔 들어가서 살지 않을 게다. 평생을 셋방살이하던 놈이 손녀 덕분에 호화로운 집에 산다고 해서 마음이 편할 리가 없지 않겠는가."

"그럼 할아버지께서 이 돈을 맡아 주실 순 없으세요?"

"그것도 싫다. 나는 그날그날 벌어먹는 것이 격에 맞는 사람이다. 그런 돈을 가지고 있으면서 딱한 사정에 있는 친구들을 못 본 척할 수도 없고…… 돈은 네가 번 거니 네 마음대로 하는 것이 가장 좋겠다."

전호는 "확실한 용도가 나올 때까지 형산 선생님이 돈을 맡아주는 것이 어떻겠습니까" 하고 말해 보았다. 거액의 돈을 윤숙의 손에 두는 것은 아무래도 불안하다는 생각이 들어서였다.

형산은 "전 군 생각도 잘 알겠네마는 돈은 돈을 번 사람이 가지고 있어야 하느니라" 하며 무안할 정도로 전호의 제안을 일축해 버렸다.

윤숙은 거액을 가져 본 기쁨이 형산 앞에서 찬물을 끼얹힌 느낌을 가졌다.

바위에 무지개란 말이 생각이 났다. 형산이란 바위를 윤숙의 무지개 같은 마음이 움직일 순 없는 것이었다. 그러나 형산은 손녀에게 대해 너무 불친절했다고 생각했던지 천천히 생각할 시간을 달라고 했다.

"돈이란 무서운 것이다."

한숨을 섞어 이렇게 말해 놓곤 형산은 다음과 같은 얘기를 했다.

"중일 전쟁이 시작된 해던가 그 이듬해던가, 상해에서 임시 정부가 부지못할 때가 돼서 일부분이 장사(長沙)로 옮겼다. 그때 만주에서 얼마간의 돈을 보내왔다. 뒤에 알고 보니 그 돈은 어떤 개인이 개인에게 보내온 순전히 개인적인 돈이었다. 그러나 그 사람은 반을 모두를 위해 내놓고 반은 자기가 간수하고 있었던 것인데 임시 정부를 위해서 보낸 돈을 그자가 가로챘다는 풍문이 돌았다. 이런 풍문을 안 그자는 불쾌하다는 감정으로 나머지 돈을 가지고 장사를 떠나버렸는데 혈기 방장한 사람들이 추격해서 구강(九江)이란 데서 그를 죽여버렸다. 그 일이 도화선이 돼서 죽이고 죽는 참극이 벌어지고 드디어는 수습 못할 정도로 분열되고 말았다."

형산은 또 중경(重慶)에서 김구(金九) 선생이 장 총통(藏總統)으로부터 얼마간의 돈을 받고 있었는데 그 돈을 시기해서 모략과 중상이 그칠 사이가 없었다는 얘기도 했다.

"그래 나는 평생 생존할 정도 이상의 돈은 갖지 않겠다고 다짐을 했어. 가족과 의가 상하는 것도 돈 때문이고 친구와의 사이가 틀어지는 것도 돈 때문이고 배신자가 생겨나는 것도 돈 때문이고 분파(分派)가 돼서 아귀다툼을 하는 바탕에도 돈이란 게 있더구먼. 그리구 나는 어떤 운동, 어떤 활동도 돈이 있어야 되는 것이면 안 하기로 작정을 했던 거다."

형산이 정치 운동을 하지 않은 까닭이 그것이었구나 하고 전호는 새로운 마음으로 형산의 얘기를 들었다.

전호와 윤숙을 보내 놓고 형산은 생각에 잠겼다. 윤숙이 1천만 원이란 돈을 벌었다는 사실이 아무래도 유쾌하지 않았던 것이다. 손녀가 아니고 딸이었다면 당장 그 돈을 뺏어서 갈기갈기 찢어 버리고 싶은 마음마저 없지 않았다.

형산은 이 세상의 모든 불행과 오욕(汚辱)이 돈에서 비롯된다는 사실을 뼈저리게 느꼈고 자기의 일생을 돈에 대한 반속적(反俗的)인 태도로써 일관하여 왔었다. 형산은 자기의 그러한 태도가 가족들을 곤궁하게 하고 그 반발이 윤숙의 태도를 통해 자기 앞에 나타난 것이 아닌가 하는 생각을 해보며 괴로웠다. 형산은 또한 남에게 자기의 사상을 강요할 수 없다는 사실도 잘 알고 있었다.

그러나 형산은 지금 손녀에게 들이닥친 위기를 방관만 하고 있을 순 없었다. 1천만 원이면 여자 하나 타락시킬 수 있는 함정으로선 족했다. 더욱이 화려한 것을 좋아하는 윤숙에게는 1천만 원이란 그 돈은 평생을 망치게 할 수 있는 밑천일 수도 있었다.

하지만 윤숙의 앞길에 가로놓인 위험을 방지하기 위한 좋은 방책이 발견되지 않았다. 꾸지람으로써 될 일도 아니고 매질로써 고쳐질 일도 아니다.

'그 돈을 내가 맡아둘까! 좋은 방책이 나기까지.'

이렇게도 생각해 보았으나 아까 전호와 윤숙일 보고 말한 대로 주변에 궁한 친구를 많이 가진 형산으로선 손녀의 돈이나마 그런 거액을 간수하고 안연할 수가 없었다. 노인의 경험과 지혜에 비쳐볼 때 1천만 원이란 돈은 윤숙에게 대해서 아무래도 커다란 화근(禍根)이었다.

호젓한 골목을 전호의 팔에 매달려 걸어나오면서 윤숙은 더할 나위 없는 친밀감을 전호에게서 느꼈다. 뭐니뭐니해도 가장 가까운 사람이 전호란 인식이 새삼스러웠다.

돌이켜보면 윤숙이 전호에게 대한 불만이란 전호가 너무 착하다는 것이고 너무나 청결하다는 데서 비롯한 것이다. 이러한 감상 속에서 윤숙은 "할아버지는 돈에 대한 공포증에 걸린 사람 같애" 하고 속삭였다.

"형산 선생의 태도가 옳은 것이 아닐까?"

전호의 답이다.

"그렇게 해서 이 사회를 어떻게 살까요?"

"형산 선생은 그래도 그 나이까지 살아오시지 않았나."

"그게 어디 살아온 건가요?"

"그처럼 깨끗이 살아오셨으면 됐지, 그 이상 바랄 것이 어디 있겠어?"

"난 싫어. 그처럼 구질구질한 생활이란 건……."

전호는 윤숙의 말에 반발을 느꼈다. 그러나 말은 조용히 꾸몄다.

"화려한 생활의 한꺼풀을 벗겨 봐. 허위와 술책과 중상과 모략과…… 별의별 추잡한 꼬락서니가 드러날 테니. 남을 이용하고 희생시키고 속이고 해서 화려하게 사는 것보다 남을 돕고 남을 속이지 않고 가난하게 사는 게 얼마나 아름다운 생활이겠어."

"남을 속이지 않고 깨끗하게 그러면서 호화롭게 살구도 있잖아. 전호 씨의 생각은 너무나 소극적이야."

"적극적으로 선을 할 수 없을 바엔 소극적으로나마 스스로를 깨끗하게 지켜야 할 것 아냐?"

"깨끗하게 몸을 지키기 위해서도 돈은 필요해요."

"나는 돈이 필요 없다는 말을 한 적은 없어."

"돈이 필요 없다는 전제가 있으면 '더 모어 더 베터(다다익선(多多益善)) 아녜요?"

전호는 무슨 말을 해보았자 윤숙과는 평행선(平行線)이라고 생각했다. 그래 이 기회에 자기의 소신만은 밝혀 놓을 필요가 있다고 생각했다.

"또 4·19를 들먹이는 것 같아 미안하지만 나는 4·19를 잊고는 살 수가 없어. 4·19의 의미가 어떤 것인진 아직 아무도 몰라. 알 까닭이 없지. 일정량의 의미라는 것이 주어져 있는 것이 아니니까. 그러니 4·19의 의미는 4·19에 참여한 우리들이 앞으로 만들어 내야 하는 거다. 우리 하나하나가 훌륭하게 깨끗하게 삶으로써 4·19의 의미를 훌륭하게 만들 수 있는 거야. 우리가 타락하면 4·19도 타락해. 그렇게 되면 살아 있는 우리들은 우리가 저지른 일이니까 어떠한 책망도 감당할 수 있지만 이미 죽어 없어진 사람은 어떡하지? 더욱이 내 경우는 윤숙이 잘 알고 있지 않아? 윤숙의 오빠는 나 때문에 죽었어. 그러니까 나는 윤숙의 오빠 몫까지 훌륭하게 깨끗하게 살아야 한단 말이다."

"적극적으로 큰 사업을 해서 4·19의 의미를 높이는 그런 방법은 생각할 수 없나요?"

"큰 사업?"

전호는 혼잣말로 중얼거렸다. 큰 사업을 하다가 좌절한 몇몇 친구의 얼굴이 눈앞을 스쳤다. 그 속엔 형무소에 간 얼굴도 끼어 있었다.

지난 봄철 개나리꽃이 아름답게 피어 있던 집 앞까지 왔다. 전호는 발걸음을 늦추었다. 한 아름 개나리를 꺾어 주던 여인의 애수에 찬 얼굴이 어쩐지 전호의 뇌리에 되살아났다.

열어젖힌 창문으로 불빛이 흐르고 있었으나 음악소리도 사람소리도 들리지 않았다. 개나리는 이미 꽃을 잃고 검은 잎의 덩어리가 되어 가로등의 빛을 희미하게 반사하고 있었다.

전호는 할 얘기를 했다는 가벼운 느낌으로 윤숙에게 개나리꽃을 얻은 얘기를 했다.

"그때 할아버지 방에 있던 꽃이 바로 그거로구만요" 하며 윤숙은 자기가 봤을 때는 이미 꽃잎이 시들어 있었지만 할아버지가 그것을 치우지 못하게 하더라는 얘기를 덧붙였다.

"그런데 할아버지와 전호 씬 어떻게 그처럼 합이 맞죠?"

"내가 존경하고 있으니까 그렇지."

"할아버지가 사랑하니까 그런 건 아니고요?"

윤숙은 얼핏 할아버지와 전호가 자기가 한 집에서 단란한 가정을 꾸민 상황을 그려보았다. 멋있고 조용하고 운치 있는 가정이 될 것이었다. 전호는 책을 읽고 할아버지는 글씨를 쓰고 자기는 뜨개질을 하고 그러다가 간혹 할아버지의 구수한 얘기를 듣고…… 윤숙은 여름밤의 시원한 바람 같은 감상 속에서 한때 황홀했다. 하마터면 그런 얘기를 입 밖에 낼 뻔도 했다.

그러나 그 길의 저편에 펼쳐진 황량한 광경을 상상하지 않을 수 없었다. 꾀죄죄한 셋방, 처량한 몰골, 그러한 할아버지의 생활 상황을 닮아갈 것이 뻔했다. 윤숙은 영화에서 본 칸느의 해변을 생각했고 호화로운 저택을 생각했고 화려한 의상을 생각했고 현란한 보석을 생각했다.

"학교생활은 여전히 재미가 있어요?"

돌연 말이 끊긴 침묵을 견디지 못해 윤숙이 물었다.

"재미가 있어. 학생들이 자라나는 모양을 보는 것은."

"요즘 학생들 건방지지 않아요?"

"건방을 피울 때 아냐? 고등학교 시절엔."

"그게 눈에 거슬리지 않나요?"

"학생들처럼 교사의 태도에 민감한 건 없어. 교사의 성의란 학생들에게 그냥 통하는 게거든."

"그렇지도 않던데 학교 다닐 땐 미워했는데 졸업한 후에야 그 성의를 알게 된 그런 선생도 있던데 뭐."

"그러니까 성의도 방법도 있어야 되는 거야. 나는 그걸 옥 선생에게서 배웠어. 옥 선생은 사랑도 방법이구, 교육도 방법이라고 했어. 진실한 사랑은 방법을 생각하는 사랑이 되어야 한다고 했어."

"그렇게 교사 노릇이 재밌어요?"

"보람이 있지."

윤숙은 죽지 못해 훈장 노릇을 한다는 얘길 여러 선생들로부터 들어온 터이라 전호는 자기 앞이니까 그렇게 기를 쓰는 것이 아니냐고 말해 봤다.

"천만에. 나는 이것을 천직으로 알고 훌륭한 교사가 되도록 계속 노력할 거야."

한길에서 윤숙은 택시를 잡았다. 전호는 버스를 탔다. 윤숙은 전호나 할아버지의 감화(感化)를 받지 않도록 해야겠다고 택시 안에서 다짐했다.

윤숙이 전호와 같이 할아버지를 찾아간 그 이튿날 형산은 윤숙의 회사를 찾았다. 간밤 곰곰이 생각했던 바대로의 행동이다.

윤숙의 할아버지라고 하니 수위가 정중하게 그리고 반갑게 맞아 주었다. 형산은 근처의 다방을 지정하고 윤숙에겐 비밀로 양 사장을 그곳으로 나오게 할 수 없느냐고 당부했다.

"그렇게 하도록 힘써 보겠습니다."

수위의 대답이었다.

형산이 다방에서 기다리고 있으니 양 사장이 곧 나타났다. 양 사장과 형산은 서로 생면부지의 사이였으나 양 사장은 어림잡고 다방에 나타나 한복을 입은 노인 앞에 섰다.

"혹시 민윤숙 씨의 할아버지가……" 하자 형산은 자리에서 일어나 자기가 형산임을 알리고 양 사장에게 자리를 권했다. 양 사장도 형산의 이력을 알고 있는 터이라 정중하게 대했다.

형산은 망설이던 끝에 정중하게 말했다.

"손녀한테서 양 사장의 얘기는 더러 듣고 진작 한번 찾으려고 했는데 차일피일 늦게 돼서 미안하오."

"천만의 말씀입니다. 제가 되레 실례를 했습니다."

"헌데 제 손녀한테 사장께서 과분한 대접을 하는 것 같아서……."

형산이 돈 얘기를 직접 꺼내지 않았어도 양 사장은 당장 알아차렸다.

"결코 과분한 게 아니고 정당한 보수로서 드린 것뿐입니다."

"윤숙이 어떤 일을 했기에 정당한 보수로서 1천만 원이나 받을 수 있었는지."

"저도 장사를 하는 놈입니다. 그러니 과분한 돈을 낼 턱이 없지 않겠습니까. 그 점 안심하십시오."

"그러긴 하지만 난 꼭 그 내력을 알고 싶소. 그런 푸짐한 일이 이 약삭빠른 세상에 있을 수 있다는 것이 우선 신기롭다는 거요. 후학(後學)을 위해서도 알아두고 싶어서 그렇소."

양 사장은 조심조심 설명을 하고 결론을 "미스 민이 아니었다면 그 이상의 비용이 들어도 당초 무망한 일이었지요" 하고 약간 과장해서 말했다. 그리고 "영리하고 재치 빠르고 해서 상대방의 환심을 끌었답니다" 하며 덧붙이기도 했다.

그런데 양 사장이 덧붙인 "상대방의 환심을 끌었다"는 말이 형산의 귀에 거슬렸다.

'그럼 윤숙일 미끼로 미인계를 썼다는 말이냐' 하는 질문을 내뱉으려다가 형산은 가까스로 참고 "아직 미혼의 처녀이니 양 사장께서 아버지처럼 그 애의 수신(修身)을 돌봐 주시오" 하는 말로 바꾸었다.

"돌봐 주어야 할 편은 되레 미스 민 쪽이 아닐까 합니다. 요새 젊은 사람은 정말 놀랄 정도로 영리한데 윤숙 양의 경우는 월등합니다. 수신에 대해선 간연(間然)할 바가 아닙니다. 깔끔하고 깡치가 있고…… 미국 사람 앞에 품위를 지켜나가는 의연한 태도를 보고 전 정말 감복했습니다. 한 마디로 허튼 수작을 못하도록 여성으로 품위를 지켜나가는 덴…… 정말, 형산 선생께서는 좋은 손녀를 가지셨습니다. 형산 선생님의 손녀이니까 그럴 수 있었을는지……."

사장의 말을 들으니 형산은 적이 마음이 놓였다.

'그럴 테지' 하는 생각마저 없잖았고, 그런 일이 생겼을 때 윤숙이 먼저 전호를 찾았다는 사실이 새삼스럽게 무슨 의미를 띠고 있는 것처럼 짐작이 들기도 했다.

형산은 양 사장에게 "고맙다"는 인사를 하고 회사 일에 지장이 없거든 윤숙을 다방으로 잠깐만 내보낼 수 없겠느냐고 부탁했다.

양 사장은 "모처럼 나오셨으니 점심 식사라도 대접하고 싶은데 어떻겠습니까?" 하고 말했지만 형산은 굳이 거절했다. 사장이 나간 뒤 잠깐 있다가 윤숙이 나타났다. 할아버지를 향해 걸어오는 윤숙의 표정과 태도엔 결코 유쾌할 수 없다는 듯한 기분이 풍겨져 있었다.

"지질구레한 할아비가 찾아오니 거북한 게로구먼."

윤숙이 맞은편에 앉는 것을 보고 형산이 이렇게 말했다.

"할아버지 절 찾아오시는 건 좋지만 사장님을 통할 것은 없잖아요."

윤숙이 약간 볼멘소리로 했다.

"회사에 품팔이 보낸 손주딸년을 찾으려면 사장을 통해야 떳떳하지 누굴 통하란 말인가. 게다가 사장에게 할 말도 있었구."

윤숙의 누그러워지는 표정을 보자 형산이 간밤 내내 생각했던 것을 꺼냈다.

"숙아."

"예?"

"너 결혼할 의사가 없냐?"

"……."

"그 돈을 보고 생각한 것이 아니라, 아니 그게 동기가 된 것이긴 한데 그만 했으면 궁하게 살지 않아도 될 만한 터전은 되지 않겠나. 그러니 이 기회에 결혼을 생각해 보는 것도 무방하지 않을까?"

"……."

"왜 말이 없냐. 여자란 한 번은 시집을 가야 할 게 아니냐?"

"가야 할 때 가면 되잖아요? 서둘 필요가 없잖아요?"

"서두르란 말이 아니고 각오를 해야 한단 말이다."

"어디 좋은 상대라도 있나요?"

윤숙의 이 말엔 형산이 당황했다. 결혼이란 얘기가 나오면 그 상대는 전호라고 정해 있었던 것이다. 이런 형산의 마음의 움직임을 알아차렸던지 "할아버진 전호 씨를 생각하고 계시는 것이죠?" 했다.

'영리한 놈이긴 해. 잘도 알아맞히는구나' 속으론 이렇게 생각했지만 형산은 입을 다물고 덤덤히 앉아 있었다. 윤숙이 이어 말했다.

"전, 전호 씨완 결혼 안 해요."

"그럼 달리 상대가 있단 말인가?"

"달리 상대도 없어요."

"그런데도 전호와는 안 하겠다는 건가?"

"그렇죠."

"그 이유가 뭐냐?"

"결혼할 생각이 없다는 데도 이유가 있어야 해요?"

"그렇지, 전호의 경우에만은 합당한 이유가 있어야지. 내가 그걸 알아야 허구. 전호와 비위가 상했단 말야?"

"아녜요."

"그럼 왜?"

"할아버진 번연히 알고 계시면서 그래."

"내가 뭘 안단 말이냐."

"제가 집을 나올 때 분명히 말씀해 드렸는데요."

형산은 윤숙이 집을 나갈 때의 얘기를 회상해 보려고 애썼다.

'주어진 테두리를 벗어나 보고 싶다는 것, 새로운 생활 방식 속에서 자기를 새롭게 발견해 보겠다는 것, 혼자 살면서 자기를 단련해 보겠다는 것, 그리고 뭐랬더라…….'

아무리 생각해 내려고 해도 전호와의 관계에 언급된 것은 기억이 나지 않았다. 그러나 형산은 윤숙이 집을 떠난 뒤 전호가 찾아왔을 때 전호를 보고 "윤숙이 같은 여자를 아내로 할 생각은 말라"고 일렀던 일을 기억했다.

형산이 그런 말을 했을 때는 전호와 윤숙인 서로 어울리는 부부가 될 수 없다는 자기 나름의 판단이 있었기 때문이었고 지금도 그 판단은 그냥 지니고 있지만 전호를 위해서라기보다 윤숙을 위해서 생각을 고쳐먹고 윤숙일 설득해 볼 작정이었던 것이다.

"나는 모르겠는데."

형산은 윤숙의 의사가 그렇다면 별 도리 없지 하고 한편 단념하며 이렇게 중얼거렸다.

"평범하게는 살기 싫다고 하잖았어요? 전호 씨와 결혼하는 건 평범의 늪에 빠져 드는 거나 다름없잖아요."

윤숙의 이 말을 듣자 형산은 언젠가 한 소리를 다시 되풀이했다

"이 세상에 제일 좋은 것이 평범하게 사는 일이니라. 평범하다

는 건 건강하다는 얘기가 아닌가. 평범하게 살 수만 있다면야 그 이상 더 좋은 일이 어디 있겠냐. 평범하다는 건 행복하다는 얘기도 된다. 평범하게 조용하게 살면서 스스로를 내부에서부터 살찌워 간다는 게 소중한 일이니라."

"건방진 말씀입니다만 제가 한 말씀 올려 볼까요?"

윤숙이 눈꼬리를 치켜들었다.

"언제는 할아비 앞에 허락 받고 말했나?" 하며 형산은 픽 웃었다.

"평범한 건 바랄 필요가 없다고 생각해요. 뭐든 내버려 두면 평범하게 되기 마련이니까요. 사람의 생활은 기를 쓰고 애를 쓰지 않으면 당장 평범하게 돼요. 평범이란 건강하다는 뜻이 아니고 게으르다는 뜻이며 행복하다는 뜻이 아니고 행복에의 의지를 포기한 셈으로 되는 거예요. 저는 그런 뜻에서 철저하게 평범을 미워해요. 평범하다는 건 죽는 거나 마찬가지라고 생각해요. 가만두어도 평범하게 되기 마련인 것을 미리부터 평범하려고 서둘러요? 천만의 말씀!"

형산은 윤숙의 말을 들으면서 아연했다. 형산이 부모의 곁을 떠나 북경(北京)으로 갈 때 방금 윤숙이 말한 것과 꼭 같은 내용의 말을 한 것이었다.

그때 형산의 부친은 형산의 말이 띠고 있는 열기(熱氣)에 아무런 대답도 하지 못하고 그저 눈만 껌벅거리며 슬픈 표정을 짓고 있었다. 형산은 지금 자기가 하고 있는 표정이 오십 수 년 전 아버지가 짓고 있던 표정과 꼭 같을 것이라고 생각하고 속으로 쓴웃음을 웃었다. 그리고 속으로 중얼거렸다.

'평범을 싫어하는 마음은 같으나 그 방향이 다를 뿐이다.'

형산은 반속(反俗)의 방향으로 평범을 거부했다. 부(富)와 귀(貴)라는 세속적인 가치를 부인하고 역사 속에서의 정당한 자리를 차지하려고 노력했다. 세속을 따라 노예가 되는 길을 박차고 스스로가 스스로의 주인이 될 수 있는 길을 택했다.

그런데 윤숙은 세속(世俗)의 가치를 추구하는 방향으로 평범을 거부하고 있는 것이다. 가난하기 마련인 평범을 거부하고 어떻게 해서라도 부해야 하고 귀해야겠다고 발버둥을 한다.

형산은 자기의 일생을 결코 실패한 것이라고 보지 않았다. 도도한 역사의 대세를 자기 힘으로 돌이킬 수는 없었지만 자기 나름대로의 노력은 했다. 자기 마음대로 안 된 것은 운·불운(運·不運)에 관한 문제이지 정·부정(正·不正)에 관한 문제는 아니다. 최소의 생활 조건에 만족하고 최고의 정신 상태를 꾀했다. 그러나 바깥에서 볼 때는 형산의 일생을 실패한 것으로 볼는지 몰랐다. 조국의 독립을 위해 죽음을 건 적도 있었고 동포의 해방을 위해 자기 나름대로의 노력도 했지만 그런 노력에 대한 보상도 없었고 평생을 날품팔이나 다름없는 처지로서 셋집과 셋방을 돌았다. 그러는 동안에 아들 부부를 잃었고 오누이가 남은 손주 가운데서 사내 손주는 4·19가 앗아갔다. 보는 사람에 따라선 비참한 정황이라고도 할 수 있었다.

형산과 같은 기질을 타고 난 윤숙이 형산의 생애를 실패한 것으로 보는 그와는 역(逆)이 되는 방향으로 그 기질을 살리려는 것이다.

그러니 형산은 자기의 생애를 객관적으로 납득이 갈 수 있게 성공한 것이라고 증명할 수 없는 한 윤숙의 생각과 방식을 강력하게 부인할 근거가 없는 것이었다. 그래 기껏 "나는 전호와의 생활이 결코 평범한 것이 되리라곤 생각하지 않는다. 전호가 가지고 있는 기백과 지조를 살려 나가자면 비범(非凡)한 노력이 필요할 것이고 그렇게만 하면 비범한 결과가 나타나기도 할 것이다" 하는 말을 중얼거리듯 말했다.

"전호 씬 저도 존경해요. 요즘 젊은 청년으로서 그처럼 깨끗하게 살려고 노력하는 분은 드물 거예요. 그러나 전 결과를 놓고 말합니다. 세속에 편승해서라도 큰 힘을 마련해 놓고 그 뒤에 자기의 포부를 살리는 일과 세속에 저항한 나머지 평생 무력(無力)한 상태로 남아 포부만을 간직하고 그걸 실현시키지 못하는 일과 어느 편이 낫겠어요? 사람 따라 답이 다르겠지만 전 전호 씨와는 방향이 달라요."

"알았다."

형산이 손을 저었다. 그리고 "나는 다만 통속적인 의미로 너의 평안과 행복을 바랐을 뿐이다. 그런 뜻으로 신랑감으로선 네게 전호가 제일 아닌가 이렇게 생각했을 뿐이다. 그러니 성급하게 전호는 안 된다느니 어쩌느니 하지 말고 신중히 생각토록 해라" 하고 덧붙였다.

"그럼 할아버지 집을 사도 되죠?"

"난 모르겠다. 그건 네 문제니까 집은 사더라도 네 집을 사지 내

집은 사지 말아라. 내겐 어젯밤에도 말했지만 셋집살이가 마음에 편하다."

밖으로 나오니 하늘에 먹구름이 끼어 있었다. 소나기가 내릴 모양이었다.

제5장

화려한 함정(陷穽)

1천만 원의 돈.

들뜬 기분이 가셔지자 윤숙에겐 버거운 짐이 되었다. 할아버지도 전호도 의논 상대가 안 된다는 것은 이미 알았다. 새삼스럽게 양 사장과 의논해 볼 수도 없었다. 그래 문득 생각해 낸 사람이 J씨였다. 그런데 마침 저편에서 전화가 걸려 왔다.

"민 숙녀의 옥안(玉顏)을 배알할 수 없을까요?"

J씨는 언제나 이렇게 점잖게 나온다.

"정성을 들이시면 어려울 것도 없죠."

"그럼 어떤 정성을 들일까?"

"생각하셔서 제 1안부터 제 3안까지 내 보세요. 채택은 이쪽에서 할 테니까요."

"그럼 제1안을 알립니다." 하고 J는 조금 생각하는 듯하더니

"인천 O호텔에서 중국 요리를 대접하는 안. 중국 요리는 인천이 본바탕이거든" 하며 제안했다.

"노 땡큐."

윤숙이 또박 잘라 말했다.

"노 땡큐라. 그놈의 영어 박정한데."

"누가 숙녀의 말을 그렇게 비꼰대요."

"이거 실례. 그럼 제 2안으로 넘어갑니다."

"말해 보세요."

"우이동의 D파크에서 한식. 거기 한식이 좋아요."

"노 땡큐."

"어떻게 답이 그처럼 매너리즘이지!"

"숙녀의 말을 비꼬는 법이 아니라니까요."

"이것 또 실례."

"J사장이 매너리즘인데요."

"가만 있자."

J씨의 지혜도 다 돼 가는 모양이었다. 윤숙이 빈정댔다.

"사장님 지혜도 고갈 상태인가 보지요."

"지식이 고갈한 게 아니라 민 숙녀가 까다로워서 그래. 여기는 이래서 안 되구 저긴 저래서 안 되구 하는 식이니 비좁은 서울에 어디 갈 곳이 있어야지."

"상상력이 빈약해서 그래요."

"나는 꽤 상상력이 있는 편인데."

"뭐라더라? 돈과 상상력은 반비례한다지 않아요?"

"그거 그럴 듯한 말이고…… 그럼 제3안으로 넘어갑시다."

"해보세요."

"이번에 또 노 땡큐 해버리면 일은 다 되는 것 아냐?"

"그렇죠."

"번의란, 전연 불가능한가?"

"그런 정도로 생각하세요."

J씨의 말이 일순 끊어졌다. 따로 신중을 기하는 모양이었다. 윤숙은 슬그머니 호기심이 일었다. 이 어른이 무슨 안을 내느냐 하는.

"자! 제3안입니다. 워커힐의 스카이 살롱으로 모시겠습니다."

"제안 이유를 말해야죠."

"야, 이것 맥이 있는 게로구나. 제안 이유는 무르익어가는 여름의 밤 한강에서 불어오는 강바람에 수목의 향기, 하늘의 별과 천호동의 불빛, 검푸른 하늘을 배경으로 한 노랑 파랑 빨강의 조명, 좋은지 나쁜지 모르는 밴드, 기타……."

"OK."

"OK라고?"

J는 시간과 만날 장소를 알렸다.

두세 번 춤을 추고 자리에 돌아와서 윤숙이 말했다.

"오늘밤은 제가 의논드릴 일이 있어요."

"뭔데?"

J의 얼굴엔 반갑다는 표정이 돌았다.

윤숙은 말을 꺼내려다 말고 주위를 두리번거렸다. 아무래도 그런 얘길 하기엔 분위기가 어울리지 않았다.

"딴 곳으로 옮길까?"

J가 윤숙의 마음을 짐작하고 말했다. 윤숙이 그렇게 했으면 하는 표정을 보이자 J는 "잠깐 기다려봐요" 하고 자리를 떴다.

조금 있다 돌아온 J는 "빌라에 가 본 적이 있어?" 하고 윤숙에게 물었다.

"없는데요."

"그럼 빌라로 가지. 거긴 조용하니까 진지한 얘기도 할 수 있어."

J와 윤숙은 스카이 살롱에서 내려와 빌라로 향하는 길을 걸었다. 워커힐의 전경이 전등불의 무늬를 엮어 오른편에 전개되고 있었고 여름의 밤바람이 술에 상기된 얼굴에 부드러웠다.

"이렇게 걷고 있으니 애인들 같죠?"

윤숙이 장난스럽게 속삭였다.

"애인이지. 단, 사랑하는 애인이 아니고 애를 먹인다는 뜻으로 애인 아닌가?"

"J사장님도 상당히 재치가 있는데요."

"뭣! 사람을 그렇게 깔보긴가?"

"깔보다뇨? 칭찬을 해드리고 있는 건데요."

빌라 센터라는 데를 가니 안내원이 앞장을 섰다.

윤숙은 그때야 빌라가 각각 독채로 되어 있는 방갈로라는 것을 알고 멈칫했다. 그러나 거기서 발을 돌릴 수는 없었다.

들어가 보니 보통 호텔의 방과 별반 다를 것은 없는데 그 안에서 취사(炊事)도 하고 요리도 할 수 있는 장치가 되어 있는 점이 달랐다. 그리고 마음의 탓인지 밀실(密室)이 풍기는 요염한 냄새 같은 것이 있었다.

커튼을 걷으니 바로 눈 아래 한강의 검은 흐름이 있었다. 윤숙은 핸드백을 무릎 위에 얹은 채 의자에 앉았다. 아무리 대담하기로서니 처녀가 남자와 함께 밀실에 있다는 사실에 대범할 수가 없었다.

"여기선 아무리 고함을 질러도 밖에선 들리지 않는 곳이야. 무섭지 않은가?"

상의를 벗어 소파 위에 놓으면서 J가 말했다.

"사장님은 여기서 여자를 고함에 지르게 했나요?"

"그런 일은 없지."

"그런데 왜 제게 그런 말씀을 하시죠?"

"한번 해본 소리지."

윤숙은 새삼스러운 마음으로 방의 구조와 조도(調度)를 살펴보면서 이런 곳인 줄 알고 여자가 남자와 같이 온다면 그 여자는 모든 것을 허락할 마음의 준비가 되어 있는 것일 거라고 생각했다.

"J사장님께선 종종 이런 곳을 이용하세요?"

"종종 이용하지."

"그럴 땐 누구와 같이 오죠?"

"혼자서 오지."

"거짓말."

"혼자 와서 피로를 푸는 거야."

보이가 얼음과 술, 그리고 안주 등속을 가지고 들어와서 응접대 위에 놓았다. 그리고는 "오늘밤 여기서 주무시겠죠?" 하고 물었다.

"아냐 한두 시간 있다가 갈 거야."

J씨가 이렇게 당황하며 말하는 것은 윤숙의 입장을 생각해서였을 것이다. 윤숙은 얼굴을 붉히면서도 그렇게 마음을 쓰는 J씨에게 호감을 가졌다.

"그럼 더 주문하실 것은 없으시겠군요" 하고 보이는 사라졌다.

보이가 문을 닫는 소리와 함께 일시에 침묵이 엄습한 것 같은 느낌이었다. 주위가 너무 조용했다. 서로의 숨소리가 들릴 정도의 고요. J씨는 글라스에 얼음을 넣고 '쪼르르' 소리를 내며 술을 따랐다. 그리고 "미스 민은 소다를 타지" 하며 소다를 섞곤 술잔을 윤숙 앞에 밀어 놓았다.

"밀실에 오니 기분이 이상한데. 미스 민과 이런 밀실에 앉아 보긴 이번이 처음인 것 같다." 윤숙은 밀실에 있다는 의식에서 오는 중압감을 떨어 버리려고 "저와 J사장님과의 사이에선 밀실이란 게 아무런 의미도 없는 것 아녜요?" 하며 글라스의 술을 조금 핥았다.

"밀실에 와도 밀실의 의미가 없으니 그게 딱하다는 얘기야."

J씨의 혀끝이 다소 누그러지는 모양이었다.

"딱하다는 말 이상한데요?"

"슬프다고 해야 하나?"

"뭐가요."

"글쎄, 좋아도 좋다고 할 수 없고 사랑해도 사랑한다는 말 한 번 못해 보고 이게 딱하고 슬픈 일 아닌가?"

"따분한 얘긴 그만하시구."

윤숙도 술을 제법 한 모금 마셨다.

"자, 그럼 미스 민 할 말이 있다던데 해봐요."

J씨는 스스로의 망상을 떨어 버리려는 듯 자세를 의자 속에서 바로 세우며 윤숙의 얘기를 기다렸다.

"사실은요. 제게 돈이 조금 생겼어요."

"돈이?"

"그것도 자그마치 1천만 원이나."

윤숙이 뽐내는 흉내를 냈다.

윤숙은 그 돈이 생긴 경로, 그것에 대한 할아버지의 반응 등을 소상하게 설명하고 J씨의 의견을 물었다.

J씨는 뭔지 선수를 빼앗겼다는 생각이 들었다. 양 사장이 짓궂은 야심으로 돈을 낸 것은 아닐 테니 선수를 빼앗겼다는 것은 윤숙을 누구에게 가로채인다는 뜻이 아니라 돈의 힘으로 윤숙을 어떻게 해볼 수 없을까 하고 생각했는데 그 계획이 무너졌다는 느낌을 가

진 것이다.

J씨는 윤숙의 질문이 진지한 것인 줄을 알았다. 그러니 자기의 대답도 성의 있는 것이라야 했다. 생각한 끝에 "3백만 원짜리쯤 되는 집을 하나 사고 나머지는 1년 기한으로 해서 정기예금을 해두지. 그것이 가장 상책인 것 같아" 하는 의견을 내보았다.

"집을 산다고 해도……."

윤숙이 망설였다.

"그건 내게 맡겨둬. 하여간 7백만 원은 내일 은행에 가서 정기예금을 해두고 3백만 원은 별도로 은행에 맡겨둬. 적당한 집이 있으면 내가 연락할 테니까."

그쯤 생각은 윤숙 자신도 못해 봤을 리가 없었지만 J를 통해서 들으니 기가 막힌 안이라는 생각이 들었다.

"그렇게 하죠. 집을 사는데 J사장이 협력해 주셔야겠어요."

"하구말구. 그런데."

"그런데?"

"미스 민에게 돈이 있다고 생각하니까 단번에 매력이 없어지는데."

"그것 잘됐구먼요."

"그건 또 무슨 소리야."

"J사장님의 말대로라면 제게 매력이 있구, 그런데도 어떻게 할 수 없으니 고민이었다, 이렇게 되잖았어요?"

"그래 그래."

"그러던 것이 매력이 없어졌으니까 고민의 원인이 없어진 셈 아녜요?"

"아무래도 안 되겠어. 미스 민에겐 두 손 바짝 들었다니까."

"그런데 돈이 붙으니 매력이 없어졌다는 이유는 뭐죠?"

"간단히 설명할 수 없는데."

"제가 대신 풀이를 해볼까요?"

"한번 해봐. 그러나 너무 끔찍스러운 해석을 해가지고 내게 쇼크는 주지 말아요."

J씨는 겸연쩍스럽게 웃었다.

윤숙이도 활달하게 웃었다. 그리고는 "내가 풀이해 볼게요. 맞거든 박수……."

"안 맞으면 벌주."

"좋아요. J사장님은 가난한 미녀를 좋아하죠? 가난한 미녀를 자기 힘으로 행복하게 해주고 싶은 그런 아련한 뜻을 가지고 계시죠. 그랬는데 그 가난한 미녀가 돈을 가지게 됐거든요. 그러니 그 여자에게서 매력이 없어진 것이 아니라 그 뜻이 깨어진 것 아녜요?"

J는 "맞았어" 하며 손뼉을 쳤다. 자기 스스로도 해석해 낼 수 없었던 자기 마음의 심층부를 윤숙이 보기 좋게 석출(析出)해 낸 것이다. 감탄하지 않을 수 없었다. 그러나 그 감탄의 감정이 가신 뒤 J는 두려움을 느꼈다. 그런 감정이 J의 표정으로 나타나자 "뭐든 팡팡 마음

먹은 대로 쏘아대는 게 제 병이에요" 하고 윤숙은 수줍게 변명했다.

"아냐 그 점이 좋아" 하면서 J는 "진정이야. 세상을 다 준대도 나는 미스 민 같은 사람을 사랑할 수 있으면 해. 나는 미스 민을 만날 때마다 세상을 헛살았다는 생각이 들어. 이 세상에서 무엇이 가장 존귀한 것인가를 안 것 같고 그것을 알았을 땐 이미 그 존귀한 것과 먼 곳에 있다는 걸 깨닫는다는 건 지옥이야" 하며 술병에서 글라스에 쭈르르 술을 따르더니 물도 소다도 섞지 않고 스트레이트로 단숨에 그것을 마셔 버렸다.

윤숙의 가슴이 찌르르했다. 그것이 J의 진정임을 의심할 수 없었던 까닭이다. 윤숙은 이 중년의 사나이를 어떻게든 위로해 주고 싶은 생각이 들었다.

"사장님!"

윤숙이 부드럽게 불렀다. 술기가 어린 J의 시선이 눈부시듯 윤숙 위에 쏟아졌다.

"저도 사장님이 좋아요. 만일 제가 결혼을 할 작정이면 사장님 같은 분과 하고 싶어요. 그러나 전 결혼하지 않을 거예요. 일생을 좀 더 넓게 알고 싶거든요. 평범하게 살긴 죽어도 싫거든요."

윤숙이 이러한 각오를 하게 된 동기를 설명했다. 대학 2년 때 윤숙은 집이 가난하다는 이유 하나로 어떤 클럽에서 소외되었다. 철마다 의상을 바꿔 가며 야회(夜會)의 흉내를 내는 상류의 딸들로서 구성된 클럽이 있었는데 그 클럽이 윤숙을 싫어해서가 아니라 값비싼

옷을 만들게 하는 자기들의 괴로움을 덜기 위해, 그러니까 악의로써가 아닌 호의로써 윤숙을 그 클럽에서 소외하기로 한 것이었다. 그것을 뒤에야 안 윤숙은 악의는 차라리 견딜 수 있다고 생각했다.

"호의로 인한 연민, 견딜 수 있겠어요?"

이렇게 말하곤 윤숙이 또 한 모금 술을 마셨다.

윤숙은 또 하나의 경우를 설명했다. 윤숙의 편에선 아무렇지도 않았는데 저편에서 들떠 접근해 온 청년이 있었다. 동배(同輩) 가운데선 뛰어난 수재로서 소문이 난 청년이었다. 용모나 체격도 빠진 데가 없었다. 윤숙은 그저 실례가 되지 않을 만한 거리를 두고 교제를 했다. 그랬는데 별안간 그 청년은 멀어져 갔다. 뒤에 까닭을 알아보니 윤숙이 가난한 독립 운동자의 손녀라는 것을 알고 윤숙의 친구인 부호의 딸에게로 마음을 돌린 것이었다.

그러나 이상과 같은 것은 결정적인 원인이 아니다. 그러한 자기의 위치를 알았기 때문에 윤숙은 열심히 학문을 해서 학자가 되든지 여자로서는 영직(榮職)이라고 할 만한 직업을 택하든지 해야겠다고 마음을 먹었다. 그래 미국의 장학금을 따려고 했으나 학교 측의 추천을 받지 못했다. 윤숙 대신 어떤 권문의 딸이 그 장학금을 받아 미국으로 가게 되었다. "이밖에도" 하고 윤숙은 "할아버지가 애국 운동을 했다는 바로 그 점이 해외 유학을 가는데 지장이 되더라는 사실까지 알았을 때 전 뭔가 아찔하는 것을 느꼈어요. 이러다간 치이기만 하고 말겠다는 생각도 들더군요. 건방진 소리인지 모르지만 전 세상에 도전할 각오를 했어요" 하며 울먹거리는 감정이 되는 것을 가까스로 참았다.

"제 이모의 딸에 꽤 머리도 좋고 얼굴도 잘 생긴 여자가 있어요. 제겐 언니뻘이 되죠. 그 언니는 얌전하다 소문난 사람이에요. 요즘 어떻게 사시는지 알아요? 우는 애를 등에 업고 파 한 단, 두부 한 모든 저자바구니를 들고 집으로 돌아와요. 전 그런 꼴을 봐 넘길 수가 없어요. 어떻게 하든 저는 제 힘으로 비범하게 살아갈 작정이에요. 안 되면 화려하게 자살이라도 할 셈이죠."

말하며 따라 흥분하는 윤숙이를 지켜보던 J는 자기 자리에서 일어나 윤숙의 등 뒤에 섰다. 그리고 무슨 고귀한 물체에 손을 대는 것처럼 조심스럽게 윤숙의 머리칼을 쓰다듬었다. 부드러운 촉감! J는 뒤에 선 채 윤숙의 턱을 조금 치켜들며 그 하얀 이마에 입술을 댔다. 윤숙은 눈을 감은 채 까딱도 안 했다. J의 가슴은 소년처럼 설렜다.

"윤숙의 마음을 난 잘 알겠어. 그런 얘기를 들려준 것만 해도 고마워. 힘껏 살아보라구. 최악의 경우가 만일 생기면 나라는 사람이 있다는 걸 잊지 마. 나는 윤숙이 같은 여성이 이 세상에 있다는 것만으로도 행복을 느껴."

J는 다시 한 번 윤숙의 이마에 키스를 했다.

두 번 다시 뜨거운 입김을 이마에 느꼈을 때 윤숙은 이상한 감동을 받았다. 감동이라 하기보다 충격이라 해야 옳을지 몰랐다. 마음의 상태는 그냥 있는데 온몸이 짜르르하게 경련하는 것이다.

이런 상태가 거듭되면 어떻게 될지 알 수 없는 일이었다. 윤숙은 재빠른 동작으로 몸을 일으켜 세워 J의 뺨에 가벼운 베제(비쥬)를 해주곤, '서양식 흉내다' 생각하면서 옷매무시를 고치며 시계를 봤다.

J는 빌라의 보이를 불러 셈을 하곤 천천히 자동차를 세워 둔 본부 앞까지 걷기 시작했다. 스카이 살롱에서 나올 때 자동차가 거기서 대기하도록 운전사에게 일러두었던 것이다.

도중 빌라를 향해 올라가는 몇 대의 자동차를 지나쳤다. 각각 쌍쌍의 남녀가 타고 있는 모양이었다. 윤숙은 워커힐이 갑자기 음탕한 성처럼 느껴졌다.

'음탕이란 무엇일까?' 윤숙은 새삼스럽게 이런 질문을 스스로의 가슴속에 해봤다.

'나는 처녀다' 하는 실감이 음탕한 성으로 느낀 워커힐의 밤길에서 선명한 감동으로 울려왔다.

'그러나 언제까지라도 처녀의 상태론 있을 수 없을 것이 아닌가. 나도 언젠가는 이 음탕한 성 안에서 음탕한 여자 노릇을 해야 한단 말인가.'

윤숙의 가슴속에 오가는 이 같은 상념엔 아랑곳없이 J는 윤숙이 사야 할 집의 위치가 어느 곳이 좋을까 하는 얘기를 걸어왔다.

"집만 사면 그만이니까 위치 같은 건 사장님이 알아서 하세요."

"생활 할 집이 아니라 재산으로서 확보해 두는 집이란 뜻이지?"

"그렇죠."

"미스 민의 재산 관리인으로서 낙제는 안 해야 될 텐데."

"농담 그만 하세요."

이때 뒤에서 헤드라이트가 비친 듯하더니 갑자기 꺼져 버렸다. J가 뒤를 돌아보며 "이런 길에서 펑크하는 차는 타지 말아야 해" 하고 중얼거렸다.

"다른 길에서 펑크하는 건 좋구요?"

"애인과 기분을 내며 타고 가는데 펑크를 해 봐, 기분 잡치지 않아?"

"그럴지도 모르죠" 하며 윤숙은 '난 애인으로서 자동차를 타본 일이 없으니까' 하고 덧붙이려다가 그만두었다.

본부 앞에서 J의 차를 타며 윤숙은 아까 뒤쫓아 오던 헤드라이트가 꺼졌던 곳을 무심코 돌아보았다. 어둠 속에서 솟아난 것처럼 불이 켜지더니 자동차가 미끄러져 내려오는 양이 헤드라이트의 흐름으로써 알 수 있었다.

J와 윤숙이 탄 자동차가 워커힐의 정문을 빠져 나왔을 때 윤숙은 뒤따라오는 자동차가 마음에 걸렸다. 무수한 자동차가 오르내리는데 하필 그 자동차에 마음이 걸릴 까닭이 없다고 생각하고 윤숙은 J 사장을 향해 물었다.

"사장님은 저 땜에 공연히 귀중한 시간을 허비하는 것 아니세요?"

"미스 민과의 시간이 가장 알찬 시간이야" 하며 J는 윤숙의 머리칼에 손을 뻗치려다가 뒤차의 헤드라이트가 너무 강렬하게 비치는 바람에 얼른 손을 내렸다.

J씨의 자동차가 시야에서 사라지는 것을 보고서야 윤숙은 아파트 안으로 들어갔다. 약간 지친 발걸음으로 층계를 올라 자기의 방문 앞에 섰다. 이럴 때 윤숙은 드디어 하루가 지났다는 감회를 가져 보는 것이다.

윤숙은 핸드백에서 키를 꺼내 천천히 문을 열었다.

그때였다. 황급히 다가오는 발자국 소리가 들렸다. 윤숙은 반사적으로 고개를 돌렸다. A였다. A가 긴장한 얼굴을 하고 다가오고 있는 것이었다. 윤숙은 왠지 당황했다. 가까이 와도 A는 말이 없었다.

"웬일이죠? 이 밤중에."

윤숙이 물었다.

"할 얘기가 있어서 왔소. 조금 들어갑시다."

A의 입김에서 술 냄새가 났다.

"안 돼요."

윤숙은 문을 막아서며 말했다.

"안 돼?"

A의 말소리는 거칠었다.

"안 돼요."

"왜?"

"몰라서 물으세요?"

"급하게 할 얘기가 있다고 하잖소."

억지로 감정을 완화시킨 A의 어조였다.

"전화를 하시든지, 내일 만나서 하시든지 해요."

"전화로써 할 얘기와 못할 얘기가 있는 거요. 내일 할 말과 지금 할 말이 있는 거요. 필요가 있어서 여기까지 왔으니 좀 들어가 얘길 합시다."

"안 된대두요."

윤숙은 나지막하지만 날카롭게 말했다.

"잠깐도 안 된다는 거요?"

"잠깐이 아니라 1초 동안도 안 돼요."

"그럼 할 수 없지" 하며 A는 돌아서려고 했다.

"미안해요, 그럼 내일 만나요" 하고 윤숙이 방문을 열고 들어서려는 찰나였다. 들어가는 윤숙의 몸뚱이를 밀고 "앗" 하는 사이도 없이 A는 윤숙의 아파트 안으로 들어서 있었다.

윤숙은 일시 말문이 막혔다. 그 너무나 무례한 행동이 윤숙의 이해를 넘어 버린 것이다. 윤숙은 되도록 침착하려고 애썼다.

"왜 이러는 거죠?"

신을 벗으려고도 않고 문간에 선 채 윤숙이 A를 쏘아보며 말했다.

"그럴 이유가 있어서 그러지."

A는 신기하다는 듯 윤숙의 방안을 두리번거리며 말했다.

'이 뻔뻔스러운 녀석!'

윤숙의 가슴은 분노로 끓어올랐다. 단정하고 잘생긴 A의 얼굴이 잘생긴 그만큼 징그럽고 밉살스러웠다.

"나가요!"

윤숙이 말했다.

"흠" 하는 표정으로 A는 윤숙을 내려다봤다.

"안 나가면 고함을 지를 테에요."

"고함을 질러 보시지. 심야의 고함소리, 무슨 영화 제목같이 되겠구먼."

"나가세요."

윤숙이 다시 한 번 말했다.

"못 나가겠습니다."

"못 나가겠다구요?"

윤숙은 미칠 것만 같았다.

"정 이러기예요?"

윤숙의 소리가 높아졌다. 증오에 찬 윤숙의 눈초리였다.

윤숙의 그러한 태도가 A의 태도에 그냥 반영되어 A 역시 윤숙일 노려보고 있다.

"내 잠깐 얘기하고 가겠다는 것이 그렇게 싫소?"

"에티켓이란 것도 있어야 되지 않아요."

"에티켓 좋아하시네."

A는 와락 문을 등지고 있는 윤숙을 마루 쪽으로 떠밀고 도어를

잠그고는 신을 벗고 마루 위로 올라가 버렸다.

윤숙은 어이가 없었다. 사태는 갈수록 태산이다.

'밖으로 나가 버릴까' 하는 생각도 없잖았으나 A가 따라나설 것이 분명했고 그렇게 되면 심야의 거리에서 옥신각신해야 하는 것이다.

힘껏 고함을 지르고 발악을 해볼까 하는 생각도 있었으나 아파트의 이웃이 무서웠다. 체면이고 위신이고 산산이 망가지는 것이다.

윤숙은 A를 마루 위에 그냥 세워 둔 채 핸드백을 방바닥에 던져 버리고 목욕탕으로 들어갔다. 찬물을 틀었다. 그리고 이마를 식혔다. 어떻게 A를 처리해야 할까 냉정히 생각해야겠다고 하는 마음만 초조로울 뿐 명안(名案)이 떠오르지 않았다. 그런 상태로 얼마가 경과했는지, 꿈쩍하는 소리도 없이 A는 마루 위에 서 있는 모양이다. 질식할 것만 같은 침묵이 아파트 안을 억누르고 있었다.

요란하게 전화의 벨소리가 울렸다.

윤숙은 황급히 목욕탕에서 뛰어나갔다. 나가 보니 A가 막 수화기를 집어 들려는 참이었다.

"뭣을 하는 거예요."

윤숙은 날쌔게 벽 쪽으로 뛰어가서 전화의 코드를 뽑아 버렸다.

"잘하시는구면."

A는 코웃음을 쳤다.

윤숙은 맥없이 마루 한구석에 놓인 소파에 주저앉아 버렸다. A가다가와서 윤숙의 맞은편에 앉았다.

"우리 얘길 합시다."

A는 담배를 꺼내물고 이렇게 말했다.

윤숙은 창밖으로 시선을 옮겼다. 어둠이 꽉 찬 아파트의 뜰, 이곳 저곳에 띄엄띄엄 켜져 있는 가등, 건너편 건물의 반쯤 등불이 켜져 있는 어두운 창들…… 무시무시한 사건을 암시하기 위해 미리 나타 내는 영화의 한 장면을 닮았다고 윤숙은 생각했다.

"내가 왜 이 밤중에 찾아왔는지 모르죠?"

"……."

"알 턱이 없겠지. 나는 단단히 결심하고 왔소."

"……."

"오늘밤 어딜 갔다 왔죠?"

"……."

"대답을 해보시구려. 어딜 갔다 왔죠?"

"……."

"대답을 못하시겠지."

윤숙은 고개를 돌려 A를 노려보았다. 한 마디 쏘아 줄까 하는 충 격이 일었다. 그러나 가까스로 참고 다시 시선을 창밖으로 옮겼다.

"오늘밤 당신이 간 곳이 어떤 곳인지나 아오?"

"……."

"거기서 J사장과 뭣을 했죠?"

"……."

"꼭 그런 곳이 아니면 할 수 없었던 짓을 했겠죠?"

"……."

"마음대로 생각해라 그런 뜻이군."

A는 워커힐로 가는 J씨와 윤숙을 봤다. 그래 뒤를 밟았다. 스카이 살롱까진 견딜 수가 있었다. 자동차를 본부 쪽으로 보내고 둘이서 호젓한 밤길을 걷는 것까지도 좋았다. 그런데 빌라에 들어간 것은 견딜 수가 없었다.

A는 혼잣말처럼 중얼거리고 나더니 "나는 오늘밤 결단을 내리려고 온 거야" 하고 언성을 높였다.

윤숙은 그 이상 입을 다물고만 있을 수 없었다.

"A씨는 무슨 까닭으로 내게 참견이죠?"

"참견하려는 것이 아니라 결단을 내리는 거라니까?"

"나하고 꼭 결단을 내야 할 권리가 있나요?"

"나와 A씨는 남이에요. 아무런 의미도 관계도 없는 그저 아는 사람 정도예요. 그 정도의 사이에서 결단을 낸다니 도대체 무슨 소리예요."

윤숙의 말은 당연했다. 그러나 A의 감정은 납득을 하기는커녕 그와 같은 싸늘한 말에 더욱 반발을 느꼈다.

"단순한 우정이라고 합시다. 그랬더라도 당신은 내게 너무했다고 생각하지 않을 수 없어."

"도대체 뭣을 어쨌다는 거예요."

"나와 약속을 해놓곤 미국 사람 속에 끼어들고, 같이 걷다간 딴 놈들 하고 달아나 버리고, 만나자고 하면 바쁘다면서 J씨 같은 사람 하고 놀아나고……."

윤숙은 어이가 없어서 웃었다.

"게다가 비웃는 거요?"

"그래서 남의 뒤를 밟고 다니는구만요?"

"그건 내 자유야."

"누구와 놀아나건 그것은 내 자유예요. 난 A씨를 신사라고 들었는데 실망했어요."

"신사는 애인을 뺏기고도 가만히 있어야 하나?"

"애인?"

윤숙은 펄쩍 뛰었다.

"애인이라니 그게 무슨 소리죠?"

"나는 그렇게 생각하고 있단 말야."

"그건 댁의 사정이구요. 나는 한번도 A씨를 애인이라고 느껴 본 적이 없어요. 앞으로도 없을 거구요."

"그럼 이때까지 나와 만난 것은 나를 노리갯감으로 놀린 거요?"

"당신이 만나자기에 틈이 있는 대로 만나 준 것뿐이에요."

"나를 당신에게 프러포즈할 상황에까지 몰아넣어 놓구서 그게 무슨 말야?"

"A씨, 추근추근 굴지 맙시다. 신사답게 해요."

"나는 신사가 아니라니까."

"신사가 아니면 사람답게 해요. 이게 뭐야. 밤중에 숙녀 집에 뛰어들어와서 이런 실례가 어디 있겠어요?"

"결단을 내리려고 왔다니까."

"내겐 A씨와 결단을 낼 아무것도 없어요. 빨리 나가 주세요."

윤숙은 자리에서 섰다. 그리고 A를 노려보았다. 그러나 A는 까딱도 하지 않았다.

"나가 주세요. 밤중에 숙녀의 방에 들어와서."

"숙녀?" 하고 A는 천천히 고개를 들었다.

"나는 창부의 방이라고 생각하고 찾아왔어."

"창부?"

윤숙의 얼굴은 새빨갛게 질렸다.

"창부라고 하니까 가슴이 뜨끔한가?"

A는 악당을 뽐내는 솜씨로 담배에다 라이터불을 켜댔다. 말문이 막힌 채 윤숙은 멍청하게 서 있다가 침실로도 화장실로도 갈 수 없는 처지를 깨달았다. 도로 자리에 앉아 두세 개만 남기고 불이 다 꺼져버린 건너편 건물을 바라보았다.

"미국놈허구 놀아나고 J씨허구 놀아나구 젊은 놈허구 붙어다니구 그처럼 돈이 좋아? 돈 이외에 그렇게 할 이유가 있나? 돈 때문에 놀아나는 여자를 창부라고 하는 거야, 알아들어?"

A는 막말을 하고 나니 되레 배짱이 생긴 모양이었다. 윤숙은 영원히 말을 하지 않겠다는 각오를 한 듯 입을 다물고만 있었다. A가 말을 이었다.

"그런 창부에게 나는 프러포즈를 할 작정이었지. 그러나 나는 너를 돈으로 사기로 했어. 보라구"하며 A는 포켓에서 한 움큼 쿠폰이며 수표며 현금이며 하는 것을 끄집어내어 탁상에 놓았다.

"백만 원은 될 거야. 어때 쇼부(勝負) 한번 안 할래?"

이렇게 빈정대면서 A는 윤숙의 옆얼굴을 보고 새삼스럽게 충격을 느꼈다.

대리석(大理石)으로 만든 조상(彫像)같은 얼굴, 잔뜩 노여움이 괴어 처염(凄艶)한 아름다움으로 빛나고 있는 눈, A는 어떤 수단을 써서도 저 여자를 자기 것으로 만들지 못할 바엔 유린이라도 하고 싶은 충동을 느꼈다. 한편 저런 여자가 사나이를 망쳐 놓는 요물일 것이라고도 생각했다.

'이른바 함정(陷穽)이다. 화려한 함정이다.'

그러나 A는 그것이 함정인 줄 알면서도 빠져들고 싶었다. A는 흥분을 가라앉히고 조용한 어조로 말을 다듬었다.

"내게도 자존심은 있어. 프라이드도 있구. 당신은 내 자존심을 산산이 부숴 놓았어. 그런 꼴을 당하구 내가 가만히 있을 줄 알았어? 어떻게 해서라도 나는 보상을 받고 말 테니까."

윤숙에겐 먼 곳에서 들려오는 소리처럼 아무런 반응도 일으키지 않았다.

　A는 선뜻 자리에서 서자 윤숙의 등 뒤로 돌아 윤숙의 어깨를 잡았다. 날쌔게 윤숙의 손이 A의 팔을 뿌리쳤다. 다시 A는 윤숙의 어깨를 안으려고 했다. 윤숙은 반사적으로 자리에서 일어서며 A의 따귀를 갈겼다. 그 소리가 엄청나게 컸다. 윤숙은 자기의 동작에서보다 그 소리에 놀랐다.

　따귀를 얻어맞자 A의 분노는 드디어 폭발했다.

　"창부가 따귀를 때려?"

　힘껏 둘러메어 내리친 A의 주먹을 받고 윤숙은 비명을 올릴 여유도 없이 마룻바닥에 쓰러져 버렸다. A의 그 일격으로 기절을 해버린 것이다.

　"고얀년 같으니라구. 어디 영화에서 여자가 사내의 뺨치는 꼴이나 배워 가지고 서툰 수작을 해. 그런 수작에 넘어갈 난 줄 알아."

　마룻바닥에 쓰러져 있는 윤숙을 내려다보며 A는 숨가쁘게 이런 소릴 중얼거렸지만 그 말은 윤숙의 귀에 들리지 않았다. 윤숙은 참으로 기절한 것이다.

　조금 후에야 A는 당황했다. 당수(唐手)로써 익힌 자기의 주먹이 급소를 치면 건장한 사나이라도 기절케 할 수 있다는 사실을 깨달았다. A는 황급히 윤숙을 흔들었다. 등을 쓰다듬었다. 그러나 윤숙은 가냘픈 신음을 되풀이할 뿐 의식을 회복하지 못했다.

　A는 냉수를 가져와서 글라스를 윤숙의 입에 대었으나 그것을 마

시지 못했다. A는 자기 입에 물을 머금고 입에서 입으로 물을 옮겨 넣을 것을 생각했다. A는 자기의 입술을 윤숙의 입술에 갖다댔다. 저항이 없는 입술은 새콤 온기를 띤 채 부드러웠다. 그러나 물은 옮겨지지 않았다. 엉뚱하게 뭉클한 사내의 충동을 느꼈다.

A는 윤숙을 그냥 마룻바닥에 쓰러뜨려 놓을 수는 없었다. 침실 문을 열고 윤숙을 안아 침대 위에 뉘였다. 그리고 방안을 둘러보았다. 조그마한 경대에 붉은 빛의 의상 캐비닛, 연지색 커튼, 푸른 셰이드가 붙은 스탠드. 여성적인 섬세한 감정이 가구와 조도 하나하나에 스며 있는 것 같은 느낌이었다. A는 방안을 둘러보고 난 뒤 다시 시선을 윤숙에게로 옮겼다.

'이 여자는 짐짓 기절한 체 꾸미고 있는 것이 아닌가' 하는 생각이 들도록 윤숙은 아까 A가 옮겨 놓은 자태 그대로 침대 위에 누워 있었다.

'혹시 이대로 죽어 버리진 않을까?'

만의 하나라도 그런 일이 있을 수 없다는 것을 번연히 알면서도 그런 생각을 해보며 윤숙의 입에 귀를 대고 손목의 맥을 잡아보았다. 정상적인 숨소리였고 정상적인 맥박이었다.

A는 한참 생각하다가 윤숙의 블라우스를 벗기기 시작했다. A의 손이 움직임에 따라 윤숙의 몸은 이리저리로 움직여 블라우스는 수월하게 벗겨졌다. A는 저도 모르게 흥분하고 있음을 알았다.

'이것이 찬스다. 이 여자를 내 것으로 만들 수 있는 찬스다' 이렇게 생각하면서도 '그럴 수는 없다'는 양심이 브레이크를 걸기도 했다.

그러나 A는 자기의 순정(A는 분명히 순정이라 생각했다), 자기의 성의를 짓밟고 이 남자 저 남자와 놀아나는 듯한 윤숙에게 대한 증오를 이 기회에 풀어 버리는 좋은 기회라는 생각의 유혹을 물리칠 수는 없었다.

그래도 행동을 감행할 수 없어 망설이고 있는데 이처럼 주먹 한 대를 맞고 무방비 상태가 되어 버리는 여자이니 언제 누구에게 짓밟힐지 알 수 없다는 생각이 문득 들자 A는 윤숙의 브래지어를 벗겨 버렸다.

……

터무니없이 허무한 시간이었다.

A는 목욕탕으로 가서 머리 위에서부터 냉수를 끼얹고 자기가 저지른 어처구니없는 행동을 후회하고 반성했다. 그러나 엎질러진 물을 도로 주워 담을 수는 없었다. 옷을 챙겨 입고 A는 편지를 썼다.

'내 행동에 후회는 없다. 내 행동에의 책임은 끝끝내 질 것이다. 나는 당신의 육체가 당신의 마음처럼 더럽혀져 있지 않았다는 것을 행복으로 생각한다. 어떠한 책임 추궁도 달게 받을 용의가 있다는 것과, 만일 당신이 나와 결혼할 의사만 있다면 이 모든 것이 전화위복이 되는 기회가 되리라는 것을 명백하게 말해 둔다. 나를 사랑해도 나를 미워해도 나의 당신에게 대한 사랑은 변하지 않으리라. A'

A는 이 편지를 윤숙의 눈에 띄는 곳에 놓고 밖으로 나왔다. 그리고는 밖에서 열 수 없도록 도어를 잠가 놓고 나서 윤숙의 아파트를 빠져 나왔다.

혼수상태에서 깨어난 윤숙의 눈에 먼저 비친 것은 커튼 틈 사이로 나타난 여명의 하늘빛이었다. 윤숙은 지난밤의 일들을 기억하려고 애썼다. 좀처럼 생각이 정돈되지 않았다. 드디어 자기가 알몸으로 누워 있는 것을 발견하고 동시에 육체 어느 부위(部位)의 아픔, 아픔이라기보다 아픔의 기억 같음을 느끼자 와락 정신이 들었다. A의 모습이 나타나고 A의 따귀를 갈긴 일, 그때의 A의 무서운 형상(形相), 어깨와 가슴팍 사이에 느껴진 충격…… 이러한 것을 차례차례로 생각해 낼 수 있었다.

'기절을 했구나.'

기절을 하고 있는 동안 어떤 일이 있었느냐는 것도 단번에 짐작이 들었다.

윤숙은 몸을 일으켰다. 아직도 무슨 악몽(惡夢)을 꾸고 있는 것 같은 기분 속에 얼떨떨했다. 알몸으로 경대 앞에 섰을 때 비로소 꿈이 아니라는 의식이 또렷해지고 샤워를 하면서 통곡을 터뜨렸다. 윤숙은 눈물과 샤워의 물이 뒤섞여 적신 얼굴을 닦고 옷을 입었다. 무서운 각오 같은 것이 가슴속에 끓어오르면서 응결할 형체를 찾고 있었다.

'권총이 있었으면!'

단번에 달려가서 A의 그 능글맞은 얼굴을 향해 쏘아 버리고 싶었다.

'그놈의 집을 찾아가서' 가솔린과 함께 불을 놓아 버리고 싶은 충동도 일었다.

'이것도 저것도 못할 노릇이면?' 하고 가슴과 윤숙의 두뇌는 쌍두마차(雙頭馬車)처럼 복수의 방향을 모색하느라고 바쁘게 뛰었다.

'유산이나 초산을 한 병 사서 그놈의 얼굴에 뿌리자.'

윤숙은 경대 위에 놓인 A의 편지를 보았다. 글줄이 겹쳤다가 구겨졌다가 하는 바람에 좀처럼 그 뜻을 알아낼 수가 없었다. 윤숙은 그 종잇조각을 갈기갈기 찢어 휴지통에 집어넣고 얼만가의 돈을 백 속에 준비하곤 밖으로 나왔다.

아직 햇살이 보이지 않는 이른 아침이었다. 아파트 정문에서 택시를 잡았다.

"어딜 갈까요?"

"아무 데라도 갑시다." 말해 놓고 윤숙은 당황했다. 그래 고쳐 말했다.

"동대문 쪽으로요."

동대문이라고 한 것은 무슨 뜻이 있어서가 아니었다. 윤숙의 아파트와는 반대되는 방향을 막연하게 생각하다가 얼핏 동대문 생각이 난 것이다.

아직 사람의 왕래가 흔하지 않은 거리를 질주하는 택시 안에서 윤숙은 자기가 할 행동을 냉정하게 구상해야겠다고 생각했다.

윤숙은 부끄러움을 무릅쓰고 운전사에게 물었다.

"여자가 하는 산부인과를 아세요?"

"여자가 하는 산부인과라!" 하며 운전사는 조금 생각하더니 "서대문에 있는 것을 알죠" 했다.

"그럼 그리로 갑시다."

윤숙은 운전사가 소개한 그 산부인과에 가서 한 시간 남짓 기다린 후에 자기의 사정을 간단히 설명하고 더럽혀진 부분을 세척(洗滌)했다.

세척했다고 해서 이미 더럽혀진 몸이 깨끗해질 리는 만무했지만 윤숙은 마음의 평정을 되찾을 수는 있었다. 그러나 자기가 기절했다는 사실을 의사가 믿어 주지 않는 태도가 불쾌했다.

제6장

전설(傳說)의 탄생(誕生)

병원에서 나오니 거리엔 그날의 활기가 시작되어 있었다. 햇살이 퍼져 여름의 더위가 바쁘게 오가는 사람들의 이마에 땀을 배게 하고 있었다. 윤숙은 천천히 걸음을 옮겨놓으며 어제와 오늘이 전연 다른 의미를 가지고 자기를 둘러싸고 있음을 느꼈다.

윤숙은 양장점 앞을 지나면서 자기가 가지고 있는 코펜하겐제의 네글리제를 생각했다. 그 네글리제의 의미는 이미 없어졌다. 인생에 있어서의 가장 큰 '의식'이 없어졌으니 예복(禮服)이 필요 없어져 버린 것이다.

윤숙은 결코 결혼식을 통해서만 여자가 되리라고 생각하진 않았지만 처녀와 결별할 땐 그 결별에 상응한 의식은 갖고 싶었다. 예식장에서 하는 의식, 그런 뜻의 의식이 아니라 밤과 하늘과 바다와 바람과 침실과 음악과 조명 그리고 슬기로운 속삭임을 골고루 참례시키는, 이 지상에서 가장 호사스럽고 가장 은근하고 가장 우아하고 가장 정열적인 마음의 향연과 육체의 향연을 아슴푸레하게나마 공상하고 있었던 것이다.

그런데 그 공상이 누추한 돌담에 부딪쳐 깨어진 사이다병처럼 깨져 버렸다.

'깨진 것은 깨어진 거고.'

윤숙은 입을 악물어 보았다. 복수를 서두를 필요도 없을 것 같았다. 남자란 짐승이란 것, 미제 포마드를 바르고 영국제 양복을 입고 있어도 그 대가리와 몸뚱아리는 예나 다름없이 야만인이란 것을 가르쳐 준 것이 A로서는 하나의 공덕을 쌓은 것인지도 몰랐다.

'그러나 나는 절대로 그놈을 용서할 수가 없다. 복수를 서두를 필요는 없을는지 모르나 언제든 복수는 하고 말 테다.'

이렇게 생각하며 걷고 있는 윤숙의 눈앞에 약국의 간판이 보였다. 윤숙은 그 약국으로 들어가 유산(硫酸) 한 병을 샀다. 꽤 큰 병이어서 핸드백에 들어가지 않아 싼 채 손에 들었다.

'큰 백을 가지고 다녀야겠다. 이 병이 들어가는.'

어느덧 이렇게 혼잣말을 하고 있는 자기를 발견하자 윤숙은 할아버지의 시중을 들고 있는 노파가 무슨 불평만 있으면 하루종일 중얼중얼 혼잣말을 하고 있더라는 생각에 미쳤다.

'여자란 마찬가지일까. 나는 절대로 혼잣말을 안 할 테다.'

공중전화가 보였다. 윤숙은 거기서 회사에 전화를 걸었다. 몸이 불편해서 당분간 회사를 쉬어야겠다고.

전화를 걸고 윤숙은 택시를 기다렸다.

택시는 좀처럼 잡히지 않았다. 윤숙은 근처의 다방을 찾아들었다. 아침나절의 다방이라 손님도 없이 한산했다. 구석진 곳을 찾아 윤숙은 자리를 잡았다. 능청맞은 유행가가 전축에서 흘러나오고 있었다.

"누굴 기다리십니까?" 하고 레지가 윤숙에게 물었다. 차를 주문하라는 말일 거라고 알아듣고 커피를 시켰다. 그러나 누구를 기다리냐는 그 말이 윤숙을 쓸쓸하게 했다.

'나는 누굴 기다려야 할까. 누가 나를 기다릴까.'

윤숙은 선뜻 전호를 생각했다. 때에 따라 전호의 얼굴은, 전호란 이름은 한없이 정다운 것으로 되는 것이다. 그러나 지금 전호에게 전화라도 할 생각은 일지 않았다. 설탕을 타지 않은 채 쓰디쓴 커피를 마시면서 윤숙은 고독이란 느낌을 되씹어 봤다.

반쯤 굳어 있는 빵조각에 버터를 발라 구워 먹고 윤숙은 침대 위에 누워 천장을 쳐다봤다. 고독이란 느낌이 들자 윤숙은 광풍 노도의 바다를 혼자 고독을 안고 건너야 한다고 생각했다.

'세상을 깔보면 못쓴다고 누가 말했더라?'

윤숙은 결국 자기가 세상을 깔봤기 때문에 변을 당했다고 생각했다. 그러자 윤숙은 뭔지 주위가 너무나 적적하다고 느꼈다. 문득 어젯밤 전화의 코드를 빼버린 사실을 기억해 냈다. 윤숙은 전화의 코드를 꽂았다.

코드를 꽂자마자 전화벨이 울렸다. 수화기를 들었다.

"어찌된 셈이지?" 하고 양 사장의 음성이 들려왔다.

"조금 편찮아서요."

윤숙은 터질 것 같은 통곡을 가까스로 참고 겨우 이렇게 대답했다.

"아침부터 전화를 거는데 전화가 통해야지. 난 오늘 일 하나도 못 보고 전화통에 매달려 있는 거다."

"죄송해요. 전화의 코드를 뽑아 놓고 있었어요."

"그럼 쓰나. 우선 연락은 돼야지. 그런데 어떻게 아프지? 병원에 안 가도 돼? 의사를 보낼까?"

진정 걱정하고 있는 양 사장의 소리다.

"대단하진 않아요. 과로인가 봐요. 한 이틀 쉬면 나을 거예요."

"그럼 됐지만. 헌데 필요한 게 없나? 아마 혼자 사는가 본데 몸이 아프면 옆에서 누가 돌봐줘야 할 게 아닌가. 회사의 아이라도 보낼까?"

"필요 없어요. 그런 걱정은 마세요."

수화기를 놓자마자 또 전화벨이 울렸다.

"여보세요" 하는 음성이 A의 것이었다. 윤숙은 귓전으로 뱀이 스쳐간 것처럼 깜짝 놀라 수화기를 떨어뜨릴 뻔했다. 윤숙은 마음을 진정하고 아무 대꾸도 하지 않고 수화기를 도로 걸어버렸다.

'뻔뻔스러운 놈.'

윤숙은 다시 전화의 코드를 뽑아 버리고 침대에 돌아와 누웠다. 아무래도 어제의 일이 소화되지 않는 것이었다.

'어디 여행이라도 갈까?' 하고 생각하다가 돈 1천만 원 생각이 났다. 그걸 그냥 가지고 있다는 생각이 들자 어젯밤 J사장이 한 말이 되살아났다.

윤숙은 자리에서 일어나 다시 몸치장을 하고 아파트 가까이에 있는 은행 지점을 찾았다. J씨가 시키는 대로 일 년 기한 정기예금으로 7백만 원, 보통 예금으로 3백만 원을 맡겼다. 통장을 만드는 동안 지점장실에서 기다리라고 아양을 떨며 반기는 행원(行員)들의 거동이 서투른 연극을 하고 있는 것 같았다. 윤숙은 끝 벤치에 일반 손님과 같이 앉아 있었더니 그 지점의 차장이란 사람이 명함을 들고 벤치에까지 나와서 공손히 머리를 숙이며 "감사합니다"고 했다.

윤숙은 그 너무나 공손한 태도에 당황하면서도 어젯밤 A가 뱉은 창부라는 말을 생각하곤 창부의 돈이라도 많이만 예금하면 은행원들은 이처럼 공손할 게 아닌가 하는 마음과 더불어 쓴웃음을 지었다.

"앞으로도 계속 잘 부탁합니다" 하는 행원의 말에 윤숙은 "곧 1억 원쯤 예금하죠" 해놓곤 자기의 말에 자기도 놀랐다.

'1억 원. 그렇다. 1억 원쯤 모아야지.'

1억 원!

윤숙은 엉뚱한 방향으로 자기의 마음을 고정하고 아파트로 돌아왔다. 먼지가 눈에 보였다. 마루를 대강 청소해야 되겠다고 생각하고 비를 들었는데 소파 밑에 돈이 흩어져 있는 것이 눈에 띄었다. 보증수표 현금 할 것 없이 한꺼번에 쏟아져 있었는데 헤아려 보니 87만 원 남짓했다. 어젯밤 A가 응접탁자 위에 수북하게 쌓아 놓은 것이었다.

'놈도 어지간히 당황한 모양이구나. 이걸 그냥 두고 가다니' 하고 생각하다가 '고의로 잊은 척하고 두고 간 것이 아닐까'도 싶었다.

하여간 윤숙은 그 돈을 별도로 정기예금 해놓고 그것을 자본으로 A에게 복수할 계획을 세웠다.

계획을 세운다고 해서 구체적인 내용이 짜여질 리가 없었다. 그저 막연하게 어떤 장소 어떤 경우 A에게 치명상이 될 수 있는 결정적인 행동을 했으면 하는 감정이 들끓을 뿐이다.

'이럴 경우 여자란 약하다. 상대방에게 복수를 한다는 것이 도리어 이편을 상하는 결과가 될지 모르니……'

책을 손에 잡아도 내키지 않았다. 라디오의 스위치를 넣어 보았지만 탐탁지 않아 곧 꺼버렸다.

'양 사장이 이런 사실을 알면?' 고개를 들고 회사에 출근하지 못할 것 같았다.

'미스터 윌슨이 알면?'

그는 아마 경멸하는 듯 시니컬한 웃음을 띠어 보이며 앞으론 상대도 하지 않을 게 아닌가.

'J씨가 알면?'

그런 일을 두고 지나치게 마음을 괴롭힐 필요는 없다고 위로해 줄진 모르나 이때까지처럼 그렇게 귀하게 소중하게 대해 주진 않을 것 같았다.

'할아버지가 아시면?'

윤숙은 눈을 감았다. 상상도 못할 것 같았다.

'아무 말도 하시지 않고 벽 쪽으로 돌아앉으시겠지. 그리고……'

윤숙은 전호를 군이 생각하지 않으려고 했다. 그러나 전호가 이 사실을 알았을 경우에 어떻게 될 것인가 하는 방향으로 마음이 전개되어 가는 것을 어떻게 할 수가 없었다.

전호가 만일 이 사실을 알았을 경우 절대로 A를 그냥 두진 않을 것이다.

조용하고 침착하고 웃어른에게 공손하고 동배와 후배에게 겸손하며 항상 부드러운 태도를 지니고 있으면서도 전호에겐 무서운 폭발력이 있다는 것을 윤숙은 잘 알고 있었다.

'절대로 전호 씨가 이 사실을 알아선 안 된다.'

이 생각과 아울러 윤숙은 이 세상에 태어나고 처음으로 결정적인 디펙트(결점)를 가지게 된 스스로를 깨달았다. 종달새처럼 거칠 것이 없었던 자기가 남이 알아선 안 될 사실을 가지게 되었다는 사실이 육체의 순결을 잃었다는 사실 자체보다도 윤숙에겐 커다란 충격이었다. 윤숙은 드디어 그 사건의 중대함을 느꼈다. A에게 대한 미움이 거친 파도처럼 윤숙의 가슴 속에서 설레었다.

어떻게 하든 복수를 해야 하는 것이다. 동시에 이미 자기가 가지게 된 '디펙트'를 '디펙트'가 되지 않도록 전화(轉化)시켜야 하는 것이었다.

'디펙트'를 '디펙트'가 되지 않게 전환시키는 방법이라?

정상적인 여성의 코스를 밟을 수 없다는 얘기가 되는 것이며 보다 대담하게 세상을 걸어야 한다는 얘기가 되는 것이며 정조니 순결이니 하는 따위의 가치를 묻지 않는 세계를 스스로 만들어 내어 스스로 군림해야 한다는 것이다.

이건 윤숙의 성격에 도리어 맞는 얘기였다. 그런 뜻으론 윤숙이 자기 성격을 살려 활달하게 세상을 걸어 나가게 한 전기로서 그 사건이 의미를 가지고 있을는지 몰랐다.

그러나 사흘 후, 회사에 출근한 윤숙의 얼굴은 남이 곧 알아볼 수 있을 정도로 핼쑥해 있었다. 우선 양 사장이 놀랐다.

"어찌된 셈야. 대단하지 않다고 했는데 상당히 아팠던 게로구먼."

"심심찮을 정도였어요."

"심심찮다니, 의사가 뭐라고 하든?"

"의사 같은 건 필요 없었어요."

"젊은 사람은 그게 탈이야. 젊음만 믿고 자기 몸을 소중히 할 줄 모르니."

"자기 일 자기가 알아서 하겠죠."

"그런데 지금은 괜찮아? 무리할 필요가 없으니 아직 불편하면 돌아가서 쉬어요."

"괜찮아요."

윤숙은 자기 자리에 가 앉았다. 그러나 일이 손에 잡히질 않았다. 모든 주위의 일이 그저 을씨년스럽기만 했다. 윤숙은 수첩을 꺼내 동기생의 주소와 전화번호를 체크해 보았다. 뭣 때문에 그런 짓을 하는지 자기도 잘 모르고 하는 동작이었다. 사람은 쓸쓸해지면 옛 친구를 찾기 마련이로구나 하는 정도의 의식밖엔 없었다.

같은 과를 졸업한 친구 스물셋 가운데 외국에 가 있는 사람이 넷, 취직해 있는 사람이 여섯, 대학원에 남은 사람이 다섯, 시집을 간 사람이 셋, 집에서 그냥 놀고 있는 사람이 다섯인데 다섯 가운데 둘은 지방에 있다. 윤숙은 그 가운데 누구에게 전화를 할까 하고 망설이다 무역 회사에 근무하고 있는 남자와 결혼한 친구에게 전화를 걸었다. M이라고 하는 그 친구는 마침 집에 있었다.

"웬일이지? 전화를 다 하구."

그 친구는 윤숙의 전화를 받고 반가워서 안절부절이었다.

"외롭고 쓸쓸해서 행복한 사람의 행복한 목소리를 들으면 좀 나을까 해서 전화했지."

그렇게 말하고 있으니 윤숙은 정말 자기가 외롭고 쓸쓸한 여자인 것처럼 느껴져서 어조마저 처량하게 되었다.

"이상도 해라. 윤숙이가 그런 소릴 하다니. 세상이 모두 찌푸려 있어도 윤숙이만은 청량한 하늘처럼 청량할 줄 알았는데."

"그렇게 비꼬기야. 한데 오늘 시간 좀 낼 수 있겠어?"

"시간이야 무진장이야. 몇 시쯤으로 하면 좋겠니?"

"너 좋은 시간으로 해."

"난 자유니까 근무하는 네가 시간을 말해야지."

"내게도 그만한 자유는 있어."

결국 둘이는 학교 시절에 잘 갔던 T당에서 오후 두 시쯤에 만나기로 했다. 아직도 몸이 좀 불편해서 조퇴해야겠다고 이유를 꾸몄다. 윤숙은 모처럼 만나는 친구를 위해 미장원에 들를 시간을 짐작하고 회사에서 나왔다.

한바탕 동기생의 소식을 아는 대로 묻고 답하고 하다가 학생 시절과 결부된 얘기가 끊어지고 난 뒤 M이 말했다.

"얘야, 해보니까 말야. 결혼이란 거 그처럼 서툴 게 없어."

"해보고 난 뒤에 그런 걸 알았댔자 무슨 소용이지?"

"난 요즘 결혼 안 한 친구가 부러워 죽겠어."

"난 결혼한 네가 부러워 죽겠다."

윤숙이 마음에도 없는 소리를 했다.

"비꼬는 소리 작작해. 나는 지금 후회막급이야."

"그럼 느그 허즈에게 실망했단 말야?"

"그렇지는 않아. 나는 그를 사랑하구 그도 나를 사랑하니까."

"그렇다면 말 다한 것 아냐."

"그런데 그렇지 않으니 고민이란 말이다."

"호사로운 고민."

"그럴지도 모르지"하고 M은 윤숙의 말을 일단 승인했다가 다음과 같이 이었다.

"그러나 인생이 이것으로 끝나나 하고 생각하니 우울해."

"이제 막 인생을 시작하고 나서 끝나는 것을 생각해? 너무 철학적이다, 얘."

"아냐, 들어봐. 결혼하고 석 달까진 뭐가 뭔지 몰랐어. 새로운 환경에 휘말려 정신 차릴 여유가 없었거든. 그런데 석 달쯤 지내고 나니까 정신이 들지 않겠어? 그래 아차 하는 마음이 들었어. 아침에 일어나지, 식모 데리고 밥 짓지, 남편 출근시키지, 남편 출근하고 나면 집안을 치워야지, 그러고 나면 맥이 확 풀려 라디오를 듣다가 말다가, 책을 보다가 말다가, 빨래할 걸 챙기다가 말다가, 하루가 가는 거야. 저녁이 되면 저녁밥 준비를 하고 남편이 돌아오면 시중들고 함께 텔레비전을 보다가 어제 했던 것과 꼭 같은 유의 얘기를 주고받다가 그러다가……."

"그러다가?"

"그, 자는 데 묘미가 있잖아?"

"이 가시내가."

M이 눈을 흘겼다.

"너무 정확하게 알아맞히니까 당황하는 거냐?"

"당황은 뭣 때문에. 그건 상식인데. 그 재미도 없어봐, 결혼생활

할 년 한 년도 없을 게다."

"제법 뻔뻔스러워지는데."

"헌데 그게 문제야. 그렇게 해서 이끌려가다가 아들 낳지? 딸 낳지? 어머니가 되지? 주위가 차차 바빠지지? 완전히 인생의 탁류 속에 휘말려드는 거야. 그리고는 할머니가 되구."

"결혼 안 하면 할머니가 안 되나?"

"그거야 그렇지만. 뭣 때문에 이 세상에 나왔는가 싶어지지 않느냐 말야."

"인생이란 그렇고 그런 건데 뭐."

"인생이 그렇고 그런 건데 넌 왜 결혼 안 하지?"

"어디 데리고 갈 놈이 있어야 결혼을 하지."

"얘야, 허튼소리 그만해라 얘. 너 같은 미인이면 사내들이 몸이 달아 야단일 텐데."

"모르는 소리 하지 마. 몸이 달면 그만인가. 저편에서 몸이 단 놈은 이편에서 싫고, 내가 좋아 보이는 놈은 저편에서 싫어하구."

"누구야. 저 편에서 싫어한다는 놈. 내가 중매해줄게. 그놈 눈이 똑바로 박히지 않았는가부지?"

"결혼한 걸 후회한다면서 내게 결혼을 권해?"

윤숙이 가벼운 핀잔을 M에게 보냈다.

"너는 관심이 있는데 상대편은 무관심하다니까 하는 소리 아냐?"

"일반론적으로 말해서 상황이 그렇게 돼 있다는 뜻이야."

"그런데 좋은 사람 나타나면 결혼할래?"

"하고 말고."

"그러면 어떤 사람이면 좋겠어? 한번 말해 봐. 나도 가능한 데까지 물색해 볼 거니까 말야."

"너 허즈 얘기나 해봐. 네가 대단히 만족하고 있는 모양인데 어떤 점이 좋은가를 가르쳐 주면 나도 그런 사람을 구할게."

"우리 허즈? 아직까진 나를 지독하게 사랑한다는 점뿐이고 이상의 남편과는 아득히 먼 남자야. 얘기할 거리도 못돼."

"사랑하면 그만 아냐? 사랑할 수 있고, 사랑을 받을 수 있고……."

"그런 것만도 아닌 것 같애. 알뜰한 살림꾼이고, 회사에서도 유능한 축에 드는 모양이고, 거짓말도 하지 못하는 고이 자란 집안의 둘째라서 다루긴 수월하지만 그 대신 뭔지 실질감(實質感)이 없거든. 기껏 하는 얘기래야 회사 얘기, 등산 얘기, 낚시질 얘기. 평범한 가운데도 전형적인 평범, 아무래도 나는 몇 달만 더 가면 진력이 날 것 같애."

"그러는 동안에 애를 배면 신경이 그리로 쓰이고 애를 낳으면 생활에 또 변동이 생기고 할 건데 진력이 날 여유가 있겠어?"

"너 결혼두 안 허구 미리 그런 것부터 아니?"

"책에 그렇게 쓰여 있더라, 애."

"넌 참 학자가 됐으면 좋았을 텐데. 미인 여류 학자로서 이름을 날리고 말야."

"나더러 그런 따분한 처지가 되라고 해?"

"좌우간 넌 어떤 남편을 구할 참야?"

"한번 말해 볼까?"

"해봐."

"리처드 버튼처럼 멋이 있고, 사르트르처럼 머리가 좋고, 버나드 쇼처럼 익살이 있고 오나시스처럼 부자이며 뻔뻔스럽고 게다가 누구만한 권력이 있는 사람."

"누가 농담을 듣자구 했나?"

"진담이야 이건."

"그렇다며 결혼하지 않겠다는 말과 꼭 같잖아."

"그렇지, 그러니까 난 결혼 안 할 테야."

"결혼을 안 한다지만……"

"섹스 문제는 어떻게 할 거냐, 이 말 하고 싶은 것 아냐?"

"애도 눈치가 빨라서."

"이래봬도 정치외교학과 출신 아냐?"

"나도 정치외교학과를 나왔지만 네 눈치엔 두 손 바짝 들었어."

"헌데 어때 섹스의 경험은. 이건 농담 아니고 진지하게 묻는 거야. 그 방면으론 선배인 네가 가르쳐 주어야 할 의무가 있어."

M은 얼굴을 붉혔다. 그리고 한동안 망설이더니 입을 열었다.

"그게 이상해. 처녀 땐 호기심 이상으로 무슨 육체적인 욕망으로 번지는 적은 없었거든. 그랬는데 경험을 하고 나니까 달라져. 그런 기대 없인 지탱할 수 없을 것 같은 느낌마저 들거든. 그리고 정신적인 불만도 그 체위로써 해소해 버리는 것 같고…….."

"그래서?"

윤숙은 M의 말이 도중에 끊어질까봐 겁을 먹고 M을 재촉했다.

"너니까 솔직히 말하는 거야. 하여튼 이상해. 지칠 것 같은 매일매일을 밤의 일을 기대하는 육체의 욕망으로 이어가는 것 같은 기분마저 없잖아. 아침이 되면 공연히 소중하게 여겨지고, 그러니까 반찬 같은 것에 신경이 쓰여지고 말야. 자연 영양이니 뭐니 하는 데 주의가 가고, 남편이 피로해서 돌아오면 가슴이 철썩 내려앉는 것 같고…….."

"결국 암컷과 수컷의 생활이다 이 말이지?"

"아이를 낳으면 달라질지도 몰라. 그런 한 단계가 결혼생활의 초기엔 꼭 있는 모양이거든. 나만 이럴까. 그러면 이게 병적이 아닐까 하고 결혼한 선배나 친구들에게 시치밀 떼고 슬슬 캐내 보니까 대강 그런 모양이야. 결국 그런 감정으로 결혼생활에 모든 불만을 안고도 질질 끌려가게 되는 모양이지. 여자란 참으로 죄가 많은 동물이라고 절실히 생각했지 뭐야."

"명철하고 분석력이 있다고 소문이 난 네 경우가 그렇다면 대강 알아볼 만해" 하고 윤숙은 한숨을 쉬었다.

"여자란 하여튼 죄 많은 동물야."

M은 뭔지 생각하는 눈빛으로 이렇게 중얼거리더니 남편에게 전

화를 걸어 두어야겠다고 자리에서 일어섰다. 전화를 걸고 돌아온 M
을 보고 윤숙이 말했다.

"얘길 하다 보니 욕망이 솟은 모양이지?"

"얘두" 하고 M은 웃으며 말했다.

"하루에도 몇 번씩 전화를 걸어오는데 집을 비워 놓으면 걱정할
까 봐 전화를 걸어 둔 것뿐야."

"갑자기 생각을 낸 것은 그 때문 아냐?"

"뭐라고 마음대로 해석하라문."

M은 여유 있게 받아넘겼다. 윤숙은 그러한 M을 보고 자기와는
벌써 먼 세계에 있는 친구란 느낌을 가졌다.

"그런데 말야" 하고 윤숙이 불쑥 말했다.

"혼자 산대두 숫처녀처럼 살 생각은 없으니까 난 적당한 때 처녀
를 버려 버리고 싶어."

"처녀를 버리다니?"

M의 얼굴에 호기심이 일었다.

"공연히 거추장스럽기만 허구 말야. 어차피 버릴 거면 빨리 버렸
으면 해. 그리구 섹스에 관한 호기심을 감당해 나가기란 여간 힘드
는 일이 아니거든. 이 호기심만 어느 정도 풀어 버리면 여자는 결혼
을 그처럼 서둘지 않을 것이라고 생각해. 경제적 이유 없인 말야."

"그럴 법한 얘기다. 그러나 처녀를 버린다고 해도 문제는 상대
아냐?"

"가장 내가 존경하고 그리고 뒷탈이 전연 없는 사람."

"심중에 정해진 사람이 있나 본데."

"아냐, 없어. 그렇게 방금 생각했을 뿐야."

M은 심각한 얼굴이 되었다.

"어떤 방침이 확실히 설 때까진 보류해 둬. 일단 처녀를 버리면 처녀를 버렸다는 사실로써 끝나는 것이 아니더라. 전연 입때까진 몰랐던 욕망의 씨앗을 뿌리는 결과가 된단 말야. 단순한 호기심도 감당하기 힘드는데 생살을 뚫고 나오는 욕망을 어쩔래, 조심해요."

얘기에 열중하다가 보니 세 시를 넘겼다. M으로선 저녁 식사 준비를 하러 집으로 돌아가야 하는 시간이었다. 그러나 둘이는 오랜만에 만난 탓이기도 해서 그냥 헤어지기가 어쩐지 섭섭했다. 이러한 기분으로 M은 다시 남편에게 전화를 했다. 오랜만에 친구를 만나 같이 식사를 하고 싶은데 동석해 줄 수 없느냐는 전화였다. M의 남편은 쾌히 승낙했다.

"다섯 시 반이면 나온데, S호텔 식당으로. 그동안 우리 명동 거리 산보나 할까?"

M이 이렇게 말하자 "남편을 가진다는 게 그런 점에 좋은 이용 가치가 있구나. 그럼 오늘은 암컷 수컷이 오순도순하는 꼴 구경 좀 할까" 하고 익살을 부렸다.

둘이는 명동을 걸으며 주로 양장점 쇼윈도를 들여다봤다.

"어때, 나온 김에 옷이나 한 벌 맞추지?"

윤숙이 M에게 말했다.

"기분대로 옷을 해 입을 수 있니? 가계부와 씨름을 해야 할 판인데" 하며 M은 쇼윈도에 내걸린 옷감에 그다지 관심을 갖지 않는 것을 보자 M의 결혼생활은 M이 말하는 것보다는 행복하리라는 것을 느꼈다.

겨운 마음으로 시간을 보내고 다섯 시 반에 S호텔의 식당에 가자, M의 남편은 벌써 와 기다리고 있었다. M의 남편과는 두 번 만난 적이 있어서 윤숙은 새삼스럽게 태도를 굳게 가질 필요가 없었다. 말이 없고 그런데다가 겸손한 태도가 전호를 닮았다고 생각했다.

식사의 주문을 일일이 마누라에게 물어시키는 것에도 호감이 갔다. 윤숙은 만일 전호와 자기가 결혼을 했으면 대강 저런 부부가 될 것이라고 생각하고, 이젠 그럴 가능성이 전연 없어진 스스로를 깨닫고 우울한 빛깔이 살큼 심장 위를 스쳤다.

'그러나 저건 평범, 전형적인 평범을 그려놓은 한 폭의 그림이다. 나는 죽어도 평범한 건 싫다'고 마음속에 되뇌면서 식사를 마쳤다. 식사를 끝내고 밖에 나온 김에 영화나 하나 보고 들어가자는 부부에 이끌려 D극장에서 상영 중인 영화를 봤다. 황금을 찾아 모험을 감행하는 얘기를 엮은 스펙터클이었다.

'평범한 사람은 스스로의 평범한 생활에 대한 염증을 저런 영화나 보고 소화하고 있는 것일 게다.'

윤숙은 이 세상에 대해서 조금도 회의나 불만 같은 것을 느끼고 있지 않는 것처럼 보이는 M의 남편에 대해서 가벼운 경멸감을 가져보면서 전호가 그에 비하면 수등 위의 인물이란 자랑을 가졌다.

'그러나 전호가 내게 뭐란 말인가. 그러면서도 무슨 일이 있을 때마다 머리에 떠오르는 전호라는 사람을 나는 앞으로 어떻게 대해야 할까.'

윤숙은 저도 모르게 뺨 위를 흐르고 있는 눈물을 깨닫고 놀랐다.

그리곤 한편 영화의 줄거리를 좇으면서도 마음속에선 전호를 부르고 있었다.

늦게야 아파트로 돌아온 윤숙은 자기가 그날 M을 찾은 이유를 겨우 알았다. 행복한 결혼생활의 정체를 자기 나름대로 관찰하고 그런 생활을 긍정하는 한 가닥의 마음조차 끊어 버리려는 잠재의식의 작용이었던 것이다.

그 후 A에게서 몇 번인가 전화가 걸려왔다. 그럴 때만은 A의 목소리라고 확인되면 두 말을 않고 전화를 끊어 버렸다. 무시해 버리는 것 이상으로 따끔한 보복이 지금의 상황으로선 없을 것이라고 생각한 까닭도 있었지만 보다도 그 음성에 생리적인 불쾌감을 느꼈다.

윤숙은 A를 통해 상대방의 동의와 공감도 구하지 않고 일방적으로 행동해 버릴 수 있는 남자의 섹스에 대해서 어느덧 혐오와 경멸의 감정을 키우고 있었다. 행복에의 의지를 보랏빛 안개처럼 감싸고 있는 섹스에의 신비로운 동경이 그로 인해서 산산이 부서진 셈인데 윤숙은 이를 화(禍)를 통한 일종의 자각(自覺)을 얻었다는 의미로 자위(自慰)하고 있었다.

그러한 어느 날 J씨로부터 전화가 왔다.

"집을 하나 골라 놓았는데 같이 보러 갔으면 해서 전화를 한 거야."

"적당한 집이 있었어요?"

"적당한가 안 한가는 미스 민이 직접 가서 보아야 알지."

점심시간을 이용해서 윤숙은 J씨와 같이 그 집을 보러 갔다.

한강을 내려다보는 위치에 서 있는 2층 양옥인데 발코니가 우선 마음에 들었고 나무와 화초가 심어져 있는 백 평 남짓한 뜰도 마음에 들었다. 윤숙은 집안을 들어가 보기에 앞서 "이런 집을 3백만 원으로 살 수 있어요?" 하고 놀란 표정으로 물었다.

"3백만 원이면 살 수 있어. 그러니까 내가 와보라고 한 게 아닌가."

J씨는 아무렇지도 않게 대답했다.

윤숙은 현대식으로 된 부엌, 목욕탕을 위시해서 방이 넷이나 있는 아래층으로부터 이층까지를 둘러봤다. 이층에도 방이 셋이 있었고 그 가운데 하나는 홀로서 쓸 수 있을 정도로 넓은 방이었다. 이층 발코니에서 내려다보니 한강을 사이에 긴 경치가 동남(東南)으로 펼쳐져 있었다. 뜰 한구석엔 차고(車庫)에 붙은 부속 가옥(附屬 家屋)까지 있었다.

"이런 집을 3백만 원으로 살 수 있어요?"

윤숙인 아무래도 납득이 가질 않았다.

"3백만 원이면 살 수 있다는데 어른의 말을 그렇게 안 믿어?"

그래도 윤숙은 미심쩍었다.

"무슨 까닭이 있는 집인가요?"

"그런 까닭은 알 필요도 없구, 이 집이 마음에 들었는지 안 들었는지만 말하면 돼."

"마음엔 들어요. 그러나 이렇게 큰 집이 내게 필요할 것 같지 않아요."

"재산으로서 사놓을 집이라고 하잖았어? 남에게 빌려주고 자긴 이층만 쓴다든지, 달리 한 방만 쓴다든지 하면 될 게구."

"그래두……."

"그래두가 뭐야. 하여튼 맘엔 들었지? 어때."

"분수에 넘는 것 같아서요. 그리구 아무래도 3백만 원 갖고는 살 수 없는 집인 것 같구."

"쓸데없는 소리 하누먼. 하여간 3백만 원 가지고 사줄 테니 내일이라도 돈을 내게 가져와. 이만한 집을 재산으로서 가지고 있는 것도 나쁠 것이 없어."

일단 J씨에게 그런 문제를 부탁한 이상 윤숙은 그의 의사에 따를 수밖에 없었다. 수일 후 윤숙에게 그 집이 윤숙의 명의로 된 등기서류가 전달되었다. 취득세(取得稅)의 영수증까지 붙어 있었다.

제7장

어떤 해후(邂逅)

중양(重陽)의 날 음력 9월 9일, 전호는 형산 선생을 모시고 수유리에 있는 민덕기(閔德基)의 무덤을 찾았다. 형산의 손자 민덕기는 수유리에 있는 4·19 희생자 묘소에 있는 백팔십오 명의 같은 희생자들과 더불어 영원히 잠들고 있다. 봄, 가을 한 번씩 형산과 윤숙과 전호는 그 무덤을 예년(例年) 찾았던 것인데 이해엔 윤숙이 빠졌다.

윤숙이 빠진 데 대한 형산의 쓸쓸함을 위로할 겸 전호가 "윤숙인 요즘 대단히 바쁜 모양이죠" 했더니 "계집애가 바삐 서두는 나라이구 집안이구 안 망하는 게 없다네" 하며 형산은 불쾌한 투로 말했다. 그리곤 "그러나 그 애가 없는 게 좋아. 역시 남자는 남자끼리야 돼" 하고 말하며 얼굴빛을 고쳤다.

묘소의 배경이 된 산의 푸름엔 벌써 추색이 짙어 있고, 묘소의 간도(間道)에 난 풀들에도 이미 퇴색이 있었다. 중양의 절구(節句)라서 그런지 묘소 안엔 성묘하러 온 사람들의 그림자가 더러 보였다.

형산과 전호는 묘소 전체를 보고 묵념과 합장을 올리고 학생 희생자를 모신 가운데쯤에 있는 민덕기의 무덤 앞에 섰다.

돌에 새겨진 민덕기란 이름.

전호는 그 이름을 볼 때마다 가슴이 멘다.

'이미 육체와 영혼은 분해되고 없는데도 이름만 남아 있는 그 이름이란 무엇일까.'

그저 허망하다는 생각. 이 세상에 허망하지 않은 무엇이 있을까. 전호는 사자(死者)와의 이별을 견디는 바탕엔 자기도 언젠가는 죽을 것이라는 예상 때문이란 생각을 해본 적이 있었다.

'넉넉잡고 백 년만 지나면 이 지상에 있는 모든 인간은 이 지상에서 말쑥이 사라져 없어지는 것이다' 하다가 전호는 다음과 같은 누군가의 말을 상기했다.

'아마 성공할 것이다. 그러나 확실히 죽을 것이다. 그렇다면 마찬가지가 아닌가.'

형산은 손자의 무덤 앞에 한동안 동상처럼 묵묵히 서 있었다. 그리고는 전호에게 들으라는 말도 아닌 음성으로 "덕기야. 내가 명년에 다시 너를 찾을 수 있을까 모르겠다" 하고 중얼거렸다. 그리고 묘소로 오는 도중 길가에서 꺾은 코스모스 꽃을 무덤 앞에 놓았다.

'내가 명년에 다시 너를 찾을 수 있을까 모르겠다.'

이 말이 전호의 가슴에 메아리쳤다. 작년만 해도, 지난봄만 해도 형산은 그런 말을 하지 않았었다.

민덕기의 무덤 앞을 떠나곤 전호는 이어 친구들의 무덤을 찾았다. 그 묘소엔 전호의 친구가 셋이 있었다. 모두 18, 19세에 죽어간 친구들이었다. 유행가의 문투엔 꽃잎처럼 졌다고 하지만 사실은 미친개들, 사나운 이리떼들한테 찢기고 짓밟혀 죽은 것이다. 형산은 전호의 뒤를 따라 같이 그 무덤들에도 경건히 머리를 숙였다.

참배를 마치고 형산과 전호는 묘소에서 산 쪽으로 한적한 곳을 찾아 앉았다. 형산은 담배를 꺼내 불을 붙이며 "4·19 희생자의 묘소가 아니라 바로 4·19의 묘소 같다"고 했다.

'4·19란 뭘까.'

새삼스럽게 이런 물음이 전호의 가슴속에 솟았다.

"4·19 희생자의 묘소가 아니라 바로 4·19의 묘소 같다"는 형산 선생의 말이 어떤 박력을 지니고 전호의 마음속에 작용하기 시작했다. 실상 4·19가 남아 있는 것은 이 무덤의 형태로 남아 있는 것이다. 무덤 앞에 새겨진 주인을 잃은 이름만으로 남아 있는 것이다.

'4·19는 온데간데없다. 그날 그 함성이 허공에 사라졌듯, 4·19는 역사의 대해 속에 버끔처럼 사라져갔다.'

그렇다면 4·19는 그 무수한 역사의 트릭에 불과했단 말인가. 인간의 몸뚱아리에 너무 뜨거운 것, 너무 차가운 것을 갖다 댔을 때 그 몸뚱아리가 놀라 반사적 경련을 일으키듯 그런 경련에 불과했단 말인가.

'그렇지 않다면 4·19에 진정한 뜻이 있다면 뭔가 살아남아 있는 흔적이라도 있어야 할 것이다.'

그런데 살아남은 흔적은 없고 눈앞에 백팔십오 개의 무덤이 있을 뿐이다.

"이대로 가면 4·19란 영원히 꺼져 없어지지 않겠습니까?"

생각에 겨워 전호가 이렇게 물었다.

"그래서 아까 내가 말하지 않았나. 4·19 희생자의 묘소가 아니라 4·19 자체의 묘소 같다고."

"그럼 어떡하면 될까요?"

"4·19의 의미를 만들어야지."

"어떻게 만드는 겁니까?"

"그건 내가 묻고 싶은 말이네."

전호는 할 말을 잃었다.

"그러나……." 하고 형산이 입을 열었다.

"4·19의 의미는 그대로라도 없어지지 않을 것이다. 역사의 어떤 기동력, 전환력은 됐거든. 일단 있었던 일은 반드시 그 의미를 다하고야 마는 것이 역사더구먼. 가령 1933년에 서안사건(西安事件)이 있었다. 한때 떠들썩하더니 그 뒤에 모두들 잊어버렸지. 그랬는데 그 후 10년쯤 지나서 중국 역사의 동향 속에 서안사건의 영향이 뚜렷이 나타나더란 말야. 4·19도 꼭 그와 같을 줄 믿어."

"그러니까 내버려둬도 역사로서의 구실은 한단 말 아닙니까?"

"그렇지."

"그럼 우리가 할 일은 없다는 말이 되겠습니다."

전호는 우울하게 말했다.

"왜 없어. 개인의 건설이란 것이 있잖나. 내 개인의 건설이 국가의 건설이다, 민족의 건설이다, 그쯤 프라이드는 있어야지."

"선생님은 어떡하실 작정입니까?"

형산은 "핫하" 하고 가을 하늘을 보고 웃었다.

"나는 실험동물이 아냐, 실험인간으로서의 의미는 있는 놈이야. 이래봬도 어쨌든 저런 인간이 되어선 안 되겠다고 남에게 경각을 주는 존재는 되거든."

전호는 말문을 닫았다. 형산의 심정도 약간 정상을 잃고 있는 것이라고 깨달았다.

1961년 가을 오후의 햇살을 받고 고요한 4·19 묘소의 전경이 한 폭의 풍경화를 닮아 영원(永遠)의 상을 띠고 전호의 뇌리에 새겨졌다. 그 정지된 듯한 풍경화 속에서 돌연 어떤 여인이 움직이기 시작했다. 10m 전방쯤 될까. 꽃다발을 안은 여인을 전호의 시선은 따랐다.

하늘과 산과 나무와 묘비와 묘비 사이의 잡초와 꽃과 더불어 시간이 멎고 공기는 숨을 죽여 영원히 상(相)으로 정지되어 버린 듯한 한 폭의 풍경화. 묘지에서 흔히 느낄 수 있는 한때의 환각. 이런 풍경화를 배경으로 그 여인은 우아한 걸음걸이로 묘비 사이를 누비고 있었다.

거리의 탓으로 얼굴의 윤곽은 판별할 수 없었으나 모습 전체가 풍기는 느낌은 사람으로 하여금 기억 속을 더듬게 하는 그 무엇이 있었다.

윤택을 잃은 수록(樹錄), 생기를 잃은 초록(草綠))이 푸른 하늘 밑에 엮어진 풍경화 속에 그 여인의 짙은 감색 치마, 흰 저고리의 한복 차림이 '찾아오는 사람이 있는 묘지'란 아름다운 허망하고도 사(死)와 생(生)의 콘트라스트를 수놓은 것처럼 인상이 선명했다.

그 여인은 묘소의 중간 학생 희상자들의 무덤이 모여 있는 곳, 맨 후열의 가운데쯤 오더니 발길을 멈췄다. 그리곤 안고 있던 꽃다발을 그 무덤 앞에 놓고 경건하게 고개를 숙였다.

'누굴까?' 하는 생각으로 전호는 그 여인의 모습에서 쉽사리 시선을 옮길 수 없었다.

형산 선생도 그 여인에게 시선과 마음을 쏟고 있는 모양이었다.

그 여인의 묵도가 끝날 무렵이 되어 전호와 형산은 자리에서 일어나 묘소로 내려갔다. 묘소를 내려가서 문으로 나가려면 부득이 그 여인 앞을 통과해야만 했다.

전호는 그 여인의 곁을 그냥 지나쳐 버리려고 하다가 순간 고개를 든 그 여인의 눈과 마주쳤다. 전호는 반사적으로 걸음을 멈추고 머리를 숙였다.

그 여인은 가볍게 머리를 숙이며 전호의 인사에 답했다. 그 인사와 더불어 가을꽃의 향기가 풍겨왔다. 무덤 앞에 놓인 한 아름 꽃에서 풍겨나는 것이겠지만 전호에겐 그것이 그 여인의 체취처럼 느껴졌다.

전호는 형산 선생을 의식하고 "형산 선생입니다" 하고 그 여인에게 소개했다. 여인은 다시 정중하게 머리를 숙였다. 전호는 형산을 향해 말했다.

"언젠가, 지난 봄 제가 개나리꽃을 한 아름 선생님 댁에 가지고 간 일이 있지 않습니까? 그 꽃은 이 분에게서 얻은 것입니다."

"오오 그런가, 나 형산이요. 그처럼 아름다운 꽃을 주셔서 감사합니다. 그런데 감사할 기회가 생기다니 참으로 반갑소" 하며 형산은 눈꼬리를 가늘게 하고 미소를 지었다. 그 여인은 난데없는 감사를 받고 당황하는 것 같았다.

"선생님의 존함은 일찍 듣고 있었습니다. 첨 뵙겠습니다. 전 최성애라고 합니다."

"최성애 씨라, 하여간 반갑소. 한데 이 무덤의 주인이 누구십니까?"

"제 동생입니다" 하고 최성애라는 그 여인은 눈을 아래로 깔았다. 전호는 먼저부터 비석에 새겨진 '최규복'이란 이름을 마음속에 되뇌고 있었다.

'최규복, 최규복, 어디서 많이 듣던 이름인데.'

"학생이었던가 본데 어느 학교였소?"

형산이 물었다.

"S대학의 문리대였습니다."

"어디서 희생당했소?"

형산은 침울한 어조로 다시 물었다.

"경무대 앞이라고 들었습니다. 숨을 거둔 것은 병원이었구요."

형산은 고개를 들어 먼산의 능선 쪽으로 시선을 돌렸다. 그리고 들고 있는 스틱으로 민덕기의 무덤 쪽을 가리키면서, 조용하게 말했다.

"저기 내 손자가 누워 있소. 그도 경무대 앞에서 변을 당하고 병원에서 숨졌소."

"상심이 컸겠습니다."

최성애는 눈을 아래로 깐 채 낮게 중얼거리듯 말했다.

"피차 마찬가지 아니겠소?"

형산은 소탈하게 음성을 바꿨다. 그리고 이었다.

"죽은 사람은 죽은 사람, 산 사람은 산 사람 아니겠소. 그리고 10년이란 세월이 흘렀으니……."

전호는 형언할 수 없는 감회라기보다 민덕기의 얘기만 나오면 언제나 느끼는 송구스러움으로 형산의 등 뒤에 머리를 숙이고 서 있었다. 그런 전호를 돌아보며 형산은 "이 사람도 그때 죽을 뻔했다오" 하고 최성애에게 전호를 가리켰다.

"그랬어요?"

최성애의 눈이 동그랗게 되었다.

"참으로 다행이었습니다."

"다행인지 불행인지 모르죠."

전호는 그렇게 중얼거렸다. 그것이 전호의 진심이기도 했다. 차라리 이 고요한 무덤 가운데 끼어 있는 편이 나을는지 몰랐다.

춘풍추우(春風秋雨), 계절의 바뀜에도 아랑곳없이, 격동하는 세파(世波)도 모른 채, 그저 영원히 잠들고 있는 편이 훨씬 나을는지 몰랐다.

형산과 최성애는 나란히, 전호는 두어 걸음 뒤에, 세 사람은 천천히 걸어 묘소를 빠져나왔다.

버스 정류소에 이르자 형산은 화계사에 있는 친구를 찾아야겠다면서 전호와 최성애를 남겨둔 채 걸어가 버렸다.

버스는 좀처럼 오지 않았다. 전호는 뭔지 최성애와 좀 더 얘기하고 싶은 감정 같은 것을 느꼈다.

"최규복 씨는 그때 몇 살이었지요?"

전호가 이렇게 묻자 성애는 마음속에서 셈을 하는 듯 잠깐 생각하더니 말했다.

"스무 살이었어요. 만으론 열아홉이요."

"스무 살! 그때 전 열아홉이었어요. 만으로 치면 열여덟."

대화는 여기서 끊어졌다. 한참 있다가 전호가 다시 물었다.

"최규복 씨에 대해서 좀 더 알고 싶은데요."

최성애는 쓸쓸하게 웃곤

"죽은 사람 일을 알아서 뭣하시겠어요."

다시 한동안 침묵이 흐르고 난 뒤 "그때 전 선생, 전 선생이라고 하셨죠? 전 선생은 어느 학교에 다니셨죠?"

"전 K고등학교 삼학년이었습니다."

"고등학교 학생도 그때 많이 죽었었죠?"

"제 친구만 하더라도 세 사람이 죽었습니다."

시내로 가는 버스는 오지 않고 우이동으로 들어가는 버스가 나타났다. 문득 전호는 "바쁘시지 않으면 우이동 골짝에 가보시지 않겠어요. 드릴 말씀도 있구. 더욱이 최규복 씨 얘길 듣고 싶은데요."

이렇게 말했더니 성애는 순간 망설이는 듯하더니 팔목시계를 훔쳐보곤 "그렇게 하지요" 했다.

전호는 버스 안에 자리를 잡아 성애에게 권하면서 '내게도 엉뚱한 용기가 있구나' 하는 생각을 해봤다.

한 정거장쯤 해서 종점이었다.

전호와 성애는 거기서부터 걷기 시작했다.

"곧 단풍이 들겠죠. 그런데 단풍보다는 단풍이 들기 직전의 이 무렵이 좋습니다."

"그럴까요. 전 워낙 자연엔 무관심한 편이 돼서……."

"지난봄의 개나리꽃은 정말 고마웠습니다. 형산 선생이 얼마나 기뻐하시는지."

"그런 것을 가지구 자꾸만 그렇게 말씀하시면 송구스럽지 않아요?"

"너무나 인상적이어서 잊을 수가 있어야죠."

전호가 인상적이라고 한 것은 그 개나리꽃에 관해서가 아니라 그때 개나리꽃을 꺾어 준 그 여인, 최성애에 대해서였다. 그러나 그런 구체적인 말을 할 수는 없었다.

"형산 선생님은 뭘을 하세요?"

"도배질을 하시면서 호구(糊口)해 나가고 계시죠."

"도배질?"

"벽을 바르는 일 말입니다."

"애국 운동을 하신 분이 도배질을 하셔요?"

"워낙 꼿꼿한 분이 돼서 남의 도움을 받길 싫어한답니다."

"가족은 몇이나 되시나요?"

"형산 선생의 손녀, 단 둘이죠. 그런데 손녀는 따로 나가 살고 지금은 혼자 쓸쓸하게 계십니다."

"형산 선생의 손녀는 시집을 갔나요?"

"아직 미혼입니다."

"그런데?"

"개성이 뚜렷하고 활달한 성품이죠. 그래서 혼자 살겠다는 얘긴 것 같아요."

"할아버지를 모시고 살면 개성을 발휘하지 못할까요?"

"글쎄요. 간단히 말해서 늙은이와 같이 있으면 여러 가지 속박을 느끼니 그게 싫다는 거겠죠."

"요즘 젊은 사람은 무서워."

그 말을 듣고 전호는 웃었다.

"최 선생님은 젊으시지 않으세요?"

최성애는 이 말엔 아무런 대꾸도 안 했다.

전호와 성애는 큰길에서 개울가로 내려가 개울가에 쳐 놓은 엷은 천막 밑으로 들어갔다.

"자리 값을 해야 될 테니 사이다라도 시키죠" 하고 전호는 사람을 불러 사이다와 과자를 가져오게 했다.

평일이 돼서 그런지 개울물 소리만 들릴 뿐 적막한 산속의 기분이 가슴속에 뱄다. 최성애와 그렇게 가까이 산속에 앉아 있는 것이 꿈만 같았다.

'우연이란 이상한 작용을 하는 게로구나.'

전호는 성애에게 사이다를 권했다.

"최규복 씨는 문리대에서 뭣을 전공하고 있었습니까?"

"철학과였어요."

"철학이 최규복 씨와 함께 죽어버린 게구먼요."

말해놓고 전호는 자기의 경솔을 뉘우쳤다. 그러나 그것이 전호의 실감이었다.

최규복이란 사람과 더불어 어떤 철학이 자랄 것이었다. 그런데 그 철학이 한 발의 탄환을 맞고 쓰러지는 육체와 더불어 그 씨앗마저 짓밟혀 버렸다. 전호는 자기의 경솔을 카무플라지할 의식으로였

던지 다음과 같은 말을 했다.

　"한스 카로사의『루마니아 일기』라는 것이 있습니다."

　"예, 저도 읽은 적이 있어요."

　"카로사의『루마니아 일기』를 읽으셨어요?"

　전호는 무작정 그 말이 반가웠다.

　"규복이가 가지고 있는 책을 빌려 읽었죠."

　"그럼 그 가운데의 한스 크라비나라는 병정을 기억하십니까?"

　"열렬한 편지를 쓴 병정 아녜요?"

　"그렇습니다. 전 그 작품에서 굉장한 감동을 받았습니다."

　"어쩌면" 하고 최성애는 방심한 듯 전호의 얼굴을 봤다. 그리곤
나지막이 말했다.

　"우리 규복이와 그렇게 닮았을까. 규복이와 나는 그 가운데 있는
구절을 외곤 했어요."

　"어떤 구절입니까?"

　최성애는 부끄러운 듯 망설이고 있었으나 전호의 재촉을 거절
하지 못했다.

　"이런 게 있죠. '세계! 거칠고 원시적인 무서운 세계! 나는 그런
세계 속에, 아름답게, 날카롭게 빛나는 비눗방울 속에 있는 것처럼
살아 있다. 그리고 그 비눗방울이 깨지지 않도록 숨을 죽이고 있는
것이다.'"

　"비눗방울!"

전호는 저도 모르게 한숨을 쉬었다.

"참으로 비눗방울 같은 세계죠. 거칠게 숨을 쉬기만 하면 꺼져 버릴 것 같은…… 모두들 그 비눗방울처럼 꺼져 버린 것 아닐까요."

전호의 얼굴에 나타나는 감동의 빛깔이 최성애에게서 수줍음을 지워 버린 것 같았다. 성애는 스스로의 회상을 소녀처럼 얘기하기 시작했다. 죽은 규복에게 대한 누나다운 사랑이 전호를 앞에 하고 되살아난 때문인지도 몰랐다.

"규복이가 좋아하던 구절에 이런 것도 있었어요. 하두 되풀이해서 외는 바람에 나도 따라서 외게 되었죠. '엄격한 구속적인 말은 어린이의 기억 속에서 탈락한다. 까마귀는 성스러운 장소에서 황금의 서(書)를 옮겨간다. 정신은 자기 집 문전에 서 있으면서도 그곳이 자기 집인 줄 모른다. 스승과 주인의 집엔 잡초가 우거지고 그 영(靈)은 얼음이 되었다. 투명하고 둥글고 굳은 얼음으로. 모든 쾌락은 상처를 입고 혼란하고 얼음 밑의 물고기들처럼 기뻐한다.'"

"그런데 규복 씨는 까마귀가 성스러운 장소에서 황금의 책을 옮겨간다는 대목을 어떻게 해석하고 있었습니까?"

전호는 그 대목을 읽으면서 의미를 알아내려고 노력했던 한 시절을 생각하면서 이렇게 물었다.

성애는 더 기억을 더듬어내려는 듯 생각에 잠겼다. 한참동안 그렇게 있다가 입을 열었다.

"까마귀는 허무 사상, 성스러운 장소란 사람이 죽고 죽이고 하는 전쟁터, 황금의 책이란 정신을 지닌 인간, 규복인 아마 그렇게 해석하고 있었던가 해요."

전호는 저도 모르게 손뼉을 쳤다.

"저도 꼭 그렇게 해석했죠. 그러면 정신은 자기 집 문전에 서 있으면서도 그곳이 자기 집인 줄 모른다는 대목은?"

그러자 성애는 웃으면서 말했다.

"먼젓번 해석이 전 선생 해석과 똑같았다면 그 대목 해석은 전 선생이 해보세요. 규복의 해석과 그것도 같은지 알고 싶어요."

저는 자기 집이란 것을 무덤 또는 죽음이라고 생각했습니다. 그래 그 대목을 저는 사람은 죽음 앞에 서 있으면서도 자기의 죽음을 깨닫지 못한다는 뜻으로 생각했죠."

이번에 놀란 편은 성애였다.

"어쩌면!" 하는 소리를 다시 한 번 되풀이하고 "우리 규복이의 해석과 그렇게 꼭 같을 수가 있을까!"

전호와 성애는 서로 마주 응시하고 있으면서도 부끄러움을 몰랐다. 회상과 추억 속에서 서로는 하나의 정신이 되어 버린 것이다.

"그럼 제가 좋아하는 구절을 말해 볼까요?"

전호가 이렇게 말하자 성애는 옛 얘기를 기다리는 소녀의 구김살 없는 기대의 표정을 지었다.

"태양! 이 위대한 영은 상승과 몰락을 알지 못한다. 그런데 태양은 우리들 마음속에 불타고 있지 않은가. 시시각각, 먼 곳에, 또는 가

깝게 부드러운 사랑의 행위를 일깨우고 있지 않은가. 절절하고도 영원한 그 무엇이 입김처럼 바다를 건너 이마에서 이마에로 스치고 있지 않은가. 이 입김이야말로 거기서 신(神)의 거창한 은총이 폭풍처럼 자라날 그 입김이 아닌가?"

전호가 외고 있는 동안 다소곳이 앉아 귀를 기울이고 있던 성애는 전호의 말이 끝나자 조용히 고개를 들었다. 그런데 그 눈엔 이슬이 맺혀 있었다. 전호는 가슴이 설렘을 느꼈다.

"그래 전 선생 마음속엔 지금 태양이 불타고 있어요?"

전호는 곧 대답을 못했다. 성애는 조용히 말을 이었다.

"제 마음속의 태양은 불을 끈 지 이미 오래예요."

"규복 씨가 죽고 난 뒤?"

성애는 고개를 아니란 뜻으로 저었다.

"그럼, 왜 불이 꺼졌죠?"

성애는 답을 하지 않았다. 거북스런 시간이 흘렀다. 다시 고쳐 묻는다는 건 남의 프라이버시에 관계되는 일이었다. 전호는 화제를 바꿨다.

"아까 제가 규복 씨와 같이 철학이 죽었다는 말을 하잖았습니까? 그래 카로사 얘기까지 나온 건데 전 크라비나의 '일발의 유산탄으로 부서져 버리는 것이 어째서 정신적 통일체(精神的 統一體)라고 할 수 있느냐'는 말을 하고 싶었던 셈입니다."

성애는 여전히 잠자코 있다가 "전 선생님은 지금 무엇을 하시죠?"하고 물었다.

"전 고등학교 교사 노릇을 하고 있습니다."

"보람이 있으세요?"

"보람을 만들려고 하죠."

"전 선생의 가슴 속엔 태양이 불타고 있는 게로구먼요."

"글쎄요."

두 사람의 침묵과 더불어 산의 고요가 짙어갔다. 짙은 고요 속으로 개울물 소리가 흐르고 있었다.

침묵이 겨웠던 성애가 먼저 입을 열었다.

"전 선생은 언제부터 교육자가 될 작정을 했었지요?"

"교육자라니까 대단하게 들리는 말 같습니다. 그저 교사지요. 그런데 제가 교사가 된 데는 그 나름대로의 내력이 있습니다."

"그 내력 들려주실 수 있나요?"

성애가 이렇게 말하지 않아도 전호는 교사가 된 동기를 성애에게 만은 얘기하고 싶은 충동을 느끼고 있었다.

"전 원래 화학 공부를 할 작정이었습니다. 복잡한 물질을 단순화하기도 하고 단순한 물질을 섞어서 다른 물질을 만들어 내기도 하는 수속이나 과정이 퍽 재미가 있거든요. 그랬는데 4·19가 있지 않았습니까. 전 그저 친구들하고 구경할 겸 경무대 앞에까지 갔던 것입니다. 그러는 동안 다소 흥분도 했었어요. 무심결에 환성을 올리며 밀어닥치고 있는데 총성이 났지요. 어느새 전 부상을 입고 쓰러졌습니다. 왼편 허벅다리에 총을 맞았지요. 병원에 갔을 때 출혈이 심해서 실신 직전의 상태였습니다. 병원엔 부상자들이 너무 많이 밀려서 응급치료를 받기도 전에 죽어가는 사람이 많았습니다. 저도 병원의 복도에서 죽을 뻔했습니다. 그랬는데 내 앞에서 차례를 기다리고 있던 대학생이 자기는 괜찮으니 이 고등학교 학생부터 먼저 치료해 주라면서 제게 차례를 바꿔 주었습니다. 덕택으로 전 살아났지요. 의사의 말을 들으니 1, 2분만 시간을 늦췄더라면 저도 가망이 없었다는 얘기였습니다. 의식을 회복하자마자 전 제게 차례를 바꿔 준 대학생의 소식을 물었죠. 그 대학생은 차례를 기다리는 동안에 죽었다는 것이었죠. 만일 그 대학생이 내게 차례를 바꿔주지 않았더라면 그 대학생은 살고 제가 죽었을 것입니다.

최성애는 개울의 흐름에 시선을 던진 채 멍한 표정으로 앉아 있었다. 전호는 10년 전의 일을 얘기하는데도 목이 메었다.

"바로 그 대학생이 아까 부인께서 인사를 하신 형산 선생의 손자 민덕기 씨였습니다."

"그래요?"

성애는 둥그렇게 든 눈으로 전호를 봤다. 전호는 그 눈빛이 부셔 자기 눈을 아래로 깔았다.

"그것이 인연이 되어 형산 선생을 알게 된 거죠. 그러니까 형산 선생의 손자 노릇을 해야 하는 거죠. 민덕기 씨는 사범대학의 학생이었습니다. 저는 그의 뜻을 받으려고 사범대학을 택하고 교사 노릇을 택한 것입니다. 그래 전 평생을 이 길에 바칠 각오를 하고 있는 거죠."

최성애는 길게 한숨을 쉬었다. 다시 침묵이 흘렀다.

얼마간의 침묵이 있은 뒤 이번엔 전호가 물었다.

"4·19 때 최 선생은 뭣을 하고 계셨습니까?"

"제 아우 말예요?"

"아니 부인 말입니다."

"저도 학생이었죠. 불란서로 유학을 떠나려고 준비하고 있었죠. 그랬는데 아우가 죽는 바람에 제 희망은 모조리 포기해 버렸죠."

"그렇게까지 하실 필요가 없지 않았을까요?"

"규복이가 죽자마자 집안이 엉망이 되었답니다. 아버진 꽤 큰 사업을 하고 계셨는데 완전히 의욕을 잃어버렸어요. 회사는 남의 손으로 넘어가고 아버지는 실성한 사람처럼 되고……말이 아니었죠."

"그래서 언제나 우울하신 겁니까?"

전호는 실례를 무릅쓰고 물었다.

"제가 그처럼 우울하게 봬요?"

"지난봄 개나리꽃을 주실 때 그렇게 느꼈습니다. 아까 묘소에서 만나뵀을 때도 그렇게 느꼈구요."

"그럼 전 선생은 우울하지 않으세요?"

"전 우울하지 않습니다."

"그러나 제가 보기엔 전 선생에게도 슬픈 그림자 같은 것이 따르고 있는 느낌인데요."

"그럴까요?" 하며 전호는 웃었다. 그러나 그 웃음은 활달한 빛을 띠지 못했다.

"혹시 전호 씨는 민덕기 씨의 죽음에 대해 무슨 강박관념 같은 것을 지니고 있는 건 아녜요?"

"언제나 미안하게 생각하고 있죠."

"이제부턴 그런 관념을 버리세요. 그게 좋지 않은 거예요."

"보다도 저는 4·19 때 희생된 전체를 생각하는 겁니다. 그들의 죽음의 의미가 뭣일까 하구요. 왜 죽어야 했나, 그들을 죽인 총탄의 의미는 뭔가, 무엇을 지키기 위한 어떻게 하자는 총탄인가. 차라리 적의 총탄에 맞아 죽었으면 명분이라도 있죠. 그러나 이건 아무리 생각해도 까닭을 알 수 없단 말입니다. 그때 총을 쏜 자, 총을 쏘게 한 자를 적(敵)으로 보아야 하나, 적으로 보지 않으면 뭣으로 보아야 하나 이와 같은 딜레마가 항상 저를 괴롭히는 겁니다."

최성애는 전호의 준수(俊秀)한 이마와 맑은, 그러나 슬픔에 물든 눈동자를 넋을 잃고 바라보았다. 끌어안아 주고 싶은 충동마저 이는 모양이었다. 먼 동경(憧憬)과 같은 사랑이 '안타까움'이란 감정의 베일을 쓰고 성애의 마음속에 도사렸다.

최성애와 전호는 그들 인생의 어떤 고빗길에서 언젠가는 서로 꼭 만나야 했을 사람들이다. 그런데 운명이란 간혹 이상한 장난을 한다. 꼭 만나야 할 사람이 바로 그 시간, 그 장소에서 만나지 않고 어긋난 시간, 어긋난 장소에서 만나게 하곤 비극의 씨앗을 심는 것이다.

전호는 구체적인 얘기를 듣지 않아도 최성애의 우울이 불행한 결혼생활에 연유한다는 것을 알게 되었다.

우이동 골짜기엔 어둠이 갑자기 찾아든다. 전호와 성애는 서로 헤어지기 싫은 구실을 같이 식사나 하고 내려가자는 데서 찾았다.

어둡게 되자 둘이는 가까운 곳에 있는 방갈로로 찾아들었다.

숲속에 아담한 방갈로, 불이 켜진 방갈로를 밖에서 보면 꿈이 자랄 듯한 아담한 집이다. 그러나 일단 방안에 들어가고 보면 그와 같은 감상은 말쑥이 사라져 버린다. 때 묻은 장판, 더럽혀진 벽, 습기가 찬 좁은 방, 추잡한 방석…… 음탕한 냄새가 쾨쾨한 내음과 더불어 전호를 당황하게 했다. 전호는 이러한 곳에 성애를 모신 것을 후회했다.

"왠지 불결하지 않아요? 딴 데로 갈까요?" 하고 전호는 성애의 눈치를 살폈다.

"어딜 가도 비슷비슷하겠죠. 이왕 온 김이니까 잠깐 식사나 하고 가죠."

그런데 그 식사라는 것이 또 전호의 마음에 들지 않았다.

"술을 조금 하시죠" 하며 성애가 청한 술을 몇 잔 마셨을 뿐 전호는 젓가락을 들지 않았다.

"꽤 식성이 까다로우신 모양이죠?" 하고 성애는 웃었다.

"아닙니다. 이런 누추한 곳에 부인을 모신 것이 죄가 돼서요."

"제겐 신경을 쓰시지 마세요. 전 아무 곳에나 갈 수 있고 아무거나 먹을 수 있어요."

"호화로운 저택에 호화롭게 사시는 귀부인이 뜻밖의 말씀을 하시는데요."

"전 호화로운 것이 싫어요. 누추한 곳에서라도 좋으니 사람답게 살고 싶어요."

"그럼 댁에선 사람답게 살 수 없으시단 말인가요?"

"의신암귀(擬神暗鬼)란 말이 있죠?"

"……"

"제 집엔 바로 그 의신암귀가 살고 있답니다."

"그 뜻은?"

"선생님은 그런 걸 아실 필요가 없어요."

"그렇게 말씀하시니까 더욱 알고 싶습니다."

"제 자신이 쑥스러워 얘길 못하겠어요."

전호는 그 이상 물어볼 수가 없었다. 최성애는 전호의 가정 사정을 알고 싶다면서 "결혼은 했습니까?" 하고 물었다.

"아직 안 했습니다."

"왜요?"

"그럭저럭 그렇게 되어 버렸습니다."

"약혼한 사람도 없구요?"

"약혼을 했는지 안 했는지 모르는 상태에 있는 여자가 있긴 하죠."

"무슨 그런 말이 있어요?"

"사실이 그런 걸 어떻게 합니까?"

"좀 더 구체적으로 설명하시면?"

"부인의 그, 의신암귀의 설명과 맞바꾸도록 합시다."

"맞바꿔요?"

성애는 놀라는 듯한, 그리고 슬픈 표정으로 되물었다. 어이가 없다는 표정일는지 몰랐다. 전호는 자기의 말이 너무나 야비했다고 곧 뉘우쳤다. 만나자마자 서로가 서로를 이해하게 된 기적 같은 사이가 되었지만 전호의 그런 말은 어느 모로 보나 경솔한 것이었고 전연 전호답지 않은 말이었다.

"제가 부인을 빨리 이해하고 싶어서 경솔하게 서둘렀는가 봅니다. 실례했습니다."

"실례는 또 무슨 실례예요. 저도 전 선생을 빨리 이해하려고 지나치게 덤빈 것 같은데요. 저 술을 좀 줄래요?" 하고 성애는 이때까진 비워 두고 있었던 술잔을 전호 앞에 내밀었다.

전호는 얼떨떨한 마음으로 그 잔에 술을 채웠다. 성애는 잔을 입에 갖다 대며 얼굴을 찌푸렸다.

"맥주를 가져오라고 할까요?"

술에 익숙하지 못한 것 같은 성애를 보고 전호가 물었다.

"아녜요. 이걸 조금 마시면 돼요."

성애는 손을 저으며 말했다. 전호는 "약혼을 했다고 보아야 하는지 안 했다고 보아야 할지 모르는 여자란 형산 선생의 손주딸 애깁니다" 하고 윤숙과 자기와의 관계를 솔직하게 얘기하기 시작했다. 미묘한 감정의 빛깔까지를 전호는 빼놓지 않고 설명했다. 그리고 "윤숙의 의사에 달렸죠. 상대방에게 뜻이 있으면 결혼할 것이고 없으면 오빠로서의 자리라도 지킬 참이죠" 하고 매듭을 지었다.

"전 선생이 좀 더 적극적으로 나가실 순 없어요?"

성애는 전호의 말을, 그리고 말의 뜻을 말하지 않는 부분까지 이해하고서도 이렇게 말했다.

"내 태도는 이미 밝혀 놓았으니…… 더 적극적으로 나간다고 해서 총명하고 활달한 여자가 자기의 생각을 바꾸진 않을 것입니다. 그저 두고 보는 거죠."

"전 선생의 애정이 모자라는 것 같은데요."

"애정보다 앞서는 문제가 중요한 거지 애정이 중요한 건 아닙니다."

"애정보다 앞서는 문제라니 그게 뭐지요? 죽은 분에 대한 의리 같은 건가요?"

"그렇게 말해도 좋을 겁니다."

"그거 안 됩니다."

성애가 황급히 말했다.

"의리니 뭐니 어떤 것보다도 앞서는 것이 애정이라고 전 생각하는데요. 전 선생의 그런 애정보다도 의리에 중점을 두는 그런 태도가 그 윤숙이란 분을 전 선생과 멀게 한 이유일는지 모르죠."

"그럴까요?"

"뭐라 단언할 수 없지만 전 선생이 그 분을 그렇게 생각하신다면 좀 더 적극적으로 나가세요. 제가 생각하기론 윤숙이란 분은 지금 위험한 고비에 있다고 생각해요. 아무리 총명해도 여자는 여자예요. 민감하고 다감한 처녀를 그런 식으로 버려둬선 안 돼요. 적극적인 사랑의 의사 표시를 하세요."

전호는 잠자코 듣고만 있었다. 그러나 새삼스럽게 어떤 적극적의사 표시를 한단 말인가. 전호는 윤숙에게 대한 스스로의 감정이 애인으로서의 감정보다도 오빠로서의 그것이 더욱 강한 것을 느꼈다.

저녁 여덟 시가 넘어서야 전호와 성애는 우이동을 떠났다. 그렇게 긴 시간 얘기를 주고받았지만 헤어질 땐 그래도 아쉬운 감정이 남았다. 전호는 학교의 전화번호를 가르쳐 주면서 "혹시 무슨 일이 있으면 전화라도 걸어 주십시오" 했더니 성애는 자기 집 전화번호를 알려 주면서 "무슨 일이 없더라도 종종 전화를 하세요" 하고 웃었다.

성애와 헤어진 뒤 전호는 밤길을 걸어 자기 집으로 가면서 오늘 성애와 만난 일들을 샅샅이 되살펴 보았다. 참으로 운명적인 해후라고 아니할 수 없었다.

그러나 끝내 성애가 그 의신암귀에 관한 얘기를 회피하고 만 것에 생각이 미치자 전호는 찌꺼기처럼 마음 밑바닥에 깔린 의혹을 느꼈다.

'그렇게 상냥하고 총명한 여인이 어떻게 해서 불행한 결혼을 했을까?' 이런 생각을 해보다가 '불행한 결혼생활이란 걸 느꼈으면 왜 그만한 여인이 그런 상태에서 벗어나려고 하지 않을까?' 하는 생각도 해보았다.

'아무튼 수수께끼의 여인!'

한편 성애는 집이 가까워질수록 가슴이 납덩이처럼 무거웠다. 그대신 이제 막 헤어진 전호에 대한 기묘한 감정이 새로워지기만 했다.

'규복이를 다시 만난 것 같은 기분.'

성애는 마음속에 이렇게 중얼거렸다. 동시에 꿈 많았던 소녀 시절이 어제 일처럼 회상 속에 떠올랐다.

'파리'에의 꿈, '소르본'에의 꿈, 아버지와 어머니의 따뜻한 사랑, 아우 규복과의 갖가지의 얘기, 그 모든 것이 어디로 사라졌단 말인가. 아버지도 어머니도 규복이도 이 세상엔 없다. 그와 더불어 모든 꿈이 산산이 깨어지고 집엔 의신암귀가 성애를 기다리고 있는 것이다.

성애는 집에 돌아가면 벌어질 남편과의 트러블을 예상했다.

'어딜 갔다 오느냐'고 묻고 '어떤 놈을 만났느냐'고 따지고 '아내라고 길러 놓았더니 여우를 키운 셈'이라고 백 번 천 번 되풀이한 말을 또 쏟으며 추근추근 붙들고 늘어질 것이다. 그러면 성애는 움직이는 조각처럼 말문을 닫고 이 방 저 방으로 서성거리며 발악이라도 하고 싶은 심정을 억누를 것이다.

"세상에 나만한 사내가 어디에 있겠는가. 돈 잘 벌지 집안 잘 돌보지…… 나는 뭣에든 자신이 있는데 너만은 믿을 수가 없어! 네 머릿

속과 가슴속에 있는 그 어떤 놈의 모습을 쫓아낼 수가 없단 말이다."

성애는 이 밤에도 또 들어야 할 남편의 언제나 두고 쓰는 말을 되뇌면서 비로소 남편의 말투를 빌면 '그 어떤 놈의 모습'이 드디어 자기의 머릿속에 가슴속에 심어지는 것을 느꼈다.

이제야 성애는 남편의 질투를 이겨낼 것 같았다. 있지도 않은 애인을 있다고 치고 들볶는 상상 질투(想像嫉妬)는 정말 견디기 힘들었다. 그러나 남편의 질투엔 알맹이가 생긴 것이다. 성애는 '나는 무서운 여자'란 감정을 가져 보았다.

최성애가 집에 도착한 시간은 아홉 시를 넘어 있었다. 남편은 아직 들어와 있지 않았으나 식모아이의 말을 들으면 남편에게서 세 번이나 전화가 걸려 왔다는 것이었다.

성애는 옷을 갈아입고 세수를 했다.

얼마 안 가서 불어올 폭풍에 대해서 대비를 해야 하는 것이다.

"또 전화가 오거든 내가 들어왔다고 말하고 바꿔 달라거든 지금 화장실에 있다고 해줘."

이렇게 말해 놓고 성애는 이층으로 갔다. 이층에 성애는 아담한 서재를 꾸며 놓고 있었다.

성애는 거기서 오늘 화제에 오른 '카로사'의 책을 찾아보았다. 좀처럼 찾아낼 수가 없었는데 서가 한구석에 그 책은 먼지를 쓰고 있었다.

조심스럽게 먼지를 털고 그 책을 펴 들었다. '인젤' 출판사에서 발간한 전집 가운데의 한 권이다. 성애는 『루마니아 일기』 그 책에선 진중일기(陣中日記)라고 되어 있는 부분을 찾았다. 군데군데 그어 놓은 언더라인에 규복에의 회상이 안개처럼 피어올랐다. 그 안개 속에 방금 헤어진 전호의 모습이 떠오르기도 했다. 성애는 언더라인이 그어진 어떤 부분을 되는 대로 읽기 시작했다.

—— 키슈하바슈의 산록(山麓)에 무덤을 만들자. 서리가 내린 바위의 들과 소나무 앙상한 들에다 우리들의 사자(死者)를 위한 기념비를 세우자 —— 그 종말이 어떻게 될지를 누가 알랴! 모든 민족들은 제각기 음울한 생각에 잠긴다. 오오 친구여! 명심하라. 죽어가는 자를 보거든 마음 편하게 죽어 가도록 저주하지 말고 겸손한 마음으로 기도를 드려라. 드디어 모든 것은 다만 전조(前兆)가 될 뿐이다. 우리들은 모두 썩어가는 길을 걷는다. 죽은 손[手]을 푸른 빛깔의 슬픈 소나무 가지로써 덮어 주라……

자동차의 클랙슨이 울려왔다. 남편이 돌아온 것이다. 현관이 열리는 소리, 대문이 삐걱거리는 소리……성애는 책 위에 정신을 집중하려 했으나 되질 않았다. 눈을 감았다.

"어딜 갔어?"하는 거친 소리가 아래층에서 들려왔다. 성애는 잠이 든 체 눈을 계속 감고 있었다.

"아주머니, 아저씨 오셨어요."

식모아이가 숨을 헐레벌떡 하며 방 밖에서 외쳤다. 그래도 가만히 있다가 두 번째 소리가 들리고서야 성애는 몸을 일으켜 방에서 나와 아래층으로 내려갔다.

상의를 벗어 걸고 있던 남편의 눈이 취기(醉氣)와 더불어 표독스럽게 빛났다.

"남편이 돌아와도 본 척 만 척 하긴가?"

"깜빡 졸고 있었어요."

성애는 응접실 소파에 가 앉았다.

"세월이 좋게 놀고 돌아다니다가 집에만 돌아오면 졸기야?"

성애는 식모아이 쪽을 봤다. 식모아이도 있는데 추잡한 소릴 말라는 신호였다.

성애의 남편은 그만한 자제력은 있었다. 워낙 위신을 생각하는 사람이라 식모나 다른 사람이 있는 곳에선 본성을 드러내지 않는 것이다.

"식사는?" 하며 식모아이가 머뭇거리자 "주스나 한 잔 주고 빨리 자" 하고 성애의 남편 길종호(吉宗鎬)는 잠옷으로 갈아입으러 침실로 들어갔다. 성애는 멍청한 표정으로 그저 앉아 있었다.

식모아이가 자러 간 후가 문제인 것이다. 길종호는 집 안팎의 동정을 살피고 나서 아내의 맞은편에 자리를 잡곤 점잖게 담배를 피워 물었다.

"오늘 어딜 갔었소?"

언제나 시작할 땐 이처럼 경어를 쓴다.

"규복의 묘소에 갔었죠."

"무슨 바람이 불어서."

"금년 들어 한 번도 가보지 못했는데 오늘이 마침 중양일이기도
해서죠."

"그렇다면 나허구 같이 가도 되잖을까."

"바쁜 사람을 귀찮게 할 필요는 없잖아요."

"내 자동차로 가고오고 하면 훨씬 편리하고 간단할 텐데, 두어 시
간만 걸리면 될 텐데…… 꼭 혼자 가야만 될 이유가 있었겠지?"

말이 이렇게 되면 성애는 대답을 않기로 되어 있다.

"묘소에 밤늦게까지 있었소?"

"……"

"묘소에서 어디로 갔소?"

"……"

"어딜 갔느냐 말야."

최성애는 슬그머니 상대방의 화를 더욱 돋우고 싶은 생각이 났
다.

"우이동 골짜기에 갔어요."

"우이동 골짜기에? 혼자?"

"묘소에서 규복의 친구를 만났어요. 그래 나온 김에 소풍삼아 거
길 갔어요."

217

"누구야 그게?"

"이름은 몰라요."

"이름도 모르는 사람과 산골짜기에 가?"

"이름은 몰라도 규복의 친구임엔 틀림없어요."

"규복이 친구하구면 호텔 방이라도 가겠구나, 그럼."

"……."

"아까 여덟 시 반에 전화를 했을 때도 아직 돌아오지 않았는데 그럼 그 친구하구 그 시간까지 같이 있었단 말이지?"

"……."

"왜 대답을 안 하는 거야."

"……."

"가만있는 걸 보니까 그 시간까지 같이 있었던 게로구먼."

"……."

"이 화냥년이!"

성애는 남편을 쏘아봤다. 바람에 수양버들처럼 대하려고 해도 이런 욕설이 튀어나올 땐 가슴이 뭉클하고 얼굴에 핏기가 오른다.

"말하지 못해? 그놈허구 그 시간까지 뭣했지?"

"그처럼 나를 믿지 못하거든……."

성애의 말이 채 끝나기도 전에 "믿지 못하거든 이혼하자, 이 말일 테지. 어림없는 소리 하지도 마. 어떤 놈 좋은 일 시키려고? 내가 그처럼 호락호락한 놈인 줄 알아?"

"말씀 다하셨으면 전 가 자겠어요."

성애가 일어서자 길종호는 와락 성애를 붙들어 앉혔다. 성애는 언제나 당하는 일이지만 아찔했다. 또 지겹고 긴 밤이 시작되는 것이다.

길종호는 자기의 성애에의 사랑을 다짐했다가, 사업가로서의 자기의 역량을 자랑했다가, 다시 성애에의 행적을 추궁했다가, 그렇게 해서 성애의 몸과 마음을 지칠 대로 지치게 해놓곤 침대 속으로 끌어들이는 것이다. 그럴 때마다 성애는 스스로에게 창부(娼婦)를 느꼈다.

'슬픈 창부다, 나는.'

제8장

바람을 심어

방과후 전호는 여느 때처럼 옥동윤 씨와 잡담을 나누고 있었다. 해박한 지식과 깊은 지혜를 가지고 있는 옥동윤 씨는 전호에게 있어선 최고의 스승이었다. 전호는 옥동윤 씨로부터 웁살라 엘리트에 관한 얘기를 흥미있게 듣고 있었다.

웁살라 엘리트란 웁살라 대학의 몇몇 교수들로 구성된 클럽이다. 그리고 이 대학이 스트린드 베리의 모교이기도 하다는 점에 더욱 흥미가 있어 웁살라 대학의 세계의 다른 대학과의 비교론을 여러 가지 각도에 걸쳐 얘기를 주고받고 있는 참인데 전호에게 전화가 왔다.

"저 최성애예요." 하는 수화기 속의 소리를 듣자 전호는 반가움을 억제할 수가 없었다.

"안녕하십니까? 전번엔 실례가 많았습니다. 그런데……."

"그런데 무슨 용무로 전화를 걸었느냐는 말씀이죠?"

"아닙니다. 그저 반가울 뿐입니다."

"저도 그저 전화를 걸어 본 것뿐예요. 하두 심심하고 해서……."

전호는 심심하거든 놀러 나오라는 말을 하고 싶었으나 그 말을 삼키고 "저도 몇 번 전화를 걸까 하다가 실례가 되지 않을까 해서 그만뒀습니다" 했다.

"실례가 될 것을 제가 전화번호까지 가르쳐 드리겠어요?" 하며 고요한 웃음소리가 뒤따랐다. 그 웃음소리엔 향긋한 향내가 묻어 있는 듯싶었다.

"지금 뭣하십니까?"

전호는 할 말에 궁해 이렇게 물었다.

"책을 보다가 지쳤어요."

"무슨 책을 보십니까?"

"만화책."

"만화책?"

"그래요. 요즘 책들은 모두 만화로밖엔 보이지 않아요."

"하두 정도가 높으시니까 그렇겠죠."

"비꼴 줄 아시네요."

"천만의 말씀입니다."

한동안 말이 끊어지고 한숨짓는 소리 같은 것이 들려오더니 "전 선생 『창백한 말』이란 책 읽으신 적이 있어요?" 했다.

"없습니다. 『창백한 말』이란 뭡니까?"

"소설이에요. 테러리스트 로푸신이 쓴 소설이죠. 퍽 재미가 있어요."

"그걸 빌려 볼 수 없을까요?"

"빌려 드리죠. 너무 깐깐한 훈장님은 그런 책을 읽어 두실 필요가 있어요."

"그럼 지금이라도 그 책 가지러 갈까요?"

"그래도 좋지만 언제든 이곳으로 오실 기회가 있거든 그때 가지고 가시죠."

"기회는 만들어야죠. 오늘 형산 선생을 뵈오러 갈 겸 한 시간쯤 후에 가겠습니다. 곧 퇴근시간이니까요."

"그렇게 하세요. 그런데 형산 선생님의 손주딸 되시는 분에겐 적극적으로 성의를 다하고 계세요?"

"그 후 아직 연락을 못했습니다."

"거 안 돼요. 서두르셔야 해요. 전 여자니까요, 여자의 위기를 알 수 있어요. 지금이라도 전화를 하세요."

"……."

"꼭 전화를 하세요. 그리고 그 결과를 나중 제게 오셨을 때 말씀해 주셔야 해요."

"그렇게 하죠" 하고 전호는 답했다.

"상당히 전화가 길던데 누구야?"

자리에 돌아와 앉은 전호에게 옥동윤 씨가 물었다.

전호는 대강의 설명을 했다. 그런데 얘기 가운데 '최규복'이란 이름이 나오자 옥동윤은 놀랐다.

"최규복의 누나라구?"

"선생님이 아시는 분입니까?"

"최규복 군을 잘 알지. 고등학교 때 내가 가르친 학생이야."

"그래요?"

이번에 전호가 놀랐다.

옥동윤에게 떠오르는 회상이 있는 모양이었다. 눈을 멀게 뜨고 뭔가를 생각하고 있는 듯하더니 "참으로 우수한 학생이었어" 하며 감개무량한 어조로 말했다. 그리고 이어 최규복의 사람됨과 공부하는 태도에 관한 얘기를 했다.

"그의 누나, 그러니까 성애라고 했다지? 지금 나이는 서른인가, 스물아홉인가 될 건데. 그렇지?"

"그보다도 젊어보였지만 최규복 씨가 저보다 한 살 위라니까 서른은 되지 않겠어요?"

"나도 한 번 그 여인을 본 적이 있는 것 같애, 규복 군의 집에서 아주 총명하게 생긴 여인이지?"

"그렇습니다."

"규복이가 죽고 난 뒤 그 집이 말이 아니었던 모양야. 아버지도 뒤이어 죽고 재산을 관리할 필요도 있고 해서 어떤 실업가와 결혼했다는 얘기는 들었는데."

"그런데 그 가정생활이 행복하진 못한 모양이었어요."

"왜 그럴까. 그만한 여자라면 웬만한 환경쯤은 극복해 나갈 수 있는 슬기를 가졌을 텐데."

전호는 최성애를 두 번째 만났는데도 도무지 남 같은 생각이 들지 않는데 그게 이상하다는 말을 옥동윤에게 했다.

"그럴 테지. 사람이란 백 번을 만나도 아무런 의미를 만들지 못하는 사이가 있고 한 번을 만났어도 평생 잊을 수 없는 의미를 만들어내는 수가 있거든."

이렇게 말하고 옥동윤은 "그러나 전 군, 조심해야 되네. 그 분이 지금 불행하다니까 간혹 만나서 위로하는 것은 좋지만 그 정도를 넘어 빠져 들어가면 큰일 나네."

"성애라는 분은 절도를 잃을 분 같진 않던데요. 그리고 제 성격은 선생님이 잘 아시지 않습니까?"

"그렇겠지. 그러나 둘이 다 차분한 성격이니까 걱정이란 말이다. 차분하다고 해서 정열이 없는 것은 아니거든. 그런데 그것이 타오르게 되면 차분하고 진지한 성격일수록 맹렬하거든. 무쇠는 타기 힘들지만 일단 달아오르기만 하면 굉장한 열도를 갖게 되지 않아."

전호는 성애가 자기더러 윤숙에게 대해 보다 적극적으로 행동하라고 하더란 얘기를 했다.

"그건 나도 동감이야. 윤숙이 뭐라고 하든 말든, 반응이 있건 말건 전 군은 성의를 다해야 해. 윤숙에겐 지금이 아주 중요한 때가 아닌가?"

전호는 빌려주겠다는 책을 가지러 갈 겸 형산을 만나기도 해야겠다면서 자리에서 일어섰다. 직원실을 걸어 나가는 전호의 뒷모습을 보며 옥동윤이 마음속에서 중얼거렸다.

'바람을 실어 폭풍우를 거둔다는 말이 있지. 지금 전호는 바람을 심고 있는 것이 아닐는지.'

초인종은 '길종호'란 문패 곁에 달려 있었다. 전호는 길종호란 이름을 머리에 새겨 넣으면서 초인종을 눌렀다. 나타난 사람은 최성애였다. 다갈색 울 원피스를 입은 최성애는 한복차림이었을 때와는 전연 딴판의 인상이었다.

"제 서재로 가시지요."

성애는 응접실을 그냥 지나쳐 버리고 이층으로 전호를 안내했다. 열간 남짓한 방에 실히 2, 3천 권은 되리라고 짐작되는 책들이 정면의 넓은 창 부분을 제외하고 3면의 벽을 꽉 채우고 있었다.

"대단한 장서가인데요" 하며 전호는 두리번거리고 자리에 앉았다. 영어로 된 책이 압도적으로 많고 독일어 책 불란서어 책도 눈에 띄었다.

"대부분 규복의 책이에요."

서가에서 눈을 떼지 않는 전호를 보고 성애는 말했다. 전호는 이러한 외국 책을 소화할 수 있는 어학력이 성애에게 있는 것일까 하는 생각을 해봤다.

"매일처럼 책만 읽고 계시는 겁니까?"

"그게 제 생활인 걸요."

"이만한 책을 가졌으면 대학 교수라도 할 수 있을 텐데."

"대학 교수가 어디 그렇게 쉬운 건가요. 게다가" 하고…… 말꼬리를 흐렸다.

"그럼 뭣을 쓰시든지 해도 되잖을까요?"

"뭣을 쓰겠어요?"

"소설이라든지 평론이라든지 수필이라든지."

"쓰는 것보다는 읽는 편이 좋아요. 제겐 글을 쓸 소질도 없구요" 하며 웃었다.

"소질이란 게" 하고 전호가 말을 꺼내려고 하자 성애는 서가에서 한 권의 책을 뽑아 전호에게 건넸다. 불란서어로 된 책이었다.

"그게 로푸신의 『창백한 말』이에요."

전호는 그 책을 뒤져 커버 뒤에 씌어진 최규복이란 서명을 봤다.

'대학 1학년 때 최규복이란 사람은 벌써 이런 책을 읽고 있었단 말인가.'

전호는 일종의 열등의식 같은 것을 느끼면서 그 책을 탁자 위에 성애 쪽으로 밀어 놓았다.

"불행하게도 전 불란서어를 모릅니다."

성애의 얼굴에 당혹하는 것 같은 빛이 돌았다. 얼핏 잘못 생각하면 공연히 현학취(衒學臭)를 내뿜는 노릇이었던 것이다. 전호는 선뜻 묘안(妙案)을 얻었다.

"그게 그렇게 좋은 책이면 여가가 나는 대로 제게 번역을 해주실 수 없겠습니까? 그 대가로 저는 내일부터라도 불란서어를 배우도록 하겠습니다."

"한번 해볼까요? 제 번역은 서투르겠지만."

성애의 얼굴에 생기가 도는 것 같았다.

"전 선생 같은 분에겐 꼭 이 책을 권하고 싶어요."

"감사합니다. 번역을 해주시면 경건한 마음으로 읽겠습니다."

성애와 전호 사이엔 긴 교통의 수단이 성립된 셈이었다. 한꺼번에 다할 수는 없으니까 조금씩조금씩 번역이 되는 대로 전호는 읽기로 한 것이다.

"그런데 미스 민과는 연락이 되었나요?"

아직 연락이 안 되었다고 대답한 전호는 왜 윤숙에게 그처럼 관심을 갖느냐고 물었다.

"같이 만나고 싶어서 그래요. 저와 전 선생과 그분과 같이 만나고 싶어요."

'성애는 왜 자꾸만 윤숙에게 관심을 갖는 것일까.'

급속도로 접근해 오는 남자의 태도를 제한하자면 남자의 약혼녀 또는 애인을 알아 두는 것이 무방할는지 몰랐다. 그리고 전호도 윤숙을 성애에게 소개하고 싶은 마음을 은근히 가졌다.

'모든 면이 대조적인 두 여인의 교제는 그만한 보람은 있을 것이다.'

전호는 돌아오는 토요일 오후쯤을 정해서 윤숙을 소개하기로 했다.

전호는『창백한 말』을 번역해달라는 말을 되풀이하고 자기도 불란서어를 배우겠다는 뜻을 밝혔다.

"성애 씨는 아무래도 소설이나 각본을 쓰시는 것이 좋을 거야."

"그게 그렇게 쉽게 될 일도 아니구……." 하면서 성애는 전축을 걸었다. 모짜르트의 협주곡이었다.

전호는 이 조그만한 방에 책과 음악을 채워 놓고 그날그날을 보내는 성애에게 일종의 신비감을 느꼈다.

형산 선생의 집에 가서 전호는 성애란 여인에 관한 얘기를 했다. 『창백한 말』 얘기를 했더니 형산은 깜짝 놀랐다.

"그건 아나키즘 문학의 걸작이다. 그런 것을 어찌 젊은 여자가……."

"그러니까 이상하다는 게지요."

"그러나 전호 군 여자와의 교제에 있어서는 각별히 조심해야 되네. 더욱이 성애 씨라나? 그런 아가씨와의 교제는 불가근불가원(不可近不可遠)이라 해."

"윤숙일 만나고 싶어하더면요."

"그거 좋은 일이구먼. 아무쪼록 소개해서 부덕(婦德)을 배우도록 해주게나."

전호는 부덕이라고 하는 말을 듣고 웃었다.

성애의 몸가짐이 찬찬하고 청초(淸楚)한 데가 없진 않아도 부덕과는 아득히 먼 곳에 있는 여인이었다.

"그런데 아나키즘이란 것이 지금도 설득력을 가지고 있는 겁니까?"하고 전호가 물었다.

"설득력이 있는 사람에겐 설득력이 있겠지. 그런데 지금의 아나키즘은 행동의 이론이기보다 관조(觀照)의 이론이 아닐까. 세계의 가치를 아나키하다고 보는 인식 말야."

"그렇다면 공산주의와 아나키즘은 왜 그렇게 불구대천의 원수처럼 대립하고 있는 겁니까?"

"공산주의는 경화된 속박의 사상이고 아나키즘은 유연한 자유의 사상이니까 그렇겠지."

"선생님은 아직도 아나키즘을 신봉하고 계십니까?"

"신봉이 또 뭐야. 어떤 사람에게도 약간의 허무주의(虛無主義) 경향은 있는 것이 아닌가. 그 정도로 내게 아나키즘이 배어 있을지 모르지."

"허무주의!"

전호는 혼자 중얼거려 보았다.

"인생의 끝이 가까워지면 다소간 모두 허무주의자가 되지. 이게 사람의 멋을 만들어 내는 것이 아닐까 해. 단풍이 들 듯이 인생이 물든다는 어떤 시인의 말을 기억하고 있지. 그 단풍이 바로 허무주의가 아닐까?"

형산은 전호가 열을 올려 말하는 성애란 여자에게 호기심을 가지면서도 성애의 출현으로 인해서 윤숙과 전호는 영영 남이 될 것 같은 예감을 가졌다.

일세의 혁명가도 나이에는 당하지 못한다. 형산은 비애가 서린 눈으로써 전호를 바라봤다. 손주와도 꼭같이 소중한 전호였다.

형산 선생에게서 윤숙의 직장과 아파트, 그리고 전화번호를 알아냈다. 전화번호를 가르쳐 주면서 형산은 전호더러 "너도 무던한 사람이야" 하고 웃었다.

"뭐가 무던합니까?"

"윤숙의 직장도 전화번호도 모르고 지나왔으니 말이네."

"전 가르쳐 주지 않는 전화번호는 알지 않기로 하고 있습니다."

"그런데 이번엔 왜 알려고 하는 거지?"

"남에게서 부탁을 받은 일이니까 할 수 없죠. 연락을 해보겠다고 약속을 했으니까요."

전호는 형산 선생과 같이 저녁식사를 하고 여러 가지 얘기를 주고받다가 일어섰다. 돌아갈 시간이 된 것이다. 전호는 그럴 때마다 느끼는 느낌을 또 느꼈다.

—— 나는 형산 선생과 같이 있어야 한다. 내일이라도 집을 꾸려 가지고 와버릴까?

그러나 전호는 성애의 얘기를 한창 신이 나게 한 직후 그런 말을 하면 형산이 혹시 어떻게 생각할까 하는 두려움이 있었기 때문에 그 제안은 후일로 미루기로 했다.

그 이튿날 오후 두 시쯤 되어 전호는 윤숙에게 전화를 걸었다. 상냥한 교환수의 소리가 울려왔다.

"총무부 부탁합니다."

"고맙습니다."

이 교환수들이 두고 쓰는 '고맙습니다'란 말은 어떻게 된 것일까 하고 생각하는 찰나 "총무붑니다" 하는 젊은 남자 소리로 바뀌었다.

"거기 민윤숙 씨 계십니까?"

"계시기는 한데 지금은 계시지 않습니다."

"곧 돌아오시지 않을까요?"

"글쎄요. 골프장에 나갔으면 오늘은 들어오지 않을 게고, 잘 모르겠습니다."

"만일 들어오면 전호라는 사람에게서 전화가 왔더라고 꼭 좀 말씀해 주십시오. 다섯 시까지 학교에 있겠다고 하더라구요."

"예, 알았습니다."

전화는 박절하게 끊어졌다. 그런데 그 뒷맛이 좋지 못했다. 총무부에 있다는 젊은 남자의 목소리는 마음속에 경멸심을 가꾸고 있는 사람의 말소리임에 틀림없었다.

"골프장에 나갔으면……" 하고 이어진 말엔 더욱 그랬다.

'윤숙이 그처럼 동료들 사이에 신망을 잃고 있단 말인가. 아까 그 남자만이 그렇단 말인가.'

전화로 풍겨온 냄새로썬 윤숙의 직장생활이 결코 행복한 것이 못

된다고 느낀 전호는 다시 윤숙의 회사에 전화를 걸었다.

"사장 비서실 부탁합니다."

"고맙습니다."

'아까와 꼭 같은 사람의 말소리.'

"사장 비서실입니다" 하는 다른 여자의 목소리로 바뀌었다.

"민윤숙 씨는 총무부에 계십니다."

"거길 걸어 보니 안 계셔서 비서실로 걸어 보는 겁니다."

"아무튼 여긴 안 계신데요."

"어딜 가셨는지 대강 짐작이 가지 않습니까?"

"제가 어떻게 그런 걸 알아요?" 하며 전화를 찰싹 끊었다.

윤숙이 직장에서 환영받고 있는 처지가 아니라는 것은 확실했다.

윤숙이 직장에서 환영받지 못하는 존재가 된 것은 윌슨의 회사 관계로 1천만 원을 윤숙이 받았다는 사실이 사내에 알려지면서부터였다.

사실 양 사장은 그 계획을 빨리 추진시키고 싶었고 그러자면 누가 사이에 들어도 그만한 액수의 커미션은 들 것이라고 생각하곤 윤숙과 약속한 바람에 약속을 어길 수 없어 한 노릇에 불과했지만 다른 사원들의 해석은 달랐다.

외부 인사 같으면 커미션을 먹어도 좋다. 그러나 그 회사에 근무하고 있으면서 커미션을 받는다는 것은 너무 뻔뻔스러운 일이며, 그러니 그 돈은 순수한 의미만 있는 것이 아니고 윤숙에 대한 사장의 은밀한 제스처가 그렇게 나타났다는 것이다.

'그럴 바에야 첩으로 들어앉힐 일이지 뭣 땜에 회사에 나오게 하느냐 말이다.'

이런 험담들이 돌기도 했으나 사장과 윤숙의 귀에까진 이르지 않았다.

그랬는데 사건은 윤숙이 H동에 큰 집을 산 바람에 확대되었다. 누가 보아도 그 집은 1천만 원짜리 집이 아니었다. 적어도 2, 3천만 원짜리의 집은 되었다. 사실은 J모란 사장이 자기 나름대로의 꿍꿍속을 가지고 산 것인데 회사의 직원들은 모두 양 사장이 돈 1천만 원을 준 위에 집까지 사준 것으로 생각했다.

게다가 여름의 바캉스, 추석, 명절 등 기회에 회사는 직원들에게 업태가 부진하다는 이유로 보너스를 제대로 주지 못했다.

'민윤숙에게 준 십 분의 일의 금액만 가지고서도 전 사원을 흡족하게 할 수 있었을 텐데' 하는 불평이 일면 '그게 자본주의 아닌가' 하며 더욱 독살스럽게 부채질하는 사람도 있어 회사 안엔 창피스러운 유언비어가 날아다녔다.

이런 사태를 본 총무이사가 윤숙을 사원들의 시야에서 조금이라도 멀리 하려고 꾸민 계획이 윤숙에게 골프를 배우게 하여 외국 손님이 왔을 때 파트너로서 내보내면 어떻겠느냐는 것이었다.

사장은 쾌히 응했고 윤숙으로서도 대환영이었다. 그래 윤숙은 매일 아침 출근부에 도장만 찍어 놓곤 골프 연습장으로 가게 되었다.

미인에 대한 관심은 어느 사회에서도 마찬가지다. 윤숙이 인도어에 나타나자 자청타청(自請他請)의 선생들이 몰려와서 열심히 지도했다. 사지(四肢)가 발달되어 있는 그만큼 미인에겐 운동 신경도 발달되어 있다. 인도어 두 달 만에 필드에 나가 핸디 36이었다니 그 진보는 참으로 놀랄 만했다.

이것이 또 풍문이 되어 회사 안을 시끄럽게 했다.

'그렇게 차별 대우를 하려거든 어떤 별격 직위를 만들든지 그렇지 못할 바엔 그만두고 집에 쉬어 있게 하고 사장이나 중역들이 필요할 때 불러내면 될 게 아니냐.'

이것은 남자 직원의 의견을 대변한 것이고, '갈보년 같은 것하고 같이 있다간 우리도 갈보 취급받기 마련 아냐? 갈보 노릇을 하려면 남모르게 조심스럽게 할 일이지 외고 펴고 해' 하는 구체적 배척론에까지 발전하고 있었다.

전호가 윤숙의 회사에 전화를 한 것은 윤숙을 둘러싼 회사의 공기가 이처럼 되어 있을 무렵이었다.

밤에 아파트로 전화를 했으나 통하지 않았다. 그 이튿날 다시 회사로 전화를 했다. 총무부에서 받았으나 사람은 달랐다. 그러나 퉁명스러운 말투는 매양 한가지였다. 그래 "어젯밤 아파트에 전화를 했더니 통하지 않았는데 어디 이사나 하지 않았느냐"고 했더니 "궁전을 가진 사람이 아파트에서 살겠어요?" 한다.

"궁전이 뭡니까?"

"아주 큰, 굉장한 집 말이죠."

"이사 간 집의 전화번호를 혹시 아시거든?"

"모릅니다. 천민이 궁전 전화는 알아 무엇 하게요."

전호는 치밀어오르는 화를 참고 "여보세요, 전 미스 민의 할아버지 되시는 분의 부탁을 받고 전화를 거는 사람입니다. 조금 귀찮으시더라도 연락할 방법을 가르쳐 주실 수 없겠습니까?" 하고 정중한 말투로 부탁했다.

할아버지 얘기가 나타난 탓인지 상대방의 말소리에서 일종 건방진 느낌은 빠진 듯했으나 여전히 "알 수 없는데요" 하는 대답이었다.

"오늘 출근은 안 했습니까?"

"했는지 안 했는지도 모르겠습니다."

"민윤숙 씨가 현재 그 회사의 사원인 것만은 틀림없지요?"

"그건 그렇습니다."

"실례했습니다."

전호는 전화를 끊었다.

아무래도 무슨 사고가 생긴 것 같았다. 전호는 안절부절 못하며 오전 중을 보내고 점심시간에 옥동윤 선생에게 대략 사정을 설명했더니 옥 선생도 "거 이상한데" 하면서 "가만있거라, 그 회사가 뭐하는 회사였지" 하고 물었다.

"육성산업 아니 육성상사라고 했는데."

"육성상사, 거기 아는 사람이 없을까?" 하고, 중얼거리더니 옥동윤은 은행에 있는 자기의 제자를 전화로 불렀다.

"자네 동기라도 좋고 선배라도 좋고, 후배라도 좋은데 육성상사란 회사 안에 내가 아는 사람이 없을까?"

이와 같은 옥동윤의 말이 끝나자 저편에서 무슨 대답이 있는 모양이었다. 옥동윤은 메모를 하더니 수화기를 놓았다.

"육성상사라면 지금 대한민국에서 2류의 재벌 축엔 드는 회사라네. 이 학교 졸업생도 둘인가 있구먼. 나중에 전화를 해두었다가 방과 후에 만나도록 하지."

일단 그렇게 작정을 해놓고 보니 약간 마음의 평정을 얻기는 했지만 골프니 궁전이니 하는 등등의 말뜻이 구체적으로 어떤 것을 뜻하는 것인지 궁금하기 짝이 없었다.

그날 오후 전호의 수업은 문과 수학반(文科 數學班)의 수업이었다. 전호의 학교에서는 2학년부터 상급 학교 지망 별에 따라 문과(文科) 이과(理科)를 편의적으로 나누고 있었다. 문과 수학반이란 입학시험에 수학이 없는 학교를 택한 학생들에게 수학을 가르치는 학급이었다.

수학을 모르는 것을 장기처럼 여기고 싫어하는 것을 자랑처럼 여기고 있는 학생들이기에 그 미망(迷妄)을 부수고 싶은 전호에겐 월등 힘겨운 학급이었다.

다른 학급에선 전호는 수학 문제 자체에 몰두하면 되었다. 푸는 방법이 몇 가지가 되는가. 그 가운데 대표적인 것이 뭣인가. 왜 그것이 대표적인 것이 되는가를 설명하고 나면 다음은 수속만 남는다. 이렇게 해서 한 시간이 쏜살처럼 지나가 버린다. 그런데 문과 수학반에선 언제나 수학 자체가 되풀이해서 문제가 된다. 어느 때는 수학 문제엔 손 한번 대지 않고 다음과 같은 문답으로써 송두리째 시간을 지내 버리는 수도 있다.

"대재벌 L모 씨는 수학의 실력이 있어서 그 많은 돈을 번 겁니까?"

아찔한 질문이다. 돈만 벌면 그만이라는 마음을 가지고 있음직한 그 학생은 한국 최대의 부호가 수학을 모르는 사람이었으면 하는 것이 커다란 기대일는지 몰랐다. 그러니 농담을 가장한 이런 물음도 감수성이 강한 연배에 대해선 농담으로 받아들일 성질의 것이 못된다. 학생의 질문은 농담일지라도 교사로서의 전호의 대답은 언제나 성실한 대답이라야만 했다. 그러니까 답은 "수학 실력 여하는 모르지만 수학적인 능력만은 월등하겠지. 그런데 수학적 능력이란 수학을 공부하지 않곤 얻어질 수 없는 거다. 과학을 배우지 않고 과학적 방법을 어디서 얻느냐 하는 문제와 꼭 같다."

"톨스토이는 소설은 잘 써도 수학은 형편없었지 않았을까요. 그 전기를 읽으니까 카잔 대학에서 낙제를 했던데요."

"카잔 대학에서의 낙제는 수학 때문이 아니다. 톨스토이는 기하학의 천재였다. 기하학의 천재였기 때문에『전쟁과 평화』니『안나카레니나』니 하는 깊고도 균형이 꽉 짜인 작품을 쓸 수 있었던 거야."

"도스토예프스키는 수학이 형편이 없었겠죠."

"도스토예프스키는 공병 학교(工兵 學校)를 나온 사관(士官)이었어. 공병 학교는 지금도 그렇겠지만 당시의 러시아에선 수학을 가장 철저하게 가르친 학교란 말이다. 그 학교를 무난히 졸업했어. 게다가 세계적인 여류 수학자 소냐 코바레브스카야와 맘이 맞아 한때나마 사랑한 사이가 되었던 사람이지. 그런 사람이 수학을 못했다고?"

"체홉은 수학을 못했겠죠?"

"체홉은 의과대학을 나온 의사야. 기초 수학도 하기 싫어 팽개쳐 버리는 너희들과는 달라."

"불란서의 작가들 가운덴 수학을 모르는 사람이 썩 많은가 보던데요."

"불란서에선 대학을 가자면 바칼로레아란 자격시험에 합격해야 하는데 이 시험의 수학 문제가 그처럼 호락호락한 게 아니야."

"선생님 말 들으니 수학을 못하면 어느 부문에서도 성공하지 못하겠구면요."

"수학을 몰라도 성공할 수 있는 부분이 있기야 있지. 강도로서의 성공, 협잡꾼으로서의 성공……."

"야아 엉터리다."

"엉터리라도 좋고 엉터리 아니라도 좋다. 다만 내가 부탁하는 건 수학을 할 줄 모르는 것을 최소한도 부끄럽게만 생각해 줘. 수학을 모르는 것을 무슨 장기처럼, 무슨 자랑처럼 생각하지 말란 말이다.

코가 없는 사내가 내겐 코가 없으니까 좋다 하는 식으로 떠드는 거나 조금도 다름없는 노릇이니까 말이다."

그러니 오늘과 같은 심정의 전호에겐 정말 피하고 싶은 학급이었다.

그러나 한편 전호는 그 학급이 자기에게 소중한 학급이란 것도 이론상으론 알고 있었다. 언제나 엉뚱한, 말하자면 수학 이전(數學以前), 또는 수학 이후(數學以後)의 문제가 튀어나오는 바람에 전호는 그 학급을 통해서 수학과 인생과의 문제, 수학과 딴 학문과의 문제를 생각하게 되는 것인데 그것이 또한 교사로서의 전호를 키우는 활력소(活力素)가 되기도 하는 것이다.

하지만 교사도 결국 감정의 동물이고 보면 자기가 맡은 학문을 좋아하고 이에 성의를 다하는 학생에겐 친애감을 느끼고 그렇지 않은 학생에게선 무시당하는 것 같은 어색함을 느껴 거리낌 없는 교통이 잘 안 되는 수가 많았다. 그래 그 학급에 들어갈 땐 되도록 침착하게 만사를 조심하는 것이었는데 전호는 시간이 되어 그 학급에 들어가자 어떤 학생이 수학 교과서 대신 영어 단어장을 펴놓은 채 그냥 버티고 있는 것을 봤다.

전호는 강의를 시작했으나 신경이 자꾸만 그리로 쏠려 말이 제대로 나오지 않고 더듬더듬하게 되었다.

'무시해 버리자'고 마음속에 다짐했으나 불쾌감은 찌꺼기처럼 남았다. 그런 상태론 수업을 계속할 수가 없었다.

전호는 영어 단어장을 펴놓은 학생을 보고 "수학 시간엔 수학책을 내놔야지" 하고 되도록 부드럽게 말했다. 그래도 그 학생은 들은 체도 않고 단어장에 몰두하고 있었다.

"그 단어장 치울 수 없나?"

전호는 저도 모르게 거칠게 말했다. 그제서야 고개를 든 학생은 "아무런 흥미도 없는 수학 강의를 억지로 듣고 있는 것보다 하고 싶은 공부를 하는 것이 훨씬 낫지 않겠습니까?" 하고 입을 삐죽했다.

"흥미가 없는 것을 억지로라도 하는 것이 공부다."

"억지 공부는 해서 어디다 쓰겠어요."

"이 교실은 공동의 교실이다. 남이 공부하는 분위기만은 깨뜨리지 말아야 할 게 아니냐."

"누가 고함을 지릅니까, 무슨 방해를 합니까?"

"모두 수학책을 꺼내 놓고 있는데 자네 혼자만 엉뚱한 것을 꺼내 놓고 있으니 그게 내 눈에 거슬린단 말이다."

"안 보시면 될 거 아닙니까?"

"눈에 띄는 것을 어떻게 안 보고 견디나."

"선생님은 수양이 돼 있어서 그 정도쯤의 도술은 있을 것으로 알았는데요."

"누가 너 농담 듣자는 거야. 빨리 그걸 치워 버려!"

"못 치우겠습니다."

"못 치우겠다?"

전호는 교단에서 내려섰다. 그리고 그 학생 곁으로 가서 그 단어장을 집어들려고 하자 학생은 단어장을 꼭 쥔 채 놓지 않았다.

"우리말로 된 수학책은 흥미가 없어요. 전 영어를 빨리 배워 가지고 영어책을 통해서 수학공부 할 겁니다."

교실 안에서 "와" 하고 웃음이 터졌다.

전호는 저도 모르게 흥분해 버렸다. 그 학생의 가슴패기를 밀고 그 팔을 비틀어 억지로 단어장을 뺏어 버렸다. 수업은 엉망이 되었다.

'내가 지나쳤구나' 하고 생각했을 때는 이미 늦었다. 전호는 분에 겨워 고함을 질렀다.

교실에서 파리한 얼굴을 하고 전호가 돌아왔다. 옥동윤은 교실에서 무슨 일이 있었구나 하고 곧 짐작했다.

백묵통을 던져 버리듯이 놓고 맥없이 앉아 있는 곁으로 옥동윤이 걸어갔다.

"무슨 일이 있었구나? 전 선생!"

"별일 없었어요. 문과 수학반에 갔다오는 길입니다."

옥동윤은 빙그레 웃었다. 전호가 문과 수학반에만 갔다 나오면 언제나 기분이 나빠지는 것을 옥동윤이 알고 있었기 때문이다.

"그래 오늘은 어떤 일이 있었어?"

전호는 교실 안에서 일어났던 일을 대강 설명했다.

"그러니까 그처럼 기를 쓰지 말란 말이다. 말을 강가에 끌고 갈 수는 있어도 억지로 물을 먹이진 못한다고 하는 말이 있잖나."

"누가 물을 먹이려고 했습니까. 강가에나마 끌고 가려고 한 거죠."

"교실 안에서 딴 책을 읽고 있어도 내버려 둬요?"

"여하간 내버려 둬, 내버려 둬."

"최소한도의 룰[規則]은 지키도록 해야지."

"바로 그거란 말입니다. 그런데도……."

전호는 아직 흥분이 가라앉지 않고 있었다.

"교육이란 시간이 오래 걸리는 고역이다. 병신 아이 트집 잡는 꼴이라고 봐 넘겨야지 별수가 있나. 이담부턴 그런 학생은 전연 무시해 버려. 상대를 하니까 으쓱하는 거다. 철저히 무시해 버리면 나중엔 저편에서 조바심을 내게 돼 있어."

옥동윤 씨의 말은 그럴 듯했다.

'그렇다. 앞으로 철저하게 그놈들을 무시할 참이다.'

이렇게 생각하면서 전호가 물었다.

"입학시험에 수학이 없는 곳을 골라 가겠다는 놈들에게 굳이 수학을 가르쳐서 뭣하자는 걸까요."

"글쎄. 이유야 있겠지. 교양의 기본으로서 필요하다는……보다도 그런 놈 가운데도 그만한 정도의 수학은 해야겠다고 노력하는 놈이 있잖아. 그 애들을 위해서라도 해야 할 수밖에 없지."

"지원제로 하면 어떨까요?"

"고등학교 시절엔 아무래도 강제력이 필요하거든."

"아무리 생각해도 무슨 보람이 있을 것 같지 않아요. 공연한 시간 낭비지."

"어때 전 선생, 문과 수학반에선 수식(數式)을 쓰지 말고 하면. 그 애들에겐 수식이 난물이거든. 수식이 없는 수학 수업을 해 보는 거야. 전 선생에게도 공부가 될 걸. 이를 테면 수학사(數學史) 가운데 재미나는 얘기를 골라 한다든지, 하나의 정리(定理)가 만들어지는 과정을 설명한다든지. 수학이란 것의 기초적인 개념만 주어도 하나의 성공이 아닐까?"

전호는 옥동윤 선생의 말을 들으며 연구해 봐야 할 문제라는 흥미를 가졌다. 전호의 얼굴에 약간의 생색이 돌았다.

"그럼 우리 슬슬 나가 보지. 육성상사의 무슨 과장이라나? 김호길이란 사람이 있대. 다섯 시 반에 C호텔 커피숍에서 만나기로 했으니까."

옥동윤 씨의 이 말을 듣고 전호는 민윤숙의 일을 생각했다. 윤숙의 동정을 알기 위해 그날 오후 윤숙의 회사 주변에 가보기로 한 것이었다. 전호는 일어섰다.

"그렇게 하죠."

"시골 훈장 도심에 나가는데 오늘은 택시를 한번 타볼까?" 하며 옥동윤이 마침 공차로 내려오는 택시를 잡았다. 옥동윤이 먼저 타고 전호가 뒤따랐다.

거리엔 가로수의 낙엽이 행인들의 발밑에 잡힐 정도로 흐트러져 있었다.

'벌써 겨울이다!' 하는 감회와 함께 전호는 육성상사의 김호길이란 사람을 만난다고 하지만 어떤 얘기를 해야 할지 막연했다. 그래, "김호길이란 사람을 만나 뭐라죠?" 하고 전호는 옥동윤에게 걱정하는 말투를 던졌다.

"글쎄, 나도 그걸 생각하고 있어. 내가 가르친 제자라니까, 지나치게 신경을 쓸 것까지는 없겠지만 조금 어색하긴 해. 윤숙일 두고 무슨 조사하는 형식으로 따지고 물을 수도 없고……."

옥동윤도 생각하는 빛이었다. 그러더니 한참 있다가 옥동윤이 이렇게 말했다.

"회사의 사정이나 슬슬 물어보다가 여자 사원들의 동태에 화제를 옮기고 그러다가 슬쩍 윤숙의 얘기를 물어보는 정도면 되겠지."

그러나 전호에겐 그런 정도도 꺼림했다. 공연히 사람의 뒷조사를 한다는 건 어떤 이유이건 좋지가 않았다. 그러다가 혹시 그 김호길이란 사람의 입에서 무슨 말이 튀어나올는지도 겁이 났다. 옥동윤 씨와는 모든 것을 터놓고 지도를 받고 있는 처지였지만 윤숙의 내막이 옥동윤 씨 앞에 알려진다는 것은 탐탁한 노릇이 아닐 것 같았다. 그렇다고 해서 옥동윤의 힘을 빌지 않고 어떻게 할 수도 없었다. 보다도 윤숙이 어떤 상황에 놓여 있는지가 우선 궁금했다.

C호텔의 커피숍에 도착한 것은 약속 시간보다 오 분쯤 빨랐다. 그러나 김호길이란 사람이 먼저 와 있었다. 옥동윤의 모습이 보이자 삼십사오 세 되어 보이는 건장한 체구의 신사가 자리에서 신호

를 했다.

"아아, 저 사람이었구먼."

옥동윤 씨는 그때사 김호길이란 제자를 알아본 모양이었다.

김호길은 "선생님 오래간만입니다" 하고 옥동윤에게 공손히 머리를 숙였다. 이어 옥동윤의 소개로 전호와 김호길은 첫 인사를 나눴다.

"전호 선생이다. 나와는 지금 동료지. 같은 고등학교에 있어. 이사람은 아까 말한 김호길 군. K고등학교에 있었을 적의 학생이구."

"전호입니다. 동료라고 말씀하셨습니다만 저는 옥 선생님께 지금 배우고 있는 사람입니다."

"전 김호길입니다" 하고 김호길은 명함을 내놓았다.

육성상사주식회사의 관리 과장이란 직함이었다. 전호는 교사로서의 생활을 5, 6년 남짓밖에 하지 않았는데도 다른 직장에 있는 사람을 만나면 이방인(異邦人)을 접하는 것 같은 느낌이 들었다.

"선생님은 아직 그대로……"

김호길의 이 말은 아직 그대로 평교사로 있느냐는 질문이었다.

"그래 아직 그대로 무관의 교사지" 하고 옥동윤 씨는 웃었다.

"고등학교를 졸업한 지가 십칠 년이 넘었어도 아직 선생님의 인상은 선명하게 남아 있습니다. 그런데도 종종 찾아뵙지 못하고 실례가 많았습니다."

"바쁜 세상에 일없이 사람 찾게 돼 있나. 자넨 출세를 한 모양이라서 반갑구먼."

옥동윤이 화제를 이끄는 대로 김호길은 육성상사의 사업 개요에서부터 한국 전반의 산업계에 이르기까지 차근차근 얘기를 엮어 나갔다. 전호는 달 세계의 이야기를 듣는 것처럼 신기로웠다.

"그런데 여자 사원들의 동향은 어때. 교육자적인 입장에서 물어보는 건데" 하고 옥동윤이 슬그머니 말을 꺼냈다.

"여자 사원들 말입니까?"

김호길은 말할 내용을 간추리는 듯하더니 다음과 같이 이었다.

"결론부터 말씀드리면 모두들 건실하고 착하죠. 우리 회사에 있는 여자 사원들은 모두 좋은 집안의 딸들이어서 그런지 놀랄 정도로 착실합니다. 그런 여성들을 보면 한국엔 장래가 있다는 생각도 듭니다."

"사내 녀석들은 거의 몹쓸 놈들인데 여자들만은 훌륭하게 되는 모양이구먼."

옥동윤이 한 마디 거들었다.

"그렇습니다. 남자보다 여자들이 착실한 것 같애요. 남자들은 회사가 끝나면 통술집이니 바니 비어홀이니 하는 델 대강 가는데 여직원들은 그렇지 않거든요. 친구들과 다방에서 커피 한 잔쯤 마시는 사람도 드물 정도니까요. 세상이 어떠니 뭐가 어떠니 해도 요즘 여자아이들은 건실합니다. 물론 우리 회사에 있는 아이들을 표준으로 말하는 겁니다만."

"연애 같은 건 안 하나?"

옥동윤이 엉뚱한 소릴 했다.

"왜 안 하겠습니까. 그런데 그 연애도 상당히 타산적으로 하는 것 같애요. 한 시대 전 사람들이 하는 연애하곤 상당히 달라진 것 같습니다."

"예를 들면?"

"옛날엔 당자끼리 좋으면 주위가 뭐라고 하든, 상대방의 가정이 어떻든 문제를 하지 않는 그런 경향이 안 있었습니까. 그런데 요즘 젊은 여자아이들은 자기의 마음에 든 성싶으면 먼저 상대방의 가정 조사부터 한다는 겁니다. 옛날엔 부모들이 집안을 챙겼는데 요즘은 부모들은 당자 하나만 좋으면 그만이란 생각을 할 수 있을 정도로 너그러워졌는데 본인들이 집안을 따지게 됐다는 재미있는 현상이란 말입니다."

"혹시 장남이나 아닌가 하고 조사해 보는 정도겠지 뭐. 요즘 계집애들은 시집살이를 싫어한다니까."

"그런 정도는 아닌 것 같애요."

"하여간 요즘 계집애들이 깔끔하고 인색하고 얌체인 것만은 틀림없는 것 같애. 그런 걸 두고 건실하다니, 착실하다니 할 수 있을까가 문제지."

"그렇지 않다니까요. 대부분의 젊은 여성은 의식이 확고합니다. 남자의 성격에 대한 판단도 빠르고 장래의 전망에 대한 견식도 있구요."

김호길이란 사람은 일단 자기의 주장을 내세워 놓으면 굽힐 줄을 모르는 사람 같았다. 옥동윤 씨의 그저 슬슬하는 반문에도 기를 쓰고 대항하는 것이 전호에겐 흥미가 있었다.

"앞으로 며느리를 구하려면 김 군 회사에 와서 김 군에게 부탁해야겠구먼."

"그렇게 하십시오. 훌륭한 신부감은 얼마라도 있으니까요."

김호길은 계속해서 요즘 여성들 특히 자기 회사에 있는 여자들에 관한 칭찬을 늘어놓았다.

그러한 김 씨에게 전호는 호감을 가졌다. 누구든 편잔하는 것보다 칭찬하고 있는 광경을 보는 것이 마음이 편한 것이다.

아무리 흥미가 있는 얘기라도 너무 오래 듣고 있으면 염증이 나는 법이다. 호길의 말이 지루하게 이어지는데도 윤숙의 얘기가 화제에 오르지 않자 옥동윤이 단도직입적으로 물었다.

"김 군 회사에 민윤숙이란 여자 사원이 있지?"

김호길은 동그랗게 눈동자를 굴렸다. 그리곤 되물었다.

"어떻게 민윤숙 씨를 아십니까?"

"알긴 뭘 알아. 유명한 독립투사 민형산의 손주딸이 김 군 회사에 있다는 풍문을 들었을 뿐이지."

그때야 납득이 갔는지 "민윤숙 씨란 분이 있습니다. 총무부에 있지요. 훌륭한 분입니다. 그런데 민윤숙 씨의 할아버지가 그처럼 훌륭한 독립투사입니까?"

"일반에겐 잘 알려져 있지 않을는진 모르지. 그러나 독립투사로선 보기 드문 지식인이야. 그리고 그 경력도 충실하고……."

"아아 그렇습니까?" 하며 새로운 정보를 들었다는 표정을 김호길은 했다.

"그런 분의 손주따님이기에 흥미를 가져 보았지."

옥동윤이 넌지시 이렇게 호길을 자극했다.

"대단하죠. 대단한 여성입니다. 영어를 썩 잘하구요."

"요새 세상에 영어를 썩 잘하는 것이 그렇게 대단한가?"

"아닙니다. 그뿐만이 아닙니다. 수단도 비상하죠" 하면서 김호길은 민윤숙 덕택으로 미국의 모 회사의 한국 대리점 이권을 자기네 회사가 맡을 수 있었다는 얘기를 상세하게 설명했다.

그러나 그 때문에 커미션을 1천만 원이나 주었다는 얘기는 하지 않았다.

"대단한 여자로군 그래."

옥동윤은 시침을 떼고 말했다.

"사장은 미스 민을 간부로 등용할 작정인가 봅니다. 그런데……."

"그런데?"

김호길은 미끄러져 나온 말을 수습할 수가 없었던지 "남자 동료 사원들이 그 때문에 시기를 하고 있는 모양입니다. 치사스럽게."

"시기를 해?"

"그런가 보죠. 젊은 여자가 자기들의 윗자리에 앉게 되니까 그럴 수도 있지 않겠습니까?"

"능력이 제일이지 별게 있나?"

"그렇죠. 남자가 여자들보다 너절하다는 얘기는 바로 그 얘깁니다."

"그래서 무슨 트러블이 있는 것 아닌가?"

"트러블이랄 것까지는 없지만 사장은 윤숙 씨더러 골프나 치고 놀라고 한 모양입니다."

"골프를?"

"외국에서나 손님이 오면 회사에서 접대할 땐 으레 골프를 치게 됩니다. 그때 미인이 접대 겸 골프의 파트너로 나가면 그만큼 생색이 나지 않겠습니까?"

전호는 저도 모르게 얼굴이 붉어오름을 느꼈다.

'그럴 수가 있나.'

옥동윤 씨도 그 이상 묻기를 삼갔다. 무슨 말이 뒤이어 나와 전호를 당혹하게 할까 두려웠던 것이다.

호길이 말했다.

"선생님을 오랜만에, 아니 평생 처음으로 식사에 초대하고 싶은데 어떻습니까?"

모처럼 은사를 저녁식사에 모시겠다는 청을 옥동윤이 거절할 수가 없었다. 자기는 빠졌으면 했지만 전호의 만류와 김호길의 강권을 그는 물리칠 수가 없었다.

세 사람은 다동 골목에 있는 한정식이란 간판이 붙어 있는 집을 찾아 들었다. 깔끔하게 꾸며진 한옥. 문 안으로 들어서자 대청마루로 한복 차림의 여자가 뛰어나와 반갑게 맞아들였다.

"김 과장님 이게 웬일이십니까" 하는 것을 보니 그 집은 김호길의 단골집인 모양이었다.

문지방엔 벽천추월(碧天秋月)이란 액자가 걸리고 한구석에 자개 농이 들어서고 아랫목에 보료가 깔려 있는 방으로 들어갔다.

"한정식집이라 써 붙였는데 이건 요릿집이 아냐" 하고 옥동윤이 어색한 표정을 지으며 권하는 대로 보료 위에 앉았다.

"낮엔 한정식, 밤엔 요릿집이 되는 거죠."

김호길이 이렇게 설명했다.

"난 요릿집이란 소리만 들어도 주눅이 드는데."

옥동윤의 솔직한 소리를 마담은 무슨 농담이라고 들은 모양으로 말했다.

"영감님도 참, 집이 누추하다고 비꼬시기예요?"

"비꼬다니. 당최 이런 데와는 인연이 없으니까."

옥동윤이 이렇게 두리번거리고 있는데 스물한두 살 쯤으로 되어 보이는 아가씨들이 주루루 몰려 들어왔다. 마담이 차례차례로 자리를 배정해 앉았다.

"인사하겠습니다" 하고 옥동윤의 곁에 앉은 덧니가 귀여운 아가

씨가 "저 천숙례라고 합니다" 하며 머리를 꾸벅 숙였다.

"전 김미숙입니다" 하고 김호길의 곁에 앉은 아이가 말했다. 얼굴 빛이 검은, 그러나 상냥한 아가씨였다.

"전 한영희예요."

전호 곁에 앉은 아이가 마지막으로 인사했다.

"모두들 초면인데 마담 어디서 또 이런 미인들을 수입했소?"

김호길이 그런 자리에 익숙한 태도로 이렇게 말하자 마담은 "글쎄 김 과장은 우리 집을 너무 괄시한다니까. 이 애들 온 진 벌써 한 달이 넘었어요. 그렇지?" 하고 아이들을 건너다봤다.

그렇다는 양으로 모두들 고개를 끄덕였다.

김호길은 마담에게 옥동윤을 소개했다. 고등학교 시절에 배운 은사님이라는 설명까지 붙였다. 이어 전호를 소개했다. 전호도 고등학교 선생이라고 하자 마담이 건성을 부렸다.

"저렇게 젊으신 고등학교 선생님이 있을까? 아직 아이 같은데 실렙니다만."

전호의 얼굴이 붉어졌다.

"젊어도 일류 교사라오."

옥동윤이 문득 말했다.

전호는 마담은 제쳐 놓고 그 자리에 모인 아가씨들을 무리 없는 자세로 차근차근 관찰했다.

'어떤 사람들을 부모로 한 어떠한 사람들일까?'

아직 어린 티가 가시지 않은 그들의 얼굴을 보며 전호는 엉뚱한 일들을 생각하고 있다.

취기가 오르자 김호길의 태도는 훨씬 대담해지고 말도 웅변이 되었다.

"선생님 앞에 이런 말 드려야 할지 송구스럽습니다만 요샌 병아리 잡아먹는 게 유행이랍니다."

"병아리라니, 영계백숙 말인가?"

옥동윤이 이렇게 반문하자 자리에 있던 아가씨들이 와글 하고 웃었다.

"선생님은 영계백숙의 뜻을 모르시는 모양입니다."

김호길이 웃음을 머금고 좌중의 아가씨들을 가리키면서 뇌까렸다.

"이런 것들 잡아먹는 취미를 두고 하는 말입니다."

그때야 옥동윤도 전호도 호길의 말뜻을 알아차렸다.

"선생님도 사회 상식 공부를 좀 하셔야겠습니다."

호길이 옥동윤을 보고 말했다.

"글쎄 공부를 해야 할 것이 어디 한두 가지겠나?"

옥동윤은 무안을 농담으로 얼버무렸다.

차차 취기가 더해간 김호길이 "넌 어디 산이고?" 하고 전호의 곁자리에 앉은 아이에게 제법 점잔을 빼며 물었다.

"충청도예요" 하자 "하하, 내 먼저 실례해유우 하는 구찌로구나"

하고 호길은 호방하게 웃곤 그 '내 먼저 실례해유' 한다는 뜻을 풀이하기 시작했다. 전호는 그 음담에 얼굴이 붉어졌지만 재미가 없는 바는 아니었다. 옥동윤 씨도 눈을 가느다랗게 뜨고 한참 웃었다.

이어 김호길은 "자녠 누구시더라" 하며 자기 곁에 있는 아이에게 물었다.

"강원도예요."

"강원도 감자바위, 뭐라더라 강원도 여자는 소금도 없이 감자를 먹는 기분이라뫼?"

호길이 이렇게 말하자 "싱겁다는 뜻이군요. 어디 한번 잡수어 보시지. 소금 없이 감자를 먹는 맛인지 아닌지 알게요."

가무잡잡하게 생긴 그 아가씨는 대단히 다부졌다. 호길도 지지 않았다.

"그런데 너는 강원도 같지 않은데. 얼굴빛이 말야."

"검다구요? 월남에 가서 점심 한 끼 먹고 왔더니 이렇게 됐어요."

"이것 여간 아닌데 좀 잘 봐 둬."

"오는 말이 고와야 가는 말도 곱죠."

"화내지 마, 내 한번 잡사볼게. 소금 없는 감자 얘기 했다가 호되게 얻어맞았는데."

그러고는 옥동윤 곁에 있는 여자더러 "임자의 고향은 어디고" 했다.

천숙례란 그 아가씨는 물론 농담이겠지만 눈썹을 약간 치켜세우곤 "은사님이라고 하시던데, 그래 은사님 모시고 있는 사람을 보고 임자란 말이 다 뭐예요. 말씀 고치시오" 하고 야무지게 쏘았다. 김호길은 아찔하다는 표정을 하더니 고쳐 말했다.

"그럼 사모님 고향은 어디십니까?"

"경기도 하구도 수원이에요."

"수원?"

"그래요."

"거 물 밑으로 삼십 리를 달린다는 그 수원 말이요?" 호길은 두 손 들었다는 표정이다.

말을 그렇게 해놓은 탓도 있고 해서 천숙례라는 아가씨는 옥동윤에게 대한 서비스를 극진히 했다. 안주를 골라 입에 넣어 주는 것은 물론, 손이 비어 있을 때는 옥동윤의 어깨를 주무른다, 다리를 주무른다 하며 법석을 떨었다.

"오십 평생에 이런 대접은 처음인데" 하면서 옥동윤은 계면쩍스러웠는지 "늙은 사람을 대하면 징그럽지도 않아? 젊은 사람에게 잘해야 실속이 있지" 하고 웃었다.

"전 늙은 사람이 좋아요."

천숙례가 얼른 대답했다.

"저도 그래요."

김미숙이란 아이도 맞장구를 쳤다.

전호는 부끄럼을 무릅쓰고 자기 곁에 앉아 있는 한영희를 보고 물었다.

"당신은?"

영희는 웃음을 머금은 눈초리로 전호를 쳐다보았을 뿐 대답이
없었다.

뒤숭숭하게 이 얘기 저 얘기가 엇갈려 흐르고 있는 도중에 얼핏
민윤숙이 화제에 올랐다. 전호는 긴장했다.

"아까 말한 혁명투사의 손주딸이라고 했습니까? 그 미스 민 말입
니다. 이천만 원짜리가 훨씬 넘는 집을 가지고 있거든요."

김호길은 이렇게 말하고 그때 마침 자리로 들어온 마담을 옆에
앉으라고 하면서 "마담, 이런 장사 해가지고 이천만 원짜리 집 언제
쯤 마련할 수 있겠소" 했다.

"이천만 원짜리는커녕 이백만 원짜리도 될똥말똥 하다오."

마담은 돈 말만 나오면 신경질이 난다는 듯이 호길 앞에 밀린 잔
을 들어 단숨에 들이켜고는 다시 호길에게 잔을 건네었다.

"하여간 윤숙이란 여자는 대단해."

호길은 마담에게 받은 술잔을 마시고 그 잔을 옥동윤에게 돌리면
서 이렇게 중얼거렸다.

"한데 윤숙이란 도대체 누구요?"

마담이 물었다.

"우리 회사에 수금하러 온 적이 있지 않소. 그럼 알 텐데. 미스 민
이란 소문난 여자의 소문을 듣지 못했소?"

"아아, 미스 민. 알구말구요. 뭐라더라, 미국놈을 잘 구슬러서 천만 원 커미션 먹었다는 여자 아뇨."

마담의 말이다.

"그 얘긴 어떻게 알지?"

"회사 안에 소문이 쫙 돌았던데 뭐. 그런데 젊은 남자 사원들은 그 여잘 못 봐내겠다고 야단이던데요. 아까 낮에도 점심 먹으러 와서 몇몇 사람들이 떠들고 있던데요."

"일종의 시기야. 공연히 젊은 사람들이 이러쿵저러쿵 하는 건."

"김 과장, 아무래도 이상한데. 사장이 그 미스 민인가 하는 여자를 총무과 차장을 시키려고 했다며? 그래 젊은 사람들은 양공주 밑에 있을 수 없다고 반발을 하고 있다며?"

자기 회사의 내부 사정이 드러나는 바람에 김호길은 질겁을 했다.

"터무니없는 소리 하지도 말아요. 미스 민은 그런 사람이 아냐."

그래도 술이 거나하게 취한 마담의 익살을 막을 수가 없었다.

"이천만 원짜리 집도 사장이 사주었다며? 뭐 없어서 그런 집을 사줘? 여자는 잘나고 볼 거야."

호길이 버럭 고함을 질렀다.

"공연히 신경질이셔."

얼굴이 검은 아이가 이렇게 말하며 김호길의 팔에 자기의 팔을 얹혀 놓았다.

"똑똑히 알지도 못하고 남의 얘길 함부로 하면 쓰나."

호길이 약간 누그러진 어조로 말했다.

"김 과장님이 꺼내 놓은 얘길 가지고 김 과장님이 화를 내시면 어떡허죠?"

마담이 약간 핀잔하는 눈빛으로 김호길을 쏘아봤다. 그러나 애교가 있었다.

"하여간 그런 건 전부 낭설이란 말야. 괜히 꾸며낸 얘기란 말야."

"꾸며내도 댁의 회사 사람들이 꾸며낸 거요. 난 들은 얘기를 그대로 옮겼을 뿐예요. 그러나 이 주둥아리가 경망해 탈이야. 아무튼 실례했어요. 그런 뜻으로 자, 한잔" 하고 마담이 술잔을 호길에게 권했다.

"선생님, 미안하게 됐습니다. 공연한 얘기를 해가지고."

호길이 술이 깬 모양이다. 옥동윤은 아무 말도 안 했다. 전호는 굳어 있었다.

"자, 기분을 고쳐야지. 밴드라도 들어오라구 해요."

호길이 마담에게 일렀다.

밴드가 들어와 흥청거려도 옥동윤과 전호의 기분은 밝아지지 않았다. 적당하게 일어설 기회만 노리고 있는 판인데 마이크에서 일본 노래가 흘러나왔다. 옥동윤은 이 일본 노래가 대질색이다. 무슨 애국 사상이 있어서 그런 것도 아니고 남달리 결백해서도 아니다. 어쩐지 생리적으로 일본 노래를 들으면 싫은 것이었다. 전호는 그러한 옥동윤의 버릇을 잘 알고 있는 터라 어떡허든 그 일본 노래를 그만두게 했으면 싶었다. 그래 곁에 있는 한영희란 아이를 보고 귀엣말을 했다.

"일본 노래 그만하라고 할 수 없을까? 옥 선생님이 대단히 싫어하시니까."

한영희가 일어서서 밴드를 보고 그런 뜻을 전한 모양이었다. 일본 노래는 도중에 끊어지고 자리는 어수선하게 되었다.

"꼭 일본 노래를 불러야 할 이유가 어디에 있을까?"

옥동윤이 혼잣말처럼 중얼거렸다.

"모두들 좋아하니까 하는 게죠."

마담의 대답이다.

"모두들 좋아한다? 일본 노래를?"

옥동윤이 흥분한 어조로 말했다.

"그럼요."

마담은 도중에 흥이 깨어져 뭔지 아쉬운 표정이었다.

"일본 사람이 드나드니까 자연 그렇게 되는 모양입니다. 이것도 하나의 시대 풍조 아니겠습니까?"

김호길이 약간 무안해하는 얼굴로 말했다. 그리고는 "흘러간 노래나 해요" 하고 밴드에게 소리를 보냈다.

흘러간 노래란 옛날에 유행하던 노래들이다. 따지고 보면 일본의 영향을 받은 일본식의 노래인데 가사가 우리말로 되어 있다는 것뿐이다. 그러나 그 노래들을 듣고 있으면 안심이 되는 것이다.

뒤죽박죽한 기분으로 옥동윤과 전호는 김호길과 헤어져 안국동
쪽으로 휘청거리며 걸었다.

　　'산다고 하는 것이 이처럼 추한 것일까!'

　　아까 같이 있었던 여자들과 같은 유의 여자들이 집으로 돌아가
는 러시시간이었다. 전호는 내일 성애와의 약속을 어떡허나 생각하
며 걸었다.

제9장

흐려진 무지개

정원수의 뿌리가 정착을 했을까 말까 한 정도였다. 잔디는 겨우 뿌리를 붙였다는 듯 여름동안 파릇파릇하다가 이제 늦은 가을빛으로 시들고 있다. 벽들엔 아직 도료의 냄새가 서려 있고 타일은 처녀의 피부처럼 신선했다. 넓적넓적한 유리는 아직 첫손도 채 못간 채 약간의 먼지를 쓰고 있을 정도로 새것이다. 집 뒤 소형 풀장은 수도만 틀어놓으면 코발트빛으로 하늘을 고인다.

건물뿐 아니라 가구도 전부 새것이었다. 아직 사람의 체취가 아무 데도 스며 있지 않은 건축용재(建築用材)의 냄새만이 판을 치고 있는 순전한 새것이었다.

상하층 합쳐 건평이 이백 평이나 되는 이 집이 어떻게 해서 삼백만 원이란 돈으로 손에 들어올 수 있었는가를 윤숙은 애당초 생각해야 했었다. 그런데 삼백만 원짜리 치고는 지나치게 호사다 하고 생각을 하면서도 윤숙은 그 집을 자기의 돈 삼백만 원으로 산 것인 줄만 알고 있었다. 그런 집을 그처럼 싼 값으로 살 수 있었던 데는 정 사장의 주선이 있었을 것이란 짐작은 했어도 그 집이 이천만 원을 넘겨 하는 것이라고는 꿈에도 생각하지 못했다. 그만큼 윤숙은 그런 방법 으론 세상 물정에 어두워 있었다고 해야 할 것이다.

그랬는데 윤숙이 그 큰 집에 들어가 살 생각은 엄두에도 못내고 정 사장이 시키는 대로 세를 놓을 셈으로 복덕방에 내놓게 되면서 처음으로 집값을 알았다.

복덕방 영감이 얼마에 세를 놓을 거냐고 하기에 윤숙은 얼마쯤 이면 되냐고 되물었더니 "일천만 원의 전세는 받아야 될 것인데 일천만 원 내고 전세를 들 사람이 그렇게 쉽느냐고 복덕방이 말하는 바람에 윤숙은 놀랐다. 그래 윤숙이 "일천만 원을요" 하고 소리를 지른 것이다.

복덕방 영감은 그 소리를 너무 싸다는 소리로 들은 모양이다.

"값을 친다면 일천 오백만 원이라도 헐한 편이지만 글쎄 그런 돈 가진 사람이 어디 전셋집에 듭니까."

"그럼 이 집값은 얼마나 될 건데요."

윤숙이 이렇게 묻자 이번엔 복덕방이 "댁은 얼마에 사셨소?" 하고 반문했다.

"3백만 원요" 하니까 복덕방은 "실없는 소리 마슈. 이천 삼백만 원이면 몰라도, 그래도 싼 편인데 삼백만 원이란 터무니없는 소린 마슈."

윤숙은 어이가 없었다.

커다란 횡재를 했다는 생각보다도 뭔지 무서운 생각이 들었다. 윤숙은 그 길로 복덕방을 뛰쳐나와 거리의 공중전화에서 정해석 사장을 불렀다. 정해석 사장은 어제 일본으로 갔다는 답이 되돌아왔다.

윤숙은 생각할 필요도 없이 그 집을 정해석 사장에게 돌려주어야겠다고 결심했다. 그렇게 호화스러운 집을 윤숙이 정 사장에게서 받을 이유도, 명분도, 체면도 없는 것이었다. 동시에 윤숙은 며칠 전 대학의 동기 동창, 중학 시절의 친구들을 청해 집 구경을 시킨 것을 후회했다.

'삼백만 원에 샀다니까 모두들 멍청한 얼굴로 나를 바라보았겠다…….'

그런데 회사 안에선 그 집을 두고 터무니없는 얘기들이 윤숙의 뒤통수를 향해 오고 있었던 것이다. 윤숙인 그런 풍문이 있을 것이란 꿈에도 생각하지 않았다.

회사 일을 보지 않아도 좋으니 사명(社命)으로 골프 연습을 하라는 말을 사장에게서 들었을 때도 윤숙은 딴 생각을 하지 않았다. 그저 사장의 호의가 회사의 필요에 곁들여 그런 명령을 하는 것으로만 알았다.

그랬는데 양 사장이 부산으로 출타하고 있는 동안 양 사장의 부인이 윤숙을 자기 집으로 불렀다.

'무슨 일일까?' 하고 의혹이 생겼으나 별반 무거운 부담감 없이 지정된 시간에 양 사장 집을 찾았다. C동 높다란 곳에 자리잡은 양 사장의 저택은 부근 일대의 조망을 모아 호화로운 집이었다. 그러나 윤숙이 사들인 집에 비하면 그 규모가 약간 작았다. 사장집보다도 큰 집을 가지고 있다는 데 윤숙은 약간 불안을 느꼈다.

'정 사장이 일본에서 돌아오면 빨리 돌려 줘야지.'

윤숙은 다시 한 번 그렇게 다짐했다.

윤숙이가 안내된 장소는 응접실이었다. 동남으로 넓은 유리창이 달린 응접실 안의 가구와 조도(調度)는 주인이라기보다 주인마누라의 고상한 취미를 나타내고 있었다. 번쩍번쩍한 것이 없고 전체적으로 빛을 죽인 듯한 무거운 색깔의 맨틀피스, 탁자 또는 의자였고 벽에 그린 그림도 점잖은 정물(靜物)이었고 방 한구석에 놓인 고려자기도 눈에 거슬리지 않았다.

양 사장의 부인과는 처음 대면하는 것이어서 이런 것 저런 것을 둘러보고 있으면서도 가벼운 긴장과 흥분을 풀 수가 없었다.

깨끗하게 앞치마를 두른 식모아이가 찻잔을 놓고 가자 뒤이어 옷자락이 스치는 소리가 들렸다. 한복 차림의 중년 부인이 들어섰다. 윤숙은 반사적으로 자리에서 섰다.

"저 민윤숙입니다" 하고 절을 하자 그 부인은 앉으라고 하며 "모처럼 오시라고 해서 미안해요" 하고 의례적인 웃음을 띠었다.

그 의례적인 웃음이 윤숙을 불안하게 했다. 부인은 윤숙에게 차를 들라고 권하고 한동안 윤숙을 지켜보고만 있었다. 윤숙은 왠지 얼굴을 들 수가 없었다. 나이보다는 젊어 보이는 몸맵시, 윤곽이 보이는 선명한 얼굴 그만큼 냉정해 뵈는 얼굴, 그 얼굴에 띠는 의례적인 웃음. 스푼을 만지작거리며 고개를 숙인 채 윤숙은 그러한 인상을 연결시키며 무슨 감상을 엮어 보려고 했다.

"민윤숙 씨라고 했죠?"

차분하고 나직한 말이 들려왔다.

"네" 하고 윤숙은 고개를 들었다. 고개를 들자 이때까진 차가워 있었다는 것을 알 수 있게 부인의 눈빛이 바뀌었다.

"소문대로 참 예쁘게 생기셨구먼."

윤숙은 그 말에 어떻게 반응해야 할지 몰라 다시 고개를 숙였다.

"할아버지가 애국지사라고 하셨죠?"

"모두들 그렇게 말하고 있습니다만."

윤숙은 할아버지 얘기를 들을 때마다 가벼운 생리적 고통을 느꼈다.

"그렇게 훌륭한 분의 손주 따님이면 모든 일에 조심이 있어야 할 텐데."

천만 뜻밖의 말에 윤숙은 발끈 신경질이 솟았다.

'자기가 뭔데 남에게 그 따위 충고를 하는가 말이다.'

윤숙은 지레 겁을 먹고 있는 것 같은 스스로가 불쾌했다. 그래 고개를 번쩍 들었다.

번쩍 고개를 들고 자기를 바라보는 윤숙의 태도에 부인은 부인대로 자극을 받았다. 끊임없이 말을 쏟아붙일 수 있는 마음의 바탕이 이뤄진 것이다.

"할아버지의 명예를 위해서도 몸가짐을 단단히 해야 한다고 생각하는데요."

부인의 말은 얼음장처럼 차가웠다.

"그게 무슨 뜻이죠?"

윤숙이 또박 말했다. 저항감을 느끼면 되레 침착해지는 것이 윤숙의 기질이다.

"뜻을 몰라서 묻는 거요?"

부인의 말은 갈수록 이상했다.

"제 행동이 할아버지의 명예를 손상시키건 말건 사모님이 상관하실 바가 아니라고 생각하는데요."

"내가 상관할 만하니까 하는 거야."

여전히 나지막한 목소리였지만 살큼 가시가 돋친 부인의 말이었다.

"내가 근무하고 있는 회사의 사장 부인으로서 상관한단 말예요? 그저 나이 먹은 분으로서 상관하겠단 말예요?"

따지고 드는 윤숙의 태도가 부인에겐 더욱 못마땅한 모양이다.

"미스 민은 내가 상관할 만한 입장에 있다고 생각하지 않나?"

"납득이 가지 않는데요."

윤숙이 잘라 말했다.

양 사장의 부인은 부드럽게 얘기를 해봤자 고분고분 들을 상대가 아니란 것을 알았다. 그러나 약점을 잡히지 않도록 조심해야 한다고도 생각했다.

"그럼 내가 궁금하게 생각하고 있는 일에 대해서 아는 대로 대답해 주시려오?"

윤숙은 뭐라고 하고 싶었지만 "아는 대로 대답해 드리죠" 하고 순순히 말했다.

양 사장의 부인은 한참동안 망설이고 있는 눈치더니 용기를 냈다는 듯 차림을 고치며 물었다.

"미스 민이 대궐 같은 집을 샀다죠?"

윤숙은 단순한 말로썬 사태를 설명할 수 없다고 생각했으나 간단하게 그렇다고 말했다.

"그게 얼마짜리가 되는 집이죠?"

"글쎄요" 하고 윤숙이 망설였다.

"자기가 산 집값을 몰라서 글쎄요라고 해요?"

양 사장의 부인은 제법 기를 쓰고 묻는 것이었는데 윤숙에겐 그런 태도가 어이가 없었다. 그래 반문했다.

"얼마를 주고 샀건 그게 사장님 부인과 무슨 상관이죠?"

"내게 상관이 없다고? 뻔뻔스럽게스리."

이 말을 듣자 윤숙도 발끈했다.

"그래 무슨 상관이 있단 말예요?"

"상관이 있으니까 묻고 있는 게 아냐?"

"분명히 말해 두지만 댁관 아무런 상관도 없습니다. 그런 걸 따지려고 나를 오라고 했나요? 그럼 난 가겠어요" 하고 윤숙이 자리를 차고 섰다.

"거기 앉아요."

양 사장의 부인이 고함을 질렀다.

"난 당신에게 명령을 들을 아무런 이유도 없어요. 가겠어요."

"앉으라니까, 거기, 나는 무슨 까닭으로 내 남편이 네게 집을 사주었는가를 알고 싶을 뿐이야."

"뭐라고요?"

윤숙은 깜짝 놀랐다.

"양 사장이 내게 집을 사주었다고요?"

윤숙은 숨이 막힐 지경이었다.

윤숙은 도로 자리에 앉았다.

"누가 그 따위 소릴 해요."

윤숙의 소리도 거칠어졌다.

"누가 하긴 천하가 다 아는 사실인데."

"천하가 다 안다구? 그 따위 맹랑한 소린 하지도 말아요. 집은 내가 산 거지 양 사장과는 아무런 관련도 없어요."

"사긴 네가 사도 돈을 낸 건 양 사장이니 꼭 같은 말 아냐?"

"돈을 양 사장이 냈다구요? 양 사장에게 받은 돈은 사업 관계로 정정당당하게 받은 거예요. 그 돈을 받을 만한 노력을 한 거예요. 그러나 나는 받지 않으려고 했어요. 그래도 약속이라고 줍디다. 그래서 받았어요. 회사에서 사업상 지출한 돈까지 부인께서 간섭하세요? 그럼 먼저 사장님께 따질 일이지 내게 따지는 건 경우가 틀린 일이 아녜요?"

"똑똑하다고 들었는데 과연 똑똑하구나. 그럼 그 천만 원을 가지고 삼천만 원짜리가 넘는 집을 샀단 말인가?" 하고 사장 부인은 콧방귀를 뀌었다.

"내가 집을 어떻게 샀건 왜 그렇게 관심이 많죠? 치사스러. 양 사장에게서 받은 돈, 그렇게 아까우면 내가 양 사장에게 도로 갚을 거니까 마음 놓으세요."

"그럼 그 천만 원 외에 더 받은 돈이 없단 말인가?"

"없죠. 한 푼도 없어요. 받을 턱도 없구요. 여하간 이 문제는 부인과는 관련이 없는 문제예요. 양 사장과 저와 해결 짓겠어요. 꼭 안 받겠다는 돈을 주어 놓고 부인을 시켜 도로 받아내겠단 양 사장의 심보가 어떻게 돼먹었는지 나도 좀 알아야 하겠어요."

"뻔뻔스럽게 굴지 말고 사실대로 말해요. 나는 커미션으로서 주었다는 천만 원 얘기를 하는 것이 아냐. 그 집을 사는데 보태 준 그 밖의 돈의 출처를 묻고 있는 거야."

"뻔뻔스럽다? 나이가 어린 사람이라구 해서 그런 모욕을 해요? 그 집을 산 돈의 출처를 대라구? 뭣 때문에 그런 걸 당신에게 대요. 어떻든 양 사장에게서 받은 돈은 그 천만 원 외에는 없으니까 이 이상 사람을 모욕하지 말아요. 뻔뻔스러운 건 당신예요. 남이 집을 샀건 말았건, 그 돈이 어디서 나왔건 무슨 권리로 무슨 근거로 따지는 거지요?"

윤숙은 응접실을 박차고 밖으로 나왔다. 분에 겨워 온몸이 부들부들 떨렸다.

"아직 얘기가 더 있어. 왜 자꾸 도망치려는 거지?" 하고 사장 부인이 붙든 손을 윤숙은 세차게 뿌리쳐 버렸다.

"당신허구 할 얘긴 없어요. 양 사장허구 얘기할게요. 필요하다면 같이 만나 얘기합시다."

윤숙이 뿌리치는 바람에 양 사장 부인의 손목이 아팠다.

"젊다고 몸뚱아리를 함부로 놀리지 말아라. 화냥년 같으니라구."

등 뒤에서 이런 악담을 듣자 윤숙은 저도 모르게 현관 밖에 있는 소철의 화분을 걸어 찼다. 쭈뼛한 몸뚱아리와 더불어 화분은 계단에 굴러 떨어져 산산조각이 났다.

윤숙은 그 따위 것엔 눈도 거들떠보지 않고 비탈진 골목을 걸어 내려왔다. 자기도 모르게 뺨 위로 흘러내린 눈물을 한참 만에 깨닫고 골목 어귀에서 눈물을 닦았다. 그리고 이를 갈았다.

윤숙은 곧바로 아파트로 돌아가 충격적인 그 날의 일을 정돈해 봤다. 그리고는 자기가 엄청난 오해의 도가니 속에 있다는 것을 깨달았다.

집을 양 사장이 사준 것으로 모두 알고 있고 그 소문이 사장 부인의 귀에 들어갔다는 것이 틀림없는 추측이었다.

그 소문과 함께 별의별 추잡한 얘기가 들어갔을 것은 과히 짐작할 만했다.

윤숙은 동시에 회사의 사람들이 자기를 보는 눈이 이상하다는 것을 처음으로 깨달았다. 모두들 자기와 양 사장과의 사이에 불미한 관계가 있는 것으로 추측하고 있는 모양이다.

'이 일을 어떡허면 좋을까……'

누구를 붙들고 변명할 수도 없고 그렇다고 해서 내버려 둘 수도 없는 사태였다. 윤숙은 우선 회사에 사표를 내야겠다고 결심했다. 그러나 그러기에 앞서 양 사장과 만나 양 사장 부인의 오해에 대해서만이라도 무슨 대책을 강구해야 했다.

그러고 보니 또 난관이 있었다. 상대방에서 요구는 안 하겠지만 윤숙이 큰 집을 사게 된 사정만은 어떡허든 설명을 해야겠는데 그것이 쉬운 노릇이 아니었다. 윤숙 자신도 어떻게 해서 그렇게 큰 집을 정 사장이 자기에게 사줄 생각을 낸 것인지 알 수가 없는 처지인 것이다.

'어쨌든 하루 속히 그 집을 돌려줘야 속이 편하겠다.'

이렇게 생각한 윤숙은 정 사장 회사에 전화를 걸었다. 언제쯤 정 사장이 돌아올 것인가를 알고 싶었기 때문이었다.

"금주말 아니면 내주초에 돌아오실 예정입니다" 하며 답한 뚝뚝한 목소리는 "그런데 당신은 누구죠……" 하고 되물어왔다.

"전 민윤숙이란 사람입니다. 사업 관계로 말씀드릴 게 있어서 그래요" 했더니 "그럼 전화번호를 가르쳐 주십시오. 돌아오시는 날짜가 확정되는 대로 연락을 해드리겠습니다" 하는 친절한 말이 상대방으로부터 건너왔다. 윤숙은 자기의 전화번호를 대주며 아침 아홉 시 이전이면 언제든지 전화를 받을 수 있다고 덧붙였다.

그런데 이것이 화근이 되었다. 정 사장의 부인은 남편이 새로 마련한 집을 민윤숙이란 여자에게 주었다는 사실을 알고 백방 윤숙의 거처를 수소문하는 중이며 회사의 사람들에겐 윤숙의 거처를 알아오지 않는다고 성화였던 것이다. 그럴 즈음 윤숙에게서 전화가 와 놓으니까 전화를 받는 사람은 좋아라고 윤숙의 전화번호를 알아둔 것이다.

정 사장과 그 부인 사이는 일촉즉발의 위기에 놓여 있었다. 그러기에 새로 이사 가기 위해 마련한 집에 정 사장은 이사 가길 꺼려 했으며 민윤숙이 집을 사야겠다는 사정에 편승해서 아련한 꿈을 위탁하기도 겸해 그 집을 윤숙에게 넘겨 놓은 것이다.

이런 사정을 안 정 사장 부인은 민윤숙과 만나 결판을 낼 각오와 더불어 악이 온몸에 절어 있었다.

한편 윤숙은 분수에 맞지 않는 집 때문에 헤어 나올 수 없는 늪에 서서히 휘말려 들어가는 불안을 느꼈다.

'세상이란 무서운 곳이다.'

비로소 고독을 느끼게 된 윤숙은 전호를 생각했다. 학교에 전화라도 할까 하고 생각했는데 시간은 이미 늦어 있었다.

그날 밤 윤숙은 괴상한 꿈을 꾸었다.

괴상한 꿈이 연속된, 그러나 어떤 단 한 편도 기억할 수 없는 꿈 속에 헤매다가 윤숙은 눈을 떴다. 유리창에 빗방울처럼 다음 다음으로 맺혀 굴러 떨어지고 있었다.

'비가 오는구나.'

생각하고 윤숙은 자리에서 일어나려고 하다가 다시 이불 속에 팔다리를 쭉 뻗었다.

'오늘부턴 출근을 할 필요가 없다.'

윤숙은 어제 회사에 제출한 사표를 생각했다.

'비가 오니 골프하러 갈 수도 없고……'

실컷 자버릴까 하는 생각도 없지 않았지만 아침 일찍 일어나는 습관에 이기진 못했다.

윤숙은 자리에서 일어나 마루로 나갔다. 여느 때처럼 가벼운 체조를 하고 목욕탕으로 들어갔다.

세수를 하곤 달걀 두 개를 프라이하고 토스트를 굽고 우유를 데웠다.

혼자 식사를 하고 있으니 넓은 천지 속에 자기만 동떨어진 고독한 동물이란 실감이 났다. 윤숙에겐 이런 감정이 마음에 들었다.

'여왕은 고독하다.'

어디서 주워들은 말 같기도 하고 어디서 읽은 말 같기도 하다. 그러나 그런 말귀를 연상했다 뿐이지 윤숙이 스스로를 여왕에 비기는 것은 아니다.

어제 양 사장 부인의 일견, 추태라고 할 수 있는 언동을 생각해 봤다. 불쌍하다는 감정은 일어도 미운 감정은 사라지고 없었다.

'중년의 고개를 넘은 여자가 남편을 질투하는 꼴!'

윤숙은 그것을 추하다고 생각했다. 자기는 그런 여자가 되어서는 안 된다고도 다짐했다. 윤숙의 생각으로선 여자는 남자들에게 여왕처럼 군림하든지 꽃처럼 남자들에게 찬양을 스스로의 둘레에 모아야 하는 것이다.

지금 미국에서 벌어지고 있는 여권운동(女權運動)에 관한 잡지의 기사가 염두에 떠오르기도 했지만 윤숙은 그런 여권운동 자체가 넌센스라는 생각을 가지고 있었다.

'누가 누구에게 여권을 주장한단 말인가. 스스로 도도하게 아름답게 당당하게 행세하면 되는 것이 아니냐고. 여권운동 자체가 스스로의 약함을 증명하는 노릇이 아닌가. 자기의 비위에 맞지 않는 사내는 무시해 버리면 될 것이 아닌가. 치사스럽게 질투가 다 뭐람!'

윤숙은 식사를 한 뒤 그릇을 깨끗하게 씻고 자기의 침실을 소제했다.

'비가 오지 않으면 대청소를 할 걸.' 아파트의 앞마당을 내다봤다. 사람의 그림자라곤 없다. 출근 시간이 되면 아무리 비오는 날이라도 자동차의 왕래가 있고 사람의 왕래도 꽤 빈번한 것인데 하고 생각하고 시계를 보니 벌써 열한 시 가까이 되어 있었다. 출근하지 않아도 좋다는 잠재의식이 어느덧 늦잠을 자게 한 것이로구나 싶었다.

'전호에게 전화를 해야지.'

그러나 전호에게 전화를 거는 시간은 열두 시 십 분쯤이 가장 알맞다는 사실을 알고 있다. 오전 수업이 끝나고 점심시간으로 들어가는 무렵인 것이다.

그래 멍청하게 가을비가 내리는 뜰을 내다보고 있는데 저편에서 눈에 익은 세단차가 윤숙의 아파트 쪽을 보고 달려오고 있었다.

'누구의 차일까? 정 사장의 차다!'

자동차는 윤숙의 눈 아래서 멈췄다.

'정 사장이 벌써 왔을까? 그럴 리가 없는데.'

윤숙은 까닭 모를 불안에 사로잡혔다.

이윽고 계단을 올라오는 발짝 소리가 들리더니 "이 호수가 틀림없습니다" 하는 남자의 목소리가 들렸다. 말의 내용은 알아들을 수 없지만 곧이어 여자의 음성이 나지막이 들렸다.

'누굴까?' 하고 있는데 노크 소리가 울렸다.

윤숙은 방으로 들어가 잠옷을 벗고 원피스를 걸치고는 문을 열었다.

선뜻 40을 넘어 보이는 얼굴빛이 누렇고 여윈 부인과 낯모르는 청년이 시야로 들어왔다.

"누구죠?"

윤숙이 이렇게 물었으나 그 물음엔 아랑곳없이 "좀 들어갈까요?"
하고 그 중년 부인은 냉큼 윤숙의 아파트 안으로 들어섰다. 청년이
뒤따랐다.

'이건 정 사장의 부인이로구나' 하는 직감이 전광처럼 뇌리를 스
쳤다.

주인의 말도 기다리지 않고 성큼 마루로 올라선 그 부인은 독기
가 서린 눈초리로 주위를 한 바퀴 휘둘러보더니 마루 한구석에 놓
인 응접탁자 위에 백을 내려놓고 치마폭을 오른손으로 거머쥐며 소
파에 앉았다.

윤숙은 치마폭을 거머쥔 손덩어리에 앙상하게 돋아오른 힘줄을
보며 병자임을 느꼈다.

어떤 이유이건 남의 집에 와서 주인에겐 한 마디 인사도 없이 들
어와 앉아 버리는 그 부인의 태도가 불쾌했다. 그 불쾌한 감정을 그
대로 눈빛에 담아 동행한 청년을 노려보았더니 청년은 고개를 숙여
윤숙의 시선을 피했다.

윤숙은 가까스로 마음을 진정시키고 그 부인을 정면으로 향해
앉았다. 상대방이 도전적으로 나오면 도리어 냉정해지는 윤숙의 성
격이었다.

단단히 각오를 하고 난입(亂入)한 듯한 그 부인도 찬바람이 감돌
만큼 냉정하게 자세를 굳히고 있는 윤숙을 앞에 대하자 다소 당황
한 것같이 보였다.

윤숙은 상대방이 입을 열지 않는 이상 자기도 입을 열지 않겠다고 마음먹고 굳게 닫은 입 언저리에 필요 이상으로 힘을 준 표정으로 그 부인의 차림새를 가늠하고 있었다.

　무거운 침묵이 있었다. 그 침묵을 그 부인은 견딜 수 없는 모양이었다. 궂은비가 내리는 가을 날씨임에도 그 부인의 콧등엔 땀이 솟아오르고 있었다. 부인은 핸드백을 열더니 손수건을 꺼내 콧등의 땀을 닦았다. 그러는 동작의 과정에 그 중년 부인의 손이 눈에 보일 듯 말 듯 떨고 있는 것을 윤숙의 눈은 놓치지 않았다.

　무슨 말을 꺼내려고 해도 말이 되지 않는 모양이었다. 마른기침을 서너 번 했다. 윤숙은 그 긴장하고 괴로워하는 모양이 가소로웠다.

　'아마 이 여자도 나를 두고 남편에게 질투를 하고 있는 모양인데' 하고 짐작을 하며 '터무니없는 얼간이들' 하고 혀를 찼으면 하는 마음과 더불어 '치사하게 굴지 말고 썩 나가라'고 호통을 치고 싶은 충동마저 일었다. 그러나 윤숙은 잠자코 있었다. 고통을 받고 있는 것은 윤숙이가 아니고 상대편이었다. 굴욕을 당하고 있는 것도 윤숙이가 아니고 상대편이었다.

　마른기침을 다시 두세 번 하고 나더니 그 부인은 일을 열었다.

　"오늘 나는 댁과 의논할 일이 있어서 왔소."

　토박이 경상도 사투리였다.

　"댁은 누구신데 내게 의논하러 왔죠?"

　윤숙의 말은 싸늘했다.

"의논할 만하니까 왔지. 달리 왔겠소?"

"글쎄 누구시냔 말예요."

윤숙의 말소리가 살큼 높아졌다.

"나는 정해석 사장의 부인이오."

제법 위엄을 부리려는 투로 부인이 말했다.

"정해석 사장의 부인이 내게 무슨 의논이 있죠? 내가 누군 줄이나 아세요?"

"누군 누구라. 다 알고 있어."

"뭣을 다 안단 말예요?"

그 부인은 윤숙이 이렇게 대항적으로 나올 줄은 상상하지 못했던 모양이다.

"왜 언성을 높이고 야단이오. 예의란 것도 있을 텐데."

"예의요?"

윤숙은 기가 막힌다는 듯 피식 웃고 나서 "그래 남의 집에 무례하게 들어와서 마음대로 앉아버리는 염치없는 사람의 입에서 예의란 말이 나와요?" 하고 쏘았다.

아까부터 끓고 있던 분노가 폭발 직전의 상태로 옮아가고 있었다.

"그러면 묻겠는데" 하고 정 사장의 부인도 성을 참을 수 없다는 듯이 거칠게 시작했다.

"네 우리 남편을 좋아하나?"

"어떤 뜻이죠, 그게?"

윤숙이 발끈했다.

"어떤 뜻이긴 어떤 뜻이라. 네가 우리 남편을 좋아하나 말이다."

"좋아하죠."

"정직해서 좋구나, 우찌 좋아하내?"

"내 감정을 일일이 설명해야 하나요. 그럴 의무는 없어요."

"남의 남편을 농락하면서 그럴 의무가 없어?"

"나는 남의 남편을 농락한 적이 없어요."

"농락한 적이 없다고?"

"없어요."

"뻔뻔스럽구나. 증거가 있어도 없다고 버틸 게냐."

"증거요?"

윤숙은 어이가 없어서 웃었다. 도대체 어쩌다가 이런 꼴이 되고, 이런 수다스럽고 치사스런 사람들과 상대를 해야 하느냐고 생각하니 참으로 쑥스럽고 어이가 없었다.

"증거를 들이대야 실토를 할 거냐?"

정 사장 부인은 자기 나름으로 악을 쓰고 있는 모양이지만 윤숙의 귀엔 미친 여자의 잠꼬대처럼밖엔 들리지 않았다.

"미친 소리 작작하고 돌아가세요."

윤숙은 잔뜩 찌푸린 가을 하늘 쪽으로 시선을 돌리면서 조용하게 말했다.

"미친 소리라고? 나를 돌아가라고?"

정 사장의 부인은 소리를 높여 이렇게 외쳤으나 윤숙은 냉소를 띤 차가운 옆얼굴을 보여 놓고 잠자코 있었다.

"어디 말을 좀 해봐라."

부인은 악을 썼다.

"난 미친 사람은 상대를 안 해요."

윤숙이 또박 잘라 말했다.

이때 같이 온 청년이 나섰다.

"나이 많은 어른에게 그게 무슨 말버릇이오?"

윤숙은 그 청년을 노려봤다.

"뭐라구? 무슨 말버릇이냐구?"

"그래 그게 무슨 말버릇이냔 말이우."

"당신 곁에서 듣지 않았나?" 하고 윤숙인 그 청년과 더불어 부인의 간을 뒤집어 놓을 어휘를 일순 궁리하다가 "이 할머니가 내게 한 소리를 듣지 않았어? 그게 미친 사람의 소리가 아니고 정신이 똑바로 박힌 사람의 말이었어?" 하고 앙칼지게 쏘아 붙였다. 아나나 다를까 할머니란 말이 부인의 간을 뒤집어 놓은 모양이었다.

"이 화냥년이 감히 누구 앞이라고 이렇게 도도하게 구노" 하고 부인은 소리를 질렀다. 그러나 곧 숨이 찬 모양으로 어깨로 숨을 쉬었다.

"여보, 청년, 이러다간 이 할머니 여기서 쓰러지겠소. 빨리 데리고 가시오. 남의 말버릇 고칠 생각은 말구요."

그러자 청년이 "이 계집애가 어디다 함부로 주둥아리를 놀리는 거야" 하며 윤숙의 앞으로 성큼 다가섰다.

"비켜 저리로. 네가 다가서면 어떻게 할 테야."

이렇게 고함을 지르면서도 윤숙은 이 M아파트가 좋다는 생각을 하고 있었다. 육십여 세대가 살고 있는 아파트지만 골마루가 없고 각각 층계를 통해 자기 방으로 갈 수 있기 때문에 이웃과의 연결은 층계를 사이에 둔 건넌방, 그리고 위층, 아래층, 두터운 벽을 사이에 둔, 이웃, 그러니 웬만한 소란이 있어도 이웃에 들릴 염려가 없다는 점을 생각했던 것이다.

청년은 윤숙의 기갈에 일순 주춤한 모양이었다. 윤숙은 '할머니'란 말이 상대방에게 만만찮은 충격을 주고 있는 것을 재빨리 계산한 끝에 "빨리 이 할머니 데리고 가요. 보아 하니 터무니없는 말을 듣고 미치신 모양인데 여기서 쓰러지면 곤란해요. 빨리 할머니 데리고 가시오"하며 '할머니'란 말을 연발했다.

정 사장 부인은 아무래도 윤숙일 당해 내지 못할 것 같다고 생각했는지, 마른기침을 두세 번하고 손수건으로 솟아오르는 콧등의 땀을 닦고 눈을 감았다가 떴다가 하더니 "나는 오늘 댁하고 싸움하러 온 것이 아니오." 하고 가라앉은 목소리로 말했다.

"싸움하러 오지 않았다면서 왜 내게 싸움을 걸지요?"

"의논하러 왔소. 알아볼 일도 있고!"

"알아보다니요? 아무리 생각해도 할머니가 가야 할 곳은 여기가 아니고 청량리 병원 같은데요."

윤숙은 이런 말들이 교양이 없는 사람들이나 지껄일 천한 말들이란 걸 짐작하지 않은 바는 아니었으나 어떻게 해서라도 상대방의 비위를 틀어놓고 싶은 충동을 억제할 수가 없었다.

"참말로 청량리 병원에 가야 할 일인지 모르지, 이런 꼴 당하고 미치지 않는 사람이 있겠나."

넋두리처럼 이렇게 말하는 정 사장 부인의 어깨가 부들부들 떨렸다.

'할머니'란 소리가 작용한 충격일 것이라고 봤다.

"여보, 할머니를 빨리 데리고 가요" 하고 윤숙은 실험동물을 보는 것처럼 정 사장 부인을 노려봤다. 드디어 비명이 나왔다.

"그 할머니란 소리 좀 치워!"

윤숙은 따끔하게 쏘아붙이고 이 어수선한 장면을 끝내 버릴까 했지만 가까스로 참았다. 드디어 같이 온 청년이 "사모님 가십시다. 이런 여자를 상대로 해보았자 좋은 일이 있을 것 같지도 않습니다" 하고 돌아가길 권유하기 시작했다.

'이런 여자라니' 하고 윤숙은 발악이라도 하고 싶었다. 그러나 청년의 말을 듣고 정 사장 부인이 일어나지 않을까 하는 기대도 있어 잠자코 있었다. 그런데 "아니다, 할 말이 있어서 왔으닝께 할 말은 하고 가야재" 하고 버티고 앉아 연신 마른기침을 하는 것이다.

"이런 데 오래 계시면 건강에 해롭습니다. 사모님 가시도록 하시죠" 하고 청년이 다시 권하자 "남편을 빼앗긴 년이 건강해서 뭣할끼고. 빨리 뒈져야 연놈들이 기 펴고 잘살 것 아니가" 하고 부인은 악을 썼다.

윤숙은 가만히 있을 수 없었다.

"그것 누굴 두고 하는 말이죠?" 하고 대들지 않을 수 없었다.

"누군 누구라, 너를 두고 하는 말이다 와."

윤숙은 와들와들 떨었다. 뭐든 잡히는 것이 있으면 그 부인의 면상을 후려 갈겨 놓고 싶은 충동마저 일었다. 그 대신 "늙은 여자라고 해서 아무렇게나 지껄여 댈 순 없어요. 나는 당신 남편과는 아무런 관련도 없는 사람야" 하고 퍼부었다.

"아무런 관련도 없다고? 아까는 좋아한다고 안 했나. 우찌 한 입으로 두 가지 말을 하노?"

윤숙은 좀 더 비위를 거슬려 놓을까 했으나 참고 차분히 이렇게 말했다.

"나이 많은 어른으로서 좋아한다는 그런 단순한 뜻이지 다른 의미는 없으니 안심하세요."

"증거가 있는데도?"

"아까부터 증거 증거 하는데 도대체 무슨 증거란 말예요?"

"그걸 꼭 내 입으로 말해야 알겠나?"

"네 입이고 내 입이고 무슨 증건지 말해 보세요."

정 사장 부인은 마른기침을 하고 손수건으로 다시 콧등의 땀을 닦고 나더니 무슨 선고나 하는 것처럼 "그런 새가 아니몬 우쩨서 집을 그냥 주대" 하고 어깨를 들먹이며 숨을 쉬었다.

윤숙은 참으로 어이가 없었다. 그래 차갑게 웃었다.

"웃어? 이년아 웃어? 젊은 년이 화냥질을 해갖고 집 얻었다고 뽐내는 건가?"

윤숙은 마루 구석에 놓인 빗자루를 날째게 집어잡고 빗자루대로 정 사장 부인의 턱을 노리면서 "일어나요, 나가요" 하고 소리쳤다. 청년이 덤비려는 것을 빗자루대로 청년의 가슴패기를 밀면서 "기껏 그 따위 소리 하러 왔어? 나는 그 집을 당당하게 내 돈을 주고 산 거야. 무슨 소릴 하고 있어. 내게 덤비지 말고 정 사장에게 직접 따져 보면 될 게 아냐? 참고 가만히 있으니 별꼴 다 보겠다" 하고 고함을 지르며 꽃이 꽂힌 화분이며, 접시며, 그릇이며 할 것 없이 잡히는 대로 마구 던져댔다. 부인과 청년은 기겁을 하고 밖으로 뛰어나가 버렸다.

양 사장 부인에게 엉뚱한 오해를 받고, 정 사장 부인에게서도 오해로 인한 봉변을 당하고 윤숙은 냉정하게 자신을 돌아보지 않을 수 없었다. 세상이란 참으로 겁나는 것이었다.

'여자는 자기의 분수를 지키고 옛날부터 깔아 놓은 레일 위로 걷고 있어야만 된다는 뜻인가?'

양 사장 부인이 그렇게 흥분하고 정 사장 부인이 그렇게 광란할 때 그러한 상태가 되도록까지 어떠한 풍문이 자기를 두고 끓고 있었는가를 생각하니 등골이 오싹해지는 느낌이었다. 세상이 모두 윤숙의 적이 되어 버린 것 같은 흥분도 일었다.

'좋다. 정 사장 집을 돌려주는가 봐라. 필시 정 사장에겐 그 집을 그렇게 해 놓아야 할 이유가 있었을 것이다. 그러나 이런 봉변을 당하고 그 집을 호락호락 내놓을 순 없다. 양 사장의 경우도 그렇다. 어떻게 하든 나는 양 사장 여편네에게서 받은 모욕의 배상을 받아내고야 말겠다.'

윤숙은 이러한 용기를 스스로의 마음속에 키우려고 하면서도 발끝에서부터 엄습해 오는 허탈감을 이겨내지 못했다.

침대에 몸을 던지고 한참동안 누워 있었다. 시계를 보니 한 시에 가까워지려 하고 있었다. 윤숙은 무의식중에 전화기의 다이얼을 돌리기 시작했다.

"전호 선생 계십니까?"

억지로 용기를 돋우어 쾌활한 어조로 꾸미며 전화통에 대고 말했다. 잠깐만 기다리라는 소리에 잇달아 "누구십니까?" 하는 전호의 목소리가 들려왔다.

"저 윤숙이" 하자 "윤숙이야?" 하는 반기는 소리가 잇달았다.

"되게 찾았다. 어떻게 그처럼 연락하기가 힘들어. 그런데 별고는 없어?"

윤숙은 눈물이 글썽해졌다. 여기에 나와 가까운 사람이 있구나 하는 느낌이었다. 울먹일까 봐 조심을 하며 윤숙이 말했다.

"좀 만나뵐 수 없을까요?"

"그러지 않아도 만나고 싶었어. 그래서 연락을 하려고 했는데……언제쯤 만날까?"

"지금이라도."

"그건 안 되겠구. 그럼 내일 만나지. 오후 다섯 시 반쯤으로 할까?"

"그렇게 해요."

"장소는?"

"광화문에 J라는 다방이 있지?"

"OK."

"헌데 소개할 사람이 있어, 같이 만나도 좋지?"

윤숙은 단둘이 만나고 싶었지만 그렇게 말할 수가 없어서 망설이다가 "누군데요?"하고 물었다.

"그건 내일에의 기대로서 미뤄두지."

"그렇게 해도 좋아요."

전호는 다시 한 번 시간과 장소를 되풀이하고 전화를 끊었다.

전화를 끝내자 다시 허탈감이 돌아왔다. 자기가 전호에게 전화를 한 이유를 모르게 되었다. 전호와 만나도 이런 일 저런 일을 가지고 의논할 수 있는 것도 아니었다.

"그저 얼굴이나 보고 차나 마시고 할 뿐인데" 하다가 궁금증이 생겼다.

"누굴 소개한다는 걸까."

제10장

굴절(屈折) 있는 풍경(風景)

전호는 약속한 시간보다 10분쯤 전에 와서 J다방의 한구석에 자리를 잡았다. 미리 온 것은 그 시간이면 붐비는 다방에서 적당한 자리를 잡아 놓기 위해서였다.

다방에 드나드는 손님들의 모습을 통해서도 완연한 가을이었다. 여름이 바로 어제일 같은데 하면서 전호는 최근 어떤 신문에서 읽은 글귀를 생각했다.

—— 맥추(麥秋)가 지나자 어느덧 인간의 세계는 여름이 되어 있었다. 여름의 그 풍만한 녹색의 현기증에서 깨어나고 보니 소녀의 얼굴에 가을빛이 있었다.

어떤 문장의 끝에 아무렇게나 써 보탠 글귀 같았는데 전호는 거기서 시(詩)를 느꼈다. 그리고 마음에 들었다. 그래 저절로 외게 된 것이다. 최성애를 만나면 그 글귀를 얘기하고 성애의 의견을 물을 참이었다. 문학을 좋아하는 성애와 교제를 시작하면서부터 수학이란 학문과 그것을 어떻게 가르칠까 하는 데 대한 관심밖에 없었던 전호는 차차 문학에의 관심을 갖기 시작한 것이다.

다섯 시 반에 외출한다는 건 성애의 형편으로선 무리한 일일 것 같았는데 전호의 전화를 받자 성애는 선뜻 응했다. 그것이 전호에겐 고마웠고 윤숙이 성애와 알게 되면 성애의 감화를 받게 되어 그 성격의 모가 없어질 수 있지 않을까 하는 기대로 즐거웠다.

정각이 되자 최성애가 먼저 나타났다. 브라운 빛의 울 드레스 위에 회색 바탕에 가늘게 줄무늬가 비껴 흐른 코트를 입고 단정하게 치켜 빗은 머리에 모자를 쓴 성애가 걸어 들어오자 다방 안에 있는 손님의 시선이 일제히 성애에게 쏠리는 것 같았다. 단아하다는 표현이 그냥 알맞은 몸맵시였고 얼굴이었다. 성애는 구석 자리에서 일어선 전호를 보자 조각 같았던 얼굴에 화색을 띠며 그리로 다가갔다.

"벌써 오셨어요?"

미소와 함께 이렇게 말하면서 성애는 전호의 맞은편에 앉았다.

"기다리는 행복이란 것도 있드먼요."

전호가 앉으면서 이렇게 말을 받자 "그 말이 수학의 공식에서 나온 것은 아니겠죠?" 하며 성애는 웃었다.

"로푸신의 『창백한 말』은 참으로 좋던데요. 번역이 좋아서 그런지, 원문이 좋아서 그런지 하여간 좋아요."

전호는 며칠 전 성애에게서 받은 『창백한 말』의 첫머리 번역을 두고 이렇게 말했다.

"원문은 노서아어일 테니까 모르지만 불역(佛譯)도 좋아요. 내 번역이 서툴러서 모독이 되지 않을까 해요. 뜻이나 알아 두세요" 하고 핸드백에서 봉투를 꺼내 전호에게 건넸다.

"이건 그 다음 부분, 4, 5 페이지 가량밖엔 안 돼요. 한꺼번에 많이 할 수가 없어⋯⋯."

전호는 고맙다고 하고 봉투를 열려고 했다.

"안 돼요. 보는 앞에서 읽는 건 싫어. 집에 돌아가셔서 읽으시든 버리시든 하세요."

"버리다니."

전호는 정중하게 책가방 속에 그 원고가 든 봉투를 넣었다. 그리고 말했다.

"이러다간 때늦게 문학청년이 되겠는데요."

"그게 두려워요?"

민윤숙은 J다방에 들어서자마자 곧 전호가 앉아 있는 자리를 봤다. 그런데 거기엔 이쪽으로 등을 보이고 어떤 여자가 앉아 있는 것이 아닌가.

'누굴까?' 하다가 '소개하겠다는 사람이 저 사람인가?' 하고 의자 사이를 걸었다.

얘기에 열중해 있는 전호는 윤숙이 가까이 갔을 때까지 알아차리지 못했다가 탁자 옆에 서자 "아" 하고 윤숙을 쳐다봤다. 성애가 창쪽으로 비켜 앉았다. 윤숙이 성애가 앉았던 자리에 앉았다. 흑과 백의 셰퍼드체크에 하얀 트리밍을 하고 진주(眞珠)의 단추를 다섯 개 목까지부터 내려간 투피스를 입은 윤숙의 맵시와 얼굴은 그야말로 성애와는 대조적이었다. 성애의 스타일을 불란서 스타일이라고 한다면 윤숙의 스타일은 이탈리언 모드라고 할 수 있을 것인데 그런 것을 전호는 알 바가 아니었다. 전호는 다만 윤숙의 모습과 얼굴이 풍기는 것이 현란한 다알리아와 같다면 성애는 청초한 백합을 닮았다는 느낌을 일순 가졌다.

"최성애 씨, 미세스 길이란 분이고."

전호가 이렇게 말하자 미세스란 말이 마음에 걸렸던 모양으로 윤숙은 크게 눈을 떴다.

'아무리 보아도 미세스로는 뵈지 않는데' 하는 느낌마저 그 눈빛은 말하고 있었다. 이어 전호는 "제가 전번 말씀드린 미스 민윤숙입니다" 하고 소개했다.

두 여인은 나란히 앉은 채 고개를 약간 숙여 첫 인사를 했다.

"전 선생에게서 윤숙 씨의 얘기를 많이 들었습니다."

성애는 나이 먹은 여자답게 말했다.

"전호 씬 불공평하지 않아? 내겐 예비지식도 주지 않고" 하며 윤숙은 전호에게 눈을 흘겨 보았다.

"예비지식이구 뭐구 만날 수 있어야 말이지" 하고 전호는 최성애를 만나게 된 얘기를 간단히 했다. 얘기를 듣자 윤숙은 "또 타령이구

면요" 하곤 "그 지금쯤은 졸업할 시기가 아닐까요?" 하고 힐난하는 투로 말했다.

"4·19가 없으면 나라는 오늘의 존재가 없어지는 걸."

전호의 이 말엔 여러 가지 복잡한 감회가 담겨져 있었다. 첫째 4·19가 없었다면 민덕기라는 학생이 없었을 것이고, 따라서 자기는 수학 교사가 되지 않았을 것이고, 형산 선생도 윤숙이도 몰랐을 것이다. 그런데 민덕기, 형산, 수학 교사, 윤숙이 이런 것이 오늘날 전호의 전부인 것이다. 게다가 최성애를 알게 된 것도 4·19 때문이다.

"그러나 과거는 과거, 현재는 현재, 이렇게 매듭이 있게 살아야 하잖아요? 차지도 덥지도 않은 과거라는 목욕탕에 홍건히 몸을 담가놓고 있는 것 같은 꼴이 아니꼽단 말예요."

윤숙은 성애의 동의를 얻어야겠다는 듯이 성애 쪽을 보며 말했다.

성애는 그저 웃고만 있었다.

"사람이 덜 돼서 그런 걸 어떻게 해……."

전호는 그 화제에서 벗어나고 싶었다.

여자들끼리의 얘기가 시작되었다. 고등학교가 같았다. 연수를 헤아리고 있더니 "제가 입학하는 해 부인께선 졸업하신 셈이 되느문요" 하고 윤숙은 "부인 부인 하기가 거북하니 앞으로 언니라고 부르죠. 용서하시겠죠?" 하고 애교를 떨었다. 성애는 여전히 웃고만 있다가 "대학에선 정치외교학을 하셨다고 들었는데 그 공부 재미있었어요?" 하고 되물었다.

"판디트 네루 여사 같은 사람이 될 작정이었답니다."

전호가 한 마디 거들었다.

"미스터 전, 사람을 망신시키기예요?" 하고 윤숙이 눈을 흘겼다.

"망신이라니 사실을 사실대로 말한 건데."

"그런데 판디트 네루라니 어떤 사람인데요?" 하고 성애가 물었다.

"판디트 네루 여사를 모르십니까? 타고르는 알아도 판디트 네루는 모른다. 약간 멋이 있구먼요."

전호가 이렇게 말하며 웃었다.

"모르는 게 멋이 되나요?"

성애는 약간 얼굴을 붉히고 "어떤 사람이에요?" 하고 되물었다.

"네루 수상은 아시겠죠?"

전호가 물었다. 성애가 아는 체를 했다.

"판디트 네루 여사는 그 네루 수상의 누이동생입니다. 인도의 국련대사(國聯大使)를 한 사람이죠. 한때 유엔의 의장(議長)이 되기도 했죠."

전호의 설명을 성애는 흥미 있게 들었다. 전호는 설명을 이었다.

"정치가 또는 외교관으로서 꽤 능란했던 사람이었던 모양입니다. 그런데 육십이 넘어도 서른 살로밖엔 보이지 않을 정도로 예쁘고 젊다고 해서 뉴스거리가 되었던 사람이죠."

설명을 듣자 성애가 말했다.

"미스 민은 그런 여자가 되실 분 같아요. 예쁘고 총명하고."

"모두가 소녀 시절의 터무니없는 꿈이었죠, 뭐."

"아녜요. 미스 민을 보고 있으니 꼭 그런 훌륭한 분이 될 것 같은 생각이 들어요."

"언니 제발 그만둡시다. 그 얘기를 들으니 얼굴이 화끈해져요."

세 사람은 잠깐 얘기를 멈추고 이미 식어 버린 찻잔을 입에 대보다가 놓았다.

"그런데 미세스 길은" 하고 전호가 말하려니까 성애가 손을 저으며 조용히 말했다.

"전 선생 저를 미세스 길이라곤 부르지 마세요."

전호는 '?' 하는 표정을 지었다.

"무슨 까닭이 있다기보다 그런 말을 들으니 어쩐지 어색해요."

성애가 꺼져 버릴 듯한 어조로 말했다.

"뭐라고 부르죠?" 하고 한참 생각하다가 전호는 "그럼 최 여사라고 하죠" 했다.

"좋아요. 미세스 뭣이란 칭호만 아니면 뭐라고 불러도 좋아요" 하고 웃었다.

"최 여사! 언니와 같이 고상하고 예쁜 사람헌텐 여사가 어울리지 않는데" 하며 윤숙이 고개를 갸웃했다.

"최 여사는" 하고 전호는 윤숙에게 다음과 같이 설명했다.

"숨은 여류 학자야. 불란서어를 잘해. 나는 앞으로 최 여사를 통해 문학을 배울 작정이지."

"어머나."

성애는 몸둘 바를 몰라 할 정도로 당황했다. 그리고 겨우 말했다.

"전 선생님, 제발 그런 말씀은 마세요. 절 놀리시는 것 같아요."

분위기가 어수선하게 되었다. 전호는 무안했다. 뭐라고 변명이라도 하고 싶었지만 뜻대로 되질 않았다. 윤숙의 재치가 자리를 구했다.

"숙녀를 둘이나 모셨으면 다음 스케줄로 넘어 가야지. 따분하게 다방의 먼지만 뒤집어쓰고 앉았기예요."

"어딜 가서 저녁식사라도 할까요?" 하고 전호가 성애의 눈치를 살폈다. 성애의 입장은 곧 집으로 돌아가야 할 처지였지만 그 말을 입밖에 낼 수가 없었다. 모처럼 윤숙을 소개받고 그냥 떠날 수는 도저히 없었다. 게다가 자기가 한두 살이긴 하나 전호보다는 연상(年上)이란 의식이 작용했다.

"두 분이 좋으신 곳을 말씀해 보세요. 오늘밤은 제가 초대를 하겠습니다" 하고 성애가 제안했다.

"천만의 말씀을 다하시네요. 오늘밤의 초대는 미스터 전이 해야지. 신사의 체면을 살려줘야 될 게 아녜요?"

윤숙의 주장이었다.

"그럼 음식이 싸고 맛있고 그러면서도 조용한 데로 가야겠는데"하며 전호는 머리를 긁었다.

"종로의 D원이 어때요?"

윤숙이 말했다. D원은 옛날 전호와 윤숙이 자주 드나들던 중국 요릿집이다.

성애도 아는 곳인 모양이었다. 모두들 의견이 일치되었다. 세 사람은 J다방을 나와 걷기로 했다.

가을과 겨울 사이의 경계에 있는 계절, 그 계절의 낮과 밤 사이의 경계에 있는 시간. 거리의 윤곽이 선명했다. 가등이 무슨 장식물처럼 방금 켜졌다.

윤숙과 성애를 뒤따라오게 하고 전호는 붐비는 사람 사이를 천천히 걸어갔다. 윤숙과 성애 사이엔 나직이 무슨 말들이 오가고 있었다. 그런 양이 두 사람이 서로 상대편에게 호감을 가진 모양이었다.

D원에서의 자리는 유쾌했다. 여러 가지의 말들이 오가다가 뭣이 동기가 되었는지 결혼 문제가 화제에 올랐다. 윤숙은 "전 결혼하지 않을 작정이에요" 하고 기세를 올렸다. 다분히 전호를 의식한 말이기도 했는데 전호는 그다지 불쾌하게 생각지 않는 모양이었다.

"앞이 빤히 내다뵈지 않아요? 살림살이, 어린애, 기저귀, 가끔 의견 충돌, 꾀죄죄 때가 묻은 중년 부부, 그러다가 늙은 부부, 아아 메시꺼워. 전 단 한 푼의 자유도 제약당하는 생활은 싫어!"

이렇게 주워섬기는 윤숙을 귀엽다는 듯이 바라만 보고 있는 성애에게 윤숙이 불쑥 이런 질문을 했다.

"남의 얘기 듣고만 있지 말고 언니 의견도 말해 봐요."

"내겐 자격이 없어. 실패한 결혼을 한 사람에게 무슨 자격이 있겠어. 결혼하지 않겠다는 말도 지금의 내겐 무의미하고 결혼해야 한다는 말도 내 형편으로선 할 수 없는 말이구!"

성애는 쓸쓸하게 웃었다.

"언니처럼 지적(知的)인 여성이 어떻게 실패한 결혼생활을 할 수 있었을까?"

윤숙이 혼잣말처럼 중얼거렸다.

"지적이 아닌 탓이지."

3분의 1도 채 마시지 않은 맥주글라스를 만지작거리며 성애가 말했다.

"언니 같은 여성이 지적이 아니면 어디 지적인 여성이 있겠수?"

윤숙의 말이다.

"미스 민 같은 여성이 지적이지."

이렇게 성애가 받았다.

"언니 그렇게 말을 꼬기예요?"

"아녜요. 난 지적인 여성과는 거리가 먼 사람예요. 결혼을 하고 난 뒤 실패라는 것을 안 것이 아니라 결혼을 하기 전에 실패인 줄 알고 있었으니까."

"그 까닭은 뭐예요?"

"미스 민, 그렇게 꼬치꼬치 파고 묻는 건 실례가 아냐?" 하고 전호가 견제를 했다.

"전 선배에게 물어 보는 거예요. 다시 전철(前轍)을 밟게 하지 않게 선배는 후배에게 가르쳐 줄 의무가 있다고 생각하는데, 가르침을 받으려는 태도가 실례인가요?"

"의무가 또 뭐야. 여하간 난 실례라고 생각해."

"실례구 뭐구 없어요. 가르쳐 드릴 것도 없구요. 그저 그렇게 되어 버린 걸요."

전호는 맥주를 한 글라스 거뜬히 비우고 말했다.

"우리 화제를 바꿉시다. 따분해."

"전 아무래도 알고 싶어요. 언니의 사정이……."

윤숙에겐 아무래도 성애의 실패했다는 결혼이 호기심에 쏠리는 모양이었다.

"차차 알게 될 게요. 평범한 결혼이구 평범한 실패니 알아봐도 별수 없구…… 보다도 미스 민의 직장생활 얘기나 하세요. 그런 얘기가 훨씬 재미있을 텐데요."

윤숙은 아무에게도 할 수 없다고 생각한 자기의 얘기를 성애에겐 할 수 있을 것이란 막연한 예감이 들었다. 그러나 전호 앞에선 말할 수 없었다.

"직장이란 요지경 속이죠. 퍽 재밌어요. 이담 기회가 있으면 말씀드리죠. 언니의 지혜도 빌리고 싶구요."

윤숙은 이렇게 말하면서 자기가 양 사장 부인, 정 사장 부인에게 당한 얘기를 들으면 성애가 어떻게 반응할까 하고 생각했다. 더구나 안(安)이란 사내에게서 능욕(凌辱)당한 사실을 알면 아마 기겁을 할 것이란 마음도 들었다. 동시에 이렇게 얌전하고 수줍어하는 성애도 자기와 같은 능욕을 당한 나머지 불행한 줄 알면서 결혼한 것이 아닐까도 공상했다.

두서없는 얘기를 주고받으며 식사를 마치고 나니 시간은 여덟 시를 넘어 있었다. 전호는 남의 집 부인을 너무 오래 붙들어 놓는 것은 실례라고 생각했다. 전호가 먼저 나가 셈을 했다.

"미스 민 오늘 할아버지에게 안 가봐? 그렇게 하면 택시를 하나만 잡으면 되는데" 하고 한길로 나와 전호가 윤숙에게 말했다.

"오늘밤은 늦어서 안 되겠어."

윤숙의 대답이었다. 윤숙은 당분간 할아버지를 만나기가 싫었다. 전호는 가까스로 택시 하나를 잡아 성애를 태웠다.

"전 선생과 미스 민, 같이 집으로 한번 놀러오세요" 하는 말을 남겨 놓고 성애는 떠났다. 전호와 윤숙이 택시가 사라져 가는 방향을 지켜보다가 나란히 걷기 시작했다.

"아직 시간도 있고 하니 우리 어디 다방에나 들어가 얘기 좀 할까?"

전호가 말하자 윤숙은 응했다. 윤숙은 그대로 헤어지긴 싫은 기분이었다.

눈에 띈 다방으로 들어갔다. 밤, 그 무렵의 다방의 분위기는 낮과는 전연 다르다. 낮의 다방엔 정거장의 대합실 같은 기분이 있는데 밤의 다방엔 침체한 장기(瘴氣) 같은 것이 서려 있다. 대폿집에서 술을 몇 잔 마시고 2차로 갈 형편이 안 되는 사람, 그렇다고 해서 집으로 돌아가긴 싫은 기분의 사람, 돌아가 보았자 싸늘한 하숙방 아니면 여관방, 남의 집의 식객으로서 푸대접을 받는 처지에 있는 사람들, 근처 술집에서 일하는 여자들의 끄나풀, 다방의 레지를 꾀기 위해 계획적으로 버티고 있는 사람, 간혹 예외는 있겠지만 밤 아홉 시 전후 다방에 앉아 있는 손님들은 대강 그런 부류라고 짐작해도 좋다.

다방 한가운데 거나하게 술에 취한 사나이가 제스처를 써가며 뭐라고 떠들고 있는 곁을 지나 전호와 윤숙은 구석진 곳에 자리를 잡았다.

홍차를 시켜 놓고 잠시 동안 덤덤히 앉아 있다가 전호가 입을 열었다.

"궁전 같은 집을 샀다며?"

"누구에게 들었지?"

"그저 바람결로 들은 얘기야."

윤숙은 어느 정도까지 설명해야 할까 하고 망설였다. 그리곤 "사실은 그 집 때문에 골치가 아파" 하며 분명히 말했다.

"골치가 아픈 것을 왜 하지?"

그러나 전호의 말은 상대방을 핀잔하는 어조가 아니었다.

"어찌 하다 보니 그렇게 됐지 뭐."

"그러니까 조심해야 한다고 하잖았어? 세상이란 그렇게 호락호락한 게 아니라구."

"또 훈장의 설교야?"

"아아니 설교는 안 해."

"나도 세상이 호락호락한 것이라곤 생각하지 않아. 그래 기를 쓰고 있기도 하는 거야. 전호 씨처럼 그저 피해가며 살긴 싫다는 얘기야."

전호는 윤숙과 만나기만 하면 토론이 된다는 의식을 가졌다. 그리고 마음속으로 토론을 피해야지 하며 생각하고 "그래 골치 아픈 일은 해결이 되겠어? 내 힘이 필요하다면 나도 노력은 할게."

"걱정할 건 없어. 내 일 내가 알아서 할 테니까. 그리고 마음먹기에 달렸어. 골치를 앓지 않으려면 앓지 않을 수도 있으니까."

"......."

"그런데 나 회사 그만뒀어."

"회사를 그만둬?"

"치사스러워서 그만둔 거야."

"앞으로 어떻게 할 작정이지?"

"될 대로 되겠지 뭐."

"회사를 그만두었으면 할아버지허구 같이 살지."

"할아버지완 당분간 같이 안 살아."

전호는 그 이상 추궁하지 않기로 했다.

"뜻대로 해요. 활개를 펴고 살아보는 거지. 요즘 나는 윤숙의 생활 태도가 하나의 방법이란 것은 깨달았어."

윤숙은 전호의 태도가 종전과는 전연 달라졌다고 느꼈다. 어쩐지 너그러운 것이다. 윤숙은 그것이 한편 좋기도 하면서 어쩐지 서운하기도 했다. 그만큼 전호의 마음속에 자기와의 거리감이 생겨난 것이라고 짐작할 수밖에 없었다.

"그럼 말이야" 하고 전호는 조심스럽게 말을 가려가며 말했다.

"내가 형산 선생을 모시고 같이 살고 싶어. 알다시피 난 지금 형님 집에 있거든. 내겐 모셔야 할 어른도 없어. 형님 집에 있는 것보다 형산 선생과 같이 있고 싶어. 윤숙이 새로 집을 샀다니까 말인데 윤숙이 전에 있던 그 방을 내가 쓰면 되지 않을까 생각한 거야."

"전호 씨가 할아버지를 모셔야 할 까닭이 뭐죠?"

"까닭이구 뭐구 없어. 그저 그렇게 하고 싶다는 얘기지."

"또 오빠에게 대한 보상 관념인가요?"

"그런 것을 넘어선 진 이미 오래야. 그런 관념 없이 형산 선생과 나와는 뗄래야 뗄 수 없는 사이가 되어 버렸는걸. 윤숙이 같이 살 수 없다면 내가 같이 살아야겠어. 연만한 어른이 외로울까 해서가 아니라 그렇게 되면 내 기분이 좋겠어."

윤숙은 생각하는 눈치더니

"그럼 그렇게 해요."

"헌데 문제가 있어."

"문제라니?"

"내가 형산 선생과 같이 살고 있으면 혹시 윤숙의 결혼에 지장

이 있지나 않을까 해서야. 상대방이 터무니없는 오해를 한다든지 또
는……."

윤숙이 깔깔대고 웃었다.

"그런 걱정은 말아요. 난 결혼하지 않겠다고 하잖았어요?"

액면 그대로 믿을 순 없는 말이지만 그 말을 믿는다고 가정하고
행동할 수밖에 없었다.

"쑥스런 얘기지만 내게 하나의 청이 있어."

"뭔데요?"

"내가 형산 선생과 같이 산다고 해서 윤숙에게 막연하나마 구혼
하는 의사가 있다고는 오해하지 말아 달라는 거야."

윤숙은 전호의 말을 당장 알아듣진 못한 모양이더니 조금 있다
그 뜻을 알아차린 것 같았다.

"별 걱정도 다 하셔" 하며 그때만은 수줍은 표정을 지었다. 그리
고는 웃음을 머금고 말했다

"그런 오해를 말쑥이 지워 버리려면 전호 씨가 결혼을 해야죠."

"상대가 있으면 할 참이야."

"결혼을 하고도 할아버지와 같이 사실 참예요?"

"윤숙 씨에겐 외람하지만 그렇게 할 작정이지."

"상대방의 의사는 어떡허구."

"미리 그런 조건을 승낙하는 상대방을 구해야지."

말이 이쯤 되니까 윤숙도 심각해졌다. 전호는 완전히 떠나간 사

람이었다. 윤숙은 전호와 결혼할 의사는 전연 없었지만 일이 그처럼 결정적으로 되니 쓸쓸했다. 선뜻 윤숙의 뇌리를 스치는 것이 있었다.

"전호 씬 아까의 그, 최성애란 여자에게 연애 감정을 가지고 있는 건 아네요?"

"무슨 소릴 해. 남의 부인을?"

"남의 부인이면 어때요. 좋으면 빼앗는 거지. 생활은 쟁탈이에요."

"그런 터무니없는 소리는 말아요."

전호는 가슴의 동계를 억눌렀다.

"농담이에요. 전 전호 씨에게 그런 용기가 있을 거라곤 생각하지 않아요."

그러면서도 윤숙의 가슴은 무거웠다.

전호와 헤어지고 아파트로 돌아온 윤숙은 옷도 갈아입지 않은 채 침대 위에 앉아 긴 생각에 잠겼다. 생각이라고 해보았자 맥락도 없이 떠오르는 상념의 편편(片片)이었다.

그 조각조각은 최성애와 전호라는 내용을 띠고 나타났다. 윤숙은 성애가 전호를 지켜보는 눈빛을 보았다. 그리고 언제나 말이 적은 전호가 성애에겐 능변이 되며 말 한 마디 한 마디에 신이 나 보이는 모습을 상기하기도 했다. 아무래도 성애라는 여인이 계기가 되어 윤숙과 전호와는 영영 결별해야 할 시기가 오리란 예감마저 들었다.

전호와 결혼할 의사는 조금도 없었지만 전연 무연한 존재가 되어 버린다고 생각하니 쓸쓸했다. 고립 무원한 상태로 이 세상을 살아나가야 한다는 생각이 중압감을 주기도 했다. 그러나 한편 비장한 각오 같은 것이 가슴 한구석에 자리를 잡기도 했다.

윤숙은 그날 밤 자기의 상념처럼 맥락이 없는 꿈속을 헤맸다.

그 이튿날. 양 사장에게서 전화가 왔다.

"사표를 냈으니 수리해 주세요" 하는 싸늘한 대답을 했다.

"사표의 수리는 수리고, 만나서 얘기할 일이 있으니 빨리 나와요."

양 사장이 점잖게 말했다.

"전 만날 필요가 없는데요."

"내겐 있어. 자동차를 그리로 보내 줄까?"

"차가 없어서 안 만나겠다는 건 아닙니다."

"그럼 빨리 와요."

"만나도 회사에선 싫어요."

"C호텔의 커피숍에 가 있을게. 30분 안으로 와요."

"30분은 안 되겠고" 하면서 윤숙은 시계를 보고 "오후 두 시까지 그리로 나가죠" 하고 전화를 끊었다.

윤숙은 집안의 소제를 깨끗이 하고 목욕도 하고 간단한 식사를 끝내고는 양 사장에게 할 말을 준비했다.

'터무니없는 모욕을 받았다는 것, 그래 회사엔 있을 수 없다는 것, 그러니 퇴직금이나 톡톡히 낼 것' 이렇게 해볼까 하다가 '아무 소리도 말자. 그저 내 잘못이라고만 하자. 퇴직금이고 뭐고 입 밖에 내지 않기로 하자. 그저 미안하다고만 하고 이때까지 신세 많이 졌다고 하

고 고맙다고만 하자. 그렇게 해야만 상대방의 의표(意表)를 찌르는 것이 될 게 아닌가.'

윤숙으로선 앞으로 뭣을 하든 양 사장의 도움이 필요할 것 같았다. 그러자면 떠나는 마당에서도 양 사장에게 좋은 인상을 남겨야 하는 것이다.

윤숙은 정각에 지정된 장소로 갔다. 양 사장은 벌써 와서 기다리고 있었다.

"미스 민 미안하게 됐어."

양 사장이 어색한 웃음을 띠며 이렇게 말했다.

"제가 미안해요."

윤숙은 상냥한 웃음을 띠고 자리에 앉았다.

"집사람과 만났더라며?"

"예."

"알지도 못하고 주착을 떨어 참으로 미안해. 내가 대신 사과하지."

"모든 게 제 잘못이었어요. 어른에게 버릇없는 짓을 했구나 하고 후회하고 있어요. 사과를 올려야겠는데 어쩐지 쑥스러워서."

"미스 민이 미안해 할 게 어딨어. 하여간 내가 대신 사과하니 양해를 해요."

"자꾸 그런 말씀을 하면 제가 난처해요. 그런 얘긴 그만둬요."

이렇게 말하는 윤숙을 양 사장은 의아한 표정으로 바라보았다. 양 사장의 짐작으론 윤숙이 불쾌한 마음과 굳은 표정으로 자기를 대할 줄 알았던 것이다. 그런데 윤숙의 말은 부드럽고 표정은 청량했다. 양 사장으로선 뜻밖이었다. 윤숙의 감정을 풀기엔 약간 힘이 들것이라고 생각했던 것이 의외로 수월하게 된 것이 양 사장에겐 반가웠다. 그래 "미스 민, 사표를 철회하자" 하고 넌지시 꺼내보았다.

"사표는 받아 주세요."

윤숙이 짤막하게 말했다.

"그럼 내 사과를 받아들이지 않겠다는 말이 아닌가."

"그 때문이 아녜요. 제게 사정이 생겨서 그래요."

"사정이라니?"

"그저 그런 사정이 있어요."

"결혼을 할 건가?"

"언젠가는 해야겠죠. 그러나 이번 일은 그런 것도 아녜요."

"그렇다면 회사를 그만두지 않아도 될 게 아닌가."

"이 기회에 그만두는 게 좋을 것 같아요. 저도 여러모로 생각해본 결과 결심한 겁니다."

"집사람의 오해는 말쑥이 씻어졌어. 그런데도 미스 민이 회사를 그만둔다면 뒷맛이 쓸 것 아닌가."

"그런 것도 없어요. 사장님이 신경 쓰실 건 없어요."

양 사장은 덤덤히 앉아 담배 연기를 뿜어내고 있었다.

"사장님의 회사에 와서 공연히 폐만 끼쳐 드렸어요. 게다가 엄청난 돈까지 얻구요. 그 은혜는 잊지 않겠습니다."

윤숙은 공손히 머리를 숙였다.

"그럼 어떻게 해도 미스 민의 결심은 변경할 수 없단 말이지?"

양 사장의 어조엔 불쾌한 빛깔이 섞였다.

"네."

"꼭 그런가?"

"네."

"나도 짐작은 했어. 주책없는 늙은 여자에게서 터무니없는 오해를 받고 게다가 모욕까지 당했으면 그런 회사에 있고 싶은 마음이 나지 않을 게거든. 그러나 나는 내가 성의껏 사과를 하면 용서해 줄 것이라고도 생각을 했지. 부부 일신이라고 하지만 여편네에게 대한 감정을 그냥 내게 쏟는다는 건 너무하다고 생각해. 난 미스 민을 내 마음으로선 아끼고 있고 앞으로 내 딸 모양으로 보살필 작정으로 있었던 건데……."

"사장님, 사모님에겐 도리어 제가 잘못했는데 감정이니 뭐니 할 게 있겠어요? 그건 참으로 오해예요. 어른이 무슨 오해를 하고 계시면 예의를 다해 그 오해를 풀도록 하는 것이 도리일 것인데 전 그러질 못했거든요. 그러니 제가 회사를 그만두는 덴 다른 데 이유가 있다고 하잖았어요? 사장님이야 말로 지나친 오해를 하고 계신 거예요. 그리고 사모님이 오해하실 만큼 회사 내에 풍문이 이상하게 돌고 있다는 것도 전 알았어요."

"그래 터무니없는 그런 오해 때문에 미스 민이 그만둔다는 거야?"

양 사장은 다소 흥분한 모양으로 말을 이었다.

"그런 오해가 있으면 그 오해의 뿌리를 뽑아 버려야 하는 거야."

"오해의 뿌리는 단숨에 뽑아지는 건 아니잖아요?"

"그래 뺑소니를 쳐버린단 말인가?"

뺑소니를 친다는 말이 우스웠다. 윤숙이 웃자 양 사장도 따라 웃었다. 웃으면서 양 사장은 "사회를 살아가려면 뺑소니를 쳐선 안 돼. 그렇게 약해선 아무것도 안 되는 거다. 당당하게 싸워 이겨야지."

"싸우다뇨? 누구허구 싸워요. 싸울 상대가 있으면 저도 용감하게 싸우겠어요. 그러나 풍문이라고 하는 건 눈도 코도 얼굴도 없는 적이거든요. 이건 싸움 상대도 안 돼요."

"미스 민의 표현은 좋아. 그러나 그 정도의 풍문에 진다면 또 말이 아니잖은가."

"진다는 게 아니라 치사하다는 거예요. 일일이 돌아다니며 변명을 하겠어요? 성명을 발표하겠어요? 제가 회사에 그냥 눌러 앉아 있으면 앞으로 또 별소리가 더해질 겁니다. 할 수 없이 오해하는 수도 있지만 오해를 하고 싶어서 부러 오해를 조작하는 경향도 있는 게거든요."

이런 말을 하는 윤숙을 양 사장은 놀란 표정으로 바라보고 있더니 "미스 민, 언제 그처럼 어른이 됐어?" 하며 웃었다. 그리고 말을 이었다.

"잔말 말고 며칠 쉬거든 회사로 나와요. 그까짓 풍문쯤은 문제도 안 돼."

윤숙은 참으로 거북했다. 그러나 잠자코 있을 수도 없었다.

"사장님의 은혜는 잊지 않겠어요. 제가 만일 딴 회사로 가기 위해서 사장님 곁을 떠난다면 천벌이라도 받겠어요. 그러나 절대로 그런 것이 아니구요. 아까 풍문 얘기를 했습니다만 그것이 이유의 전부도 아녜요. 지금 말씀드릴 순 없습니다만 꼭 회사를 그만두어야 할 사정이 생겼어요."

"미스 민의 고집도 어지간하구면."

"고집이 아녜요."

"고집이 아니구 뭔가."

양 사장의 어조가 조금 거칠어졌다.

"……."

"하여간 그만두는 건 마지막 일이니까 마지막을 서둘 필요는 없어. 며칠 이 일을 보류하고 피차 더 생각해 보기로 하자" 하면서 양 사장은 호주머니에서 윤숙의 사표를 꺼내 탁자 위에 놓았다.

"안 돼요. 사표는 받아 주세요. 제 자신 각단을 빨리 지어야 하겠어요. 보류하실 필요가 없어요. 전 결정했으니까요."

진정으로 윤숙은 이상한 눈초리들을 하고 자기의 앞뒤를 핥아 보는 사원들이 우글거리는 회사에 도로 나가긴 싫었다. 사표를 내었다가 사장의 만류로 철회하면 또 무슨 풍문이 일는지 몰랐다. 양 사장 부인의 투기(妬氣)에 들뜬 눈빛이 생각나자 섬뜩하기도 했다.

"전 굳게 결심한 일이니 사표를 받아 주십시오. 은혜는 잊지 않겠습니다."

윤숙은 다시 한 번 다짐을 하듯 이렇게 말했다. 그러자 양 사장은 선뜻 자리에서 일어섰다.

그리곤 선 채, "좋아, 사직에 따른 처리는 비서를 시켜서 연락하지" 하고 걸어나가 버렸다. 그 뒷모습엔 가눌 수 없는 노여움이 서려 있었다.

양 사장의 모습이 시야에서 사라지자 윤숙은 '흥' 하는 시늉으로 입을 비쭉했다.

'여편네를 대신해서 사과한다고?'

윤숙은 새삼스럽게 분노가 끓어오름을 느꼈다. 양 사장을 앞에 하고 억눌려 있던 감정이 이제야 폭발할 것 같았다. 윤숙은 아니꼽게 자기를 노려보던 양 사장 부인의 표정을 눈앞에 그렸다. 어떤 수단으로든 복수를 하고 싶은 충동이 일었다. 감정대로라면 양 사장을 농락해서 그 여자를 단단히 골탕 먹여 주었으면 하는 생각마저 들었다.

윤숙은 이미 다 식어 버린 커피에 입을 대다가 말고 일어서서 로비로 걸어 나왔다. 한쪽을 유리창으로 한 넓은 로비, 그 호사스러운 분위기기가 윤숙의 마음에 들었다. 외국 관광객인 듯한 남녀의 일단이 재잘거리며 윤숙의 곁을 지났다.

'아아, 외국에 가고 싶다.'

윤숙은 불현듯 유럽이나 미국을 한 바퀴 돌았으면 하는 감정 같은 것을 느꼈다. 일정한 스케줄도 아무런 부담감도 없이 나는 새처럼 훨훨 돌아다녔으면 얼마나 좋을까 싶었다.

C호텔에서 나온 윤숙은 붐비는 통행인 틈에 끼어 걸으면서 어디로 갈까 하고 생각했다. 영화를 볼까 했지만 거긴 고독이 있을 뿐이었다.

윤숙은 그 근처에 골프 인도어 연습장이 있다는 것을 알고 오랜만에 골프 연습을 해보기로 했다.

윤숙은 스물다섯 개씩 볼이 들어 있는 상자를 네 개 청해 놓고 골프채를 휘두르기 시작했다. 착잡한 마음을 골프의 볼에 집중하기 시작하자 볼은 거짓말처럼 잘 나갔다.

"굉장히 느셨는데요" 하는 소리가 등 뒤에서 들렸다. 윤숙이 골프 치는 손을 멈추고 돌아보았더니 거긴 어떤 대학의 체육 선생을 한다는 사람이 서 있었다. 윤숙은 한동안 그 사람의 지도를 받은 적이 있었다.

"안녕하세요" 하고 상냥하게 웃어 보이곤 윤숙은 "선생님의 덕택이에요" 하고 덧붙였다.

"조금만 더 연습하시면 프로급이 되겠습니다."

"아무리."

"자신을 가지십시오. 미스 민의 기량은 대단합니다. 기초가 잘 되어 있으니까 앞으론 부단한 연습만 남았어요."

체육 교사의 그 말은 막상 의례적인 언사만은 아닐 것 같았다.

"앞으로도 잘 부탁합니다" 하고 윤숙은 다시 골프채를 휘둘렀다. 보기 좋게 볼이 정면의 그물에 그려 붙여 놓은 표적을 '탕' 하고 때렸다.

"나이스 나이스."

지켜보고 있던 체육 교사가 감탄의 소리를 질렀다. 그리고 물었다.

"필드에 나가 보신 일이 있으세요?"

"예, 세 번인가 네 번 나갔어요."

"성적이 어떻습니까?"

"아직 형편없어요. 핸디가 30 정도가 되는 모양이었어요."

"서너 번 나가서 핸디가 30? 그거 대단한 실력인데요. 워낙 기초가 든든하니까 허기야."

윤숙은 다시 골프채를 휘둘렀다. 여전히 바른 방향으로 보기 좋게 날았다. 체육 교사는 다시 탄성을 울렸다.

"나이스 나이스."

골프 연습장에서 나왔을 때는 가을 해가 저물어 있었다. 무교동, 다동을 빠져 명동으로 나갔다. 젊은 아베크들이 붐비고 있는 명동을 걸으며 윤숙은 사람이 그리워지는 자신을 느꼈다. 아까, 식사라도 같이 하자는 체육 교사의 청을 들어주었더라면 하는 가벼운 후회도 있었다.

'나는 평생 연애도 한번 못하고 지날 여자인지도 모르지.'

이런 감상에 젖으며 양장점이 즐비한 거리를 쇼윈도를 보며 걷고 있는데 뒤에서 어깨를 치는 사람이 있었다.

"이거 얼마 만야" 하고 윤숙은 놀랐다. 여고(女高) 때의 친구인데 여고를 나온 이후 한 번도 만난 적이 없는 강신자(姜信子)였다.

"너 굉장히 예뻐졌구나."

신자도 호들갑을 떨었다.

둘이는 근처의 다방을 찾아들었다.

같은 나이인데도 한복 차림의 신자가 훨씬 어른스러웠다.

"너 결혼했니?"

자리를 잡자 윤숙이 물었다.

"결혼도 하고 이혼도 하고 다했어."

"결혼하고 이혼을 했다구?"

윤숙은 놀란 표정으로 신자의 짙게 화장한 얼굴을 유심히 들여다봤다.

"인생의 곡절은 다 겪은 셈이지. 그런데 넌?"

"며칠 전 BG 노릇을 하다가 그만뒀다."

"결혼은?"

"결혼은커녕 연애도 못했다."

"왜 여고 때 가끔 같이 어울리고 하던 대학생 전 씨라더냐 그 사람허군 지금도 교제하고 있니?"

"전호 씨 말야?"

"그래 전호 씨야."

"가끔 만나지."

"우린 그 사람과 너와 연애를 하는 줄 알았지."

"얘두, 그 사람은 내 오빠 같은 사람야."

"그걸 진작 알았더라면 내가 연애할 걸 그랬지? 나는 그 사람이
좋던데. 그 사람 지금 뭣하고 있지?"

"고등학교 훈장이야. 매력 없어."

"훈장이면 어떠니, 난 그 사람 좋더라."

"얘가 홀딱 반한 게로구면."

"가만히 생각하니 내겐 그이가 첫사랑인가 봐. 6년이 지났지만
지금도 가끔 생각하거든. 네 생각을 하면 뒤따라 그이 생각이 난단
말야."

"그럼 왜 그때 내게 얘기하지 않았니."

"친구의 애인을 좋아한다는 말을 어떻게 하니? 그인 결혼했니?"

"아아니, 아직 결혼하지 않았어. 그런데 지금도 늦지 않으니 소
개해 줄까?"

"늦었어. 아이까지 낳은 여자가 총각을 만나서 뭣하겠니?"

"아이가 있어?"

"응."

"몇 살인데?"

"세 살."

"그 애를 네가 기르고 있니?"

"응, 그러나 학교 갈 나이가 되면 즈그 아버지에게 보내 버릴 작정야."

신자의 어조엔 처량한 빛이 있었다.

"너도 걱정이겠구나."

윤숙이 이렇게 말하니 신자는 "걱정은 뭣이 걱정야. 닥치는 대로 사는 거지. 인생이란 그렇고 그런 것인데" 하고 자못 호탕하게 웃어 보였다.

"그런데 넌 뭣하니" 하고 윤숙이 물었다. 신자는 이상한 웃음을 띠며 핸드백을 뒤지더니 조그마한 명함을 한 장 꺼내 윤숙에게 주었다.

"이거 뭐니?" 하며 윤숙이 들여다보았다. 그 명함엔 '요정 청산각 윤향숙'이라고 씌어 있었다.

"윤향숙이란 누구지?"

"나야, 나."

윤숙의 놀란 표정을 사뭇 즐기는 어조로 신자는 이어 "강신자가 청산각의 가오마담이 될 땐 윤향숙이란 이름으로 둔갑을 한단다" 하며 웃었다.

"요정의 마담?"

윤숙은 인생의 어떤 사연을 보아 버린 것 같은 느낌으로 중얼거렸다.

"사람이 사는 길은 여러 개가 있단다."

"그럴 테지. 헌데 재미는 있어?"

"고생이라면 고생, 재미라면 재미, 그렇고 그런 거지 뭐."

"돈은 벌리니?"

"따지고 보면 월급장인데 무슨 돈이 벌리겠니. 앞으로의 희망을 보고 우선 견디는 거지."

"희망이라니?"

"경험을 쌓고 자본이 생기면 자립하겠다는 게 희망이지."

"자립하면 자신이 있니?"

"있구말구. 청산각의 손님들은 한국에선 일류의 인물들이거든. 그분들의 후원만 있으면 안 되는 일이란 없어."

"그럴까?"

"문제는 자본이지. 자본만 있으면 되는 거야. 요정을 해서 실패하는 사람은 짧은 자본으로 이자 돈을 이용한 사람들이거든."

신자는 계속 요정에 관한 얘기를 늘어놓았으나 윤숙에겐 이미 흥미가 없었다. 그런 눈치를 챘던 모양으로 신자가 물었다.

"넌 앞으로 어떻게 할 거지?"

"글쎄."

"놀고 먹을 수 있는 팔자니까 걱정은 없겠지만."

"내 팔자가 그렇게 편해 보이니?"

"실례지만 말야 너 같은 여자가 요정에 진출하면 장안의 인기는 독차지 할 거야."

"얘두."

"아냐. 농담이 아니구 말야. 요정에 대학을 나온 여성이 제법 진출하고 있는데 대강 성공하고 있거든."

"어떤 것을 성공이라고 하지."

"돈 벌었단 말이지. 그중엔 외국 여행을 갔다왔다 하는 애도 있구 말야."

윤숙은 그런 말을 하고 있는 신자를 물끄러미 바라봤다.

'그렇게까지 해서 돈을 벌어야 하는 걸까?'

윤숙은 먼 세상의 얘기를 듣는 것 같은 기분이 되었다.

"어디서 식사라도 할래?"

"안 돼. 바쁜 일이 있어서 잠깐 나온 건데 곧 가봐야 해. 지금쯤 손님이 밀어닥칠 시간이야" 하고 시계를 보면서 일어났다.

신자는 S호텔 주차장에 자동차를 세워 놓고 있었다. 베이지색 코로나를 타고 가는 신자를 윤숙은 복잡한 감정으로 바라보았다.

사람이 사는 길은 여러 가지란 신자의 말을 윤숙은 되씹어 보았다.

허상(虛像)과 장미 1

초판 1쇄 인쇄 _ 2021년 9월 25일
초판 1쇄 발행 _ 2021년 9월 30일

지은이 _ 이병주
펴낸곳 _ 바이북스
펴낸이 _ 윤옥초
책임 편집 _ 김태윤
책임 디자인 _ 이민영

ISBN _ 979-11-5877-256-7 03810

등록 _ 2005. 7. 12 | 제 313-2005-000148호

서울시 영등포구 선유로49길 23 아이에스비즈타워2차 1005호
편집 02)333-0812 | 마케팅 02)333-9918 | 팩스 02)333-9960
이메일 postmaster@bybooks.co.kr
홈페이지 www.bybooks.co.kr

책값은 뒤표지에 있습니다.
책으로 아름다운 세상을 만듭니다. — 바이북스

미래를 함께 꿈꿀 작가님의 참신한 아이디어나 원고를 기다립니다.
이메일로 접수한 원고는 검토 후 연락드리겠습니다.